中外名家精品荟萃

似水年华

散文

冯化平◎主编

内蒙古出版集团有限责任公司
内蒙古文化出版社

图书在版编目(CIP)数据

似水年华 / 冯化平主编 .—呼伦贝尔：内蒙古文化出版社，2010.4

(中外名家精品荟萃：2)

ISBN 978-7-80675-799-4

Ⅰ.①似…Ⅱ.①冯…Ⅲ.①散文—文学欣赏—世界Ⅳ.①I106.6

中国版本图书馆 CIP 数据核字 (2010) 第 060961 号

似水年华

SISHUI NIANHUA

冯化平　主编

责任编辑　白　鹭
装帧设计　博凯设计

出版发行　内蒙古文化出版社
地　　址　呼伦贝尔市海拉尔区河东新春街4－3号
直销热线　0470－8241422　　**邮编**　021008

排版制作　北京鸿儒文轩文化传播有限公司
印刷装订　三河市华东印刷有限公司
开　　本　710mm×1000mm　1/16
字　　数　230千
印　　张　20
版　　次　2010年5月第1版
印　　次　2022年4月第2次印刷
印　　数　5001—8000 册
书　　号　ISBN 978-7-80675-799-4
定　　价　58.00元

··········· · 前言 · ···········

一本好书，如一杯茗茶，馨香绕怀，让人久久难忘。读一本好书，如同和伟人对话，智慧之光映射身心……

在这个卷帙浩繁的时代，趁着夜幕降临，坐在床上，静静地捧一本书在怀，让思绪随意流淌，让感触肆意泛滥，无疑是最享受的事情。

而在夜深人静的时候，读散文无疑是最佳选择。

散文，这个中国最早出现的行文体例，一直以来都备受大家推崇。它素有“美文”之称，看似短小的一篇文章，却蕴含着博大的深意。它有精神的见解，有优美的意境，还有清新隽永、质朴无华的文采。它折射的是时代的风采，凝聚的是社会的深意。我们甚至可以说，一本散文就是一个思想的凝结点，反应的是一个时代的精神内涵。

现在我们推出的《中外名家精品荟萃》书系，包罗了近百年来中外广泛流传的名家名作。它们的作者大都是在历史上享有崇高地位，曾经影响过文坛的大师、巨匠、泰斗。这些作品经受住了时间的考验和历史的洗礼，作者的思想高度和精神内涵在岁月中不断沉淀，最终成为最美丽的琥珀。

这些散文经过我们整理分类，共分为四部分，具体包括《世间万象》、《似水年华》、《人生百味》和《生活端倪》。这些文章沉淀岁月的精华，是大师感悟的参透，思想的火花，理念的凝聚，睿智的结晶。它们包容大千世界，穿透人生社会，寄寓于人生百态家长里短，是社会的浓缩，世事的内核。它们深刻体现了大师们的洞察入微和真知灼见，堪称句句经典，字字珠玑。通过阅读它们我们可以穿越时空和大师进行思想上的交流，让大师们智慧的光芒和精神的力量，启迪和引导我们未来的生活，让我们的心灵、思想和人生得到最好的升华。

在本书的整理编辑过程中，我们还打破了纯文学的界限，不仅精选了中外著名作家的有关名篇，还精选了哲学家、成功家、思想家、政治家以及科学家等著名人士的哲理美文，内容可谓相当丰富。

这套内容丰富，闪现着思想光芒的书系读者群相信也会非常庞大，学生、上班族，文学爱好者、一般读者都可以阅读和收藏。这些文章能使我们站在大师的肩上，感受文学艺术的最高境界，直接欣赏水平和阅读品味。

我们在编辑本套书系的时候，尽管选文广泛，涉及面广，也得到了权威专家的指导，但仍然感到资料有限，才疏学浅，因此难免出现选文不周、挂一漏万。疏忽大意的地方，敬请各位读者指正批评。

目 录

青春的秘密

青春的特征是年轻活跃,有着激流般的热情和无边无际的梦想,像白雪一般的纯洁。青春可以说是人生的花朵,无价的珠宝。

——池田大作

浪漫的意义

没有青春的爱情有何滋味？没有爱情的青春有何意义？

——拜　伦

事情的法则

我们青年时代幸福的目标总是执著于眼前徘徊不去的几幅图景，而且常常执著半生乃至终生。而这些目标总爱嘲弄人的精灵，一旦我们得到它们，它们就会化为乌有。

——叔本华

成功的秘诀

要爱惜自己的青春，世界上没有什么比青春更美好，也没有什么比青春更珍贵，青春就像黄金，你想做成什么就能成为什么。

——高尔基

心灵的气质

在青春时期有一种永生不灭的心境，它使我们在一切事情上不断改进。享有青春年华就有如成为永垂不朽的圣人。

——哈兹里特

青春的秘密

青春的特征是年轻活跃，
有着激流般的热情和无边无际的梦想，
像白雪一般的纯洁。
青春可以说是人生的花朵，
无价的珠宝。

——池田大作

希　望

——［中国］鲁　迅

希望，希望，用这希望的盾，
抗拒那空虚中的暗夜的袭来，
虽然盾后面也依然是空虚中的暗夜。
然而就是如此，陆续地耗尽了我的青春。

我的心分外地寂寞。

然而我的心很平安：没有爱憎，没有哀乐，也没有颜色和声音。

我大概老了。我的头发已经苍白，不是很明白的事么？我的手颤抖着，不是很明白的事么？那么，我的魂灵的手一定也颤抖着，头发也一定苍白了。

然而这是许多年前的事了。

这以前，我的心也曾充满过血腥的歌声：血和铁，火焰和毒，恢复和报仇。而忽而这些都空虚了，但有时故意地填以没奈何的自欺的希望。希望，希望，用这希望的盾，抗拒那空虚中的暗夜的袭来，虽然盾后面也依然是空虚中的暗夜。然而就是如此，陆续地耗尽了我的青春。

我早先岂不知我的青春已经逝去了？但以为身外的青春固在：星，月光，僵坠的蝴蝶，暗中的花，猫头鹰的不祥之言，杜鹃的啼血，笑的渺茫，爱的翔舞……虽然是悲凉飘渺的青春罢，然而究竟是青春。

然而现在何以如此寂寞？难道连身外的青春也都逝去，世上的青年也多衰老了么？

我只得由我来肉搏这空虚中的暗夜了。我放下了希望之盾，我听到 Petofi Sandor（1823—1849）的“希望”之歌：

希望是甚么？是娼妓：
她对谁都蛊惑，将一切都献给；
待你牺牲了极多的宝贝——
你的青春——她就弃掉你。

这伟大的抒情诗人，匈牙利的爱国者，为了祖国而死在可萨克兵的矛尖上，已经七十五年了。悲哉死也，然而更可悲的是他的诗至今没有死。

但是，可惨的人生！桀骜英勇如 Pet öfi；也终于对了暗夜止步，回顾着茫茫的东方了。他说：

绝望之为虚妄，正与希望相同。

倘使我还得偷生在不明不暗的这“虚妄”中，我就还要寻求那逝去的悲凉飘渺的青春，但不妨在我的身外。因为身外的青春倘一消灭，我身中的迟暮也即凋零了。

然而现在没有星和月光，没有僵坠的蝴蝶以至笑的渺茫，爱的翔舞，然而青年们很平安。

我只得由我来肉搏这空虚中的暗夜了，纵使寻不到身外的青春，也总得自己来一掷我身中的迟暮。但暗夜又在哪里呢？现在没有星，没有月光以至笑的渺茫和爱的翔舞；青年们很平安，而我的面前又竟至于并且没有真的暗夜。

绝望之为虚妄，正与希望相同！

儿　时

——［中国］瞿秋白

生命没有寄托的人，
青年时代和“儿时”对他格外宝贵。
这种浪漫蒂克的回忆其实并不是发见了“儿时”的真正了不得，
而是感觉到“中年”以后的衰退。

狂胪文献耗中年，亦是今生后起缘；
猛忆儿时心力异：一灯红接混茫前。

——定盦诗

生命没有寄托的人，青年时代和“儿时”对他格外宝贵。这种浪漫蒂克的回忆其实并不是发见了“儿时”的真正了不得，而是感觉到“中年”以后的衰退。本来，生命只有一次，对于谁都是宝贵的。但是，假使他的生命溶化在大众的里面，假使他天天在为这世界干些什么，那末，他总在生长，虽然衰老病死仍旧是逃避不了，然而他的事业——大众的事业是不死的，他会领略到“永久的青年”。而“浮生如梦”的人，从这世界里拿去的很多。而给这世界的却很少，——他总有一天会觉得疲乏的死亡：他连拿都没有力量了。衰老和无能的悲哀，像铅一样的沉重，压在他的心头。青春是多么短呵！

“儿时”的可爱是无知。那时候，件件都是“知”，你每天可以做大科学家和大哲学家，每天在发见什么新的现象，新的真理。现在呢？“什么”都已经知道了，熟悉了，每一个人的脸部已经看厌了。宇宙和社会是那么陈旧，无味，虽则它们其实比“儿时”新鲜得多了。我于是想念“儿时”，祷告“儿时”。

不能够前进的时候，就愿意退后几步，替自己恢复已经走过的前途。请求“无知”回来，给我求知的快乐。可怕呵，这生命的“停止”。

过去的始终过去了，未来的还是未来，究竟感慨些什么——我问自己。不知哪一夜，东风逃出它美丽的皇宫，独驾祥云，在夜的暗影下，窥伺人间。

那时宇宙的一切正偃息于冷凝之中，东风展开它的翅儿向人间轻轻扇动，圣洁的冰凌化成柔波，平静的湖水唱出潺溅的恋歌！

不知哪一夜，花神离开了她庄严的宝座，独驾祥云，在夜的暗影下，窥伺人间。

那时宇宙的一切正抱着冷凝枯萎的悲伤，花神用她挽回春光的手段，剪裁绫罗，将宇宙装饰得嫣红柔绿，胜似天上宫阙。她悄立万花丛中，赞叹这失而复得的青春！

春的警钟

——［中国］庐　隐

青春！青春！
你们要捉住你们的青春！
它有美丽的翅儿，善于逃遁，
在你们踌躇的时候，它已逃去无踪！

不知哪一夜，司钟的女神，悄悄的来到人间！

那时人们正饮罢毒酒，沉醉于生之梦中，她站在白云端里敲响了春的警钟。这些迷惘的灵魂，都从梦里惊醒，呆立于尘海之心，——风正跳舞，花正含笑，然而人类却失去了青春！

他们的心已被冰凌刺穿，他们的血已积成了巨澜，时时鼓起腥风吹向人间！

但是司钟的女神，仍不住声的敲响她的警钟，并且高叫道：

青春！青春！你们要捉住你们的青春！
它有美丽的翅儿，善于逃遁，
在你们踌躇的时候，它已逃去无踪！
青春！青春！你们要捉住你们的青春！

世界受了这样的警告，人心撩乱到无法医治。

然而，不知哪一夜，东风已经逃回它美丽的皇宫。

不知哪一夜，花神也躲避了悲惨的人间！

不知哪一夜，司钟的女神，也不再敲响她的警钟！

青春已成不可挽回的命运，宇宙从此归复于萧杀沉闷！

生命从八十岁开始

——［中国］冰　心

我想从一九八一年起，
病好后再好好练习写字，练习走路。
“生命从八十岁开始”，
努力和小朋友们一同前进！

亲爱的小朋友：

我每天在病榻上躺着，面对一幅极好看的画。这是一个满面笑容，穿着红兜肚，背上扛着一对大红桃的孩子，旁边写着“敬祝冰心同志八十大寿”，底下落款是“一九八〇年十月《儿童文学》敬祝”。

每天早晨醒来，在灿烂的阳光下看着它，使我快乐，使我鼓舞，但是“八十”这两个字，总不能使我相信我竟然已经八十岁了！

我病后有许多老朋友来信，又是安慰又是责难，说：“你以后千万不能再不服老了。”所以，我在复一位朋友的信里说：“孔子说他常觉得‘不知老之将至’，我是‘无知’到了不知老之已至的地步！”

这无知要感谢我的千千万万的小读者！自从我二十三岁起写《寄小读者》以来，断断续续地写了将近六十年。正是许多小读者们读《寄小读者》后的来信，这热情的回响，使我永远觉得年轻！

我在病中不但得到《中国少年报》编辑部的赠花，并给我拍了照，也得到许多慰问的信，因为这些信的祝福都使我相信我会很快康复起来。我的病是在得了“脑血栓”之后，又把右胯骨摔折。因此行动、写字都很困难。写这几百字几乎用了半个小时，但我希望在一九八一年我完全康复之后，再努力给小朋友们写些东西。西谚云“生命从四十岁开始”。我想从一九八一年起，病好后再好好练习写字，练习走路。“生命从八十岁开始”，努力和小朋友们一同前进！

祝你们健康快乐

你们热情的朋友 冰心

一九八〇年十二月二十九日于北京医院

给我的孩子们

——［中国］丰子恺

孩子们！

你们果真抱怨我，我倒欢喜；

到你们的抱怨变为感谢的时候，我的悲哀来了！

我的孩子们！我憧憬于你们的生活，每天不止一次！我想委曲地说出来，使你们自己晓得。可惜到你们懂得我的话的意思的时候，你们将不复是可以使我憧憬的人了。这是何等可悲哀的事啊！

瞻瞻！你尤其可佩服。你是身心全部公开的真人。你什么事情都像拼命地用全副精力去对付。小小的失意，像花生米翻落地了，自己嚼了舌头了，小猫不肯吃糕了，你都要哭得嘴唇翻白，昏去一两分钟。外婆普陀去烧香买回来给你的泥人，你何等鞠躬尽瘁地抱他，喂他；有一天你自己失手把他打破了，你的号哭的悲哀，比大人们的破产、失恋、broken heart、丧考妣、全军覆没的悲哀都要真切。两把芭蕉扇做的脚踏车，麻雀牌堆成的火车、汽车，你何等认真地看待，挺直了嗓子叫“汪——”、“咕咕咕…”来代替汽笛。宝姐姐讲故事给你听，说到“月亮姐姐挂下一只篮来，宝姐姐坐在篮里吊了上去，瞻瞻在下面看”的时候，你何等激昂地同她争，说“瞻瞻要上去，宝姐姐在下面看！”甚至哭到漫姑面前去求审判。我每次剃了头，你真心地疑我变了和尚，好几时不要我抱。最是今年夏天，你坐在我膝上发现了我腋下的长毛，当作黄鼠狼的时候，你何等伤心，你立刻从我身上爬下去，起初眼瞪瞪地对我端相，继而大失所望地号哭，看看，哭哭，如同对被判定了死罪的亲友一样。你要我抱你到车站里去，多多益善地要买香蕉，满满地擒了两手回来，回到门口时你已经熟睡在我的肩上，手里的香蕉不知落在哪里去了，这是何等可佩服的真率，自然，与热情！大人间的所谓“沉默”，“含蓄”，“深刻”的美德，比起你来，全是不自然的，病的，伪的！

你们每天做火车，做汽车，办酒，请菩萨，堆六面画，唱歌，全是自动的、创造创作的生活。大人们的呼号“归自然”“生活的艺术化”“劳动的艺术化”在你们面前真是出丑得很了。依样画几笔画，写几篇文的人称为艺术家，创作家，对你们更要愧死！

你们的创作力，比大人真是强盛得多哩：瞻瞻！你的身体不及椅子的一半，却常常要搬动它，与它一同翻倒在地上；你又要把一杯茶横转来藏在抽斗里，要皮球停在壁上，要拉住火车的尾巴，要月亮出来，要天停止下雨。在这等小小的事件中，明明表示着你们的小弱的体力与智力不足以应付强盛的创作欲、表现欲的驱使，因而遭逢失败。然而你们是不受大自然的支配，不受人类社会的束缚的创造者，所以你遭逢失败，例如火车尾巴拉不住，月亮呼不出来的时候，你们决不承认是事实的不可能，总以为是爹爹妈妈不肯帮你们办到，同不许你们弄自鸣钟同例，所以愤愤地哭了，你们的世界何等广大！

你们一定想：终天无聊地伏在案上弄笔的爸爸，终天闷闷地坐在窗下弄引线的妈妈，是何等无气性的奇怪的动物！你们所视为奇怪动物的我与你们的母亲，有时确实难为了你们，摧残了你们，回想起来，真是不安心得很。

阿宝！有一晚你拿软软的新鞋子，和自己脚上脱下来的鞋子，给凳子的脚穿了，划袜立在地上，得意地叫"阿宝两只脚，凳子四只脚"的时候，你母亲喊着"龌龊了袜子！"立刻擒你到藤榻上，动手毁坏你的创作。当你蹲在榻上注视你母亲动手毁坏的时候，你的小心里一定感到"母亲这种人，何等杀风景而野蛮"吧？

瞻瞻！有一天开明书店送了几册新出版的毛边的《音乐入门》来。我用小刀把书页一张一张地裁开来，你侧着头，站在桌边默默地看。后来我从学校回来，你已经在我的书架上拿了一本连史纸印的中国装的《楚辞》，把它裁破了十几页，得意地对我说："爸爸！瞻瞻也会裁了！"瞻瞻！这在你原是何等成功的欢喜，何等得意的作品！却被我一个惊骇的"哼？"字喊得你哭了。那时候你也一定抱怨"爸爸何等不明"吧？

软软！你常常要弄我的长锋羊毫，我看见了总是无情地夺脱你。现在你一定轻视我，想道："你终于要我画你的画集的封面？"

最不安心的是有时我还要拉一个你们所最怕的陆露沙医生来，教他用他的大手来摸你们的肚子，甚至用刀来在你们臂上割几下，还要教妈妈和漫姑擒住了你们的手脚，捏住了你们的鼻子，把很苦的水灌到你们的嘴里去。这在你们一定认为太无人道的野蛮举动吧！

孩子们！你们果真抱怨我，我倒欢喜；到你们的抱怨变为感谢的时候，我的悲哀来了！

我在世间，永没有逢到像你们样出肺肝相示的人。世间的人群结合，永没有像你们样的彻底地真实而纯洁。最是我到上海去干了无聊的所谓"事"回来，或者去同不相干的人们做了叫做"上课"的一种把戏回来，你们在门口或车站旁等我的时候，我心中何等惭愧又欢喜！惭愧我为什么去做这等无聊的事，欢喜我又得暂时放怀一切地加入你们的真生活的团体。

但是，你们的黄金时代有限，现实终于要暴露的。这是我经验过来的情形，也是大人们谁也经验过的情形。我眼看见儿时的伴侣中的英雄、好汉，一个个退缩，顺从，妥协，屈服起来，到像绵羊的地步。我自己也是如此。“后之视今，亦犹今之视昔”，你们不久也要走这条路呢！

我的孩子们！憧憬于你们的生活的我，痴心要为你们永远挽留这黄金时代在这册子里。然这真不过像“蜘蛛网落花”略微保留一点春的痕迹而已。且到你们懂得我这片心情的时候，你们早已不是这样的人，我的画在世间已无可印证了！这是何等可悲哀的事啊！

我的老师

——［中国］贾平凹

我的老师话少，对我没有悬河般的教导，
不布置作业，他从未以有我这么个学生而得意过，
却始终表情木然，样子傲慢。
我琢磨，或许他这样正是要我明白“口锐者天钝之，
目空者鬼障之”的道理。

我的老师孙涵泊，是朋友的孩子，今年三岁半。他不漂亮，也少言语，平时不准父母杀鸡剖鱼，很有些良善，但对家里的所有来客却不瞅不睬，表情木然，显得傲慢。开始我见他只逗着取乐，到后来便不敢放肆，认了他是老师。许多人都笑我认三岁半的小儿为师，是我疯了，或耍矫情。我说这就是你们的错误了，谁规定老师只能是以小认大？孙涵泊！孙老师，他是该做我的老师的。

幼儿园的阿姨领了孩子们去郊游，他也在其中。阿姨摘了一抱花分给大家，轮到他，他不接，小眼睛翻着白，鼻翼一扇一扇的。阿姨问：“你不要？”他说：“花疼不疼？”对于美好的东西，因为美好，我也常常就不觉得了它的美好，不爱惜，不保卫，有时是觉出了它的美好，因为自己没有，生嫉恨，多诽谤，甚至参与加害和摧残。孙涵泊却慈悲，视一切都有生命，都应尊重和和平相处，他真该做我的老师。

晚上看电视，七点钟中央电视台开始播放国歌，他就要站在椅子上，不管在座的是大人还是小孩，是惊讶还是嗤笑，目不旁视，双手打起节拍。我是没有这种大气派的，为了自己的身家平安和一点事业，时时小心，事事怯场，挑了鸡蛋挑子过闹市，不敢挤人，唯恐人挤，应忍的忍了，不应忍的也忍了，最多只写“转毁为缘，默雷止谤”自慰，结果失了许多志气，误了许多正事。孙涵泊却无所畏惧，竟敢指挥国歌，他真该做我的老师。

我在他家书写条幅，许多人围着看，一片叫好，他也挤了过来，头歪着，一手掏耳屎。他爹问：“你来看什么？”他说：“看写。”再问：“写的什么？”说：“字。”又问：“什么字？”说：“黑字。”我的文章和书法本不高明，却向来有人

恭维，我也是恭维过别人的，比如听别人说过某某的文章好，拿来看了，怎么也看不出好在哪里，但我要在文坛上混，又要证明我的鉴赏水平，或者某某是权威，是著名的，我得表示谦虚和尊敬，我得需要提拔和获奖，我也就说："好呀，当然是好呀，你瞧，他写的这幅联，'×××××××，×××××××春'，多好!"孙涵泊不管形势，不瞧脸色，不慎句酌字，拐弯抹角，直奔事物根本，他真该做我的老师。

街上两人争执，先是对骂，再是拳脚，一个脸上就流下血来。遂抓起了旁边肉店案上的砍刀，围观的人轰然走散，他爹牵他正好经过，便跑过去立于两人之间，大喊："不许打架！打架不是好孩子，不许打仗!"现在的人很烦，似乎吃了炸药，鸡毛蒜皮的事也要闹出个流血事件，但街头上的斗殴发生了，却没有几个前去制止的。我也是，怕偏护了弱者挨强者的刀子，怕去制伏强者，弱者悄然遁去，警察来了脱离不了干系，多一事不如少一事，还是一走了之，事后连个证明也不肯做。孙涵泊安危度外，大义凛然，有徐洪刚的英勇精神，他真该做我的老师。

春节里，朋友带了他去一个同事家拜年，墙上新挂了印有西方诸神油画的年历，神是裸着或半裸着，来客没人时都注目偷看，一有旁人就脸色严肃。那同事也觉得年历不好，用红纸剪了小袄儿贴在那裸体上，大家才嗤嗤发笑起来，故意指着裸着的胸脯问他："这是什么?"他玩变形金刚，玩得正起劲，看了一下，说："妈妈的奶。"说罢又忙他的操作。男人们看待女人，要么视为神，要么视神是裸肉，身上会痒的，却绝口不当众说破，不说破而再不会忘记，独处里作了非分之想。我看这年历是这样的感觉，去庙里拜菩萨也觉得菩萨美丽，有过单相思，也有过那个——我还是不敢说——不敢说，只想可以是完人，是君子圣人，说了就是低级趣味，是流氓，千刀万剐。孙涵泊没有世俗，他不认作是神就敬畏，烧香磕头，他也不认作是裸体就产生邪念，他看了就看做是人的某一部位，是妈妈的某一部位，他说了也就完了，不虚伪不究竟，不自欺不欺人，平平常常，坦坦然然，他真该做我的老师。

我的老师话少，对我没有悬河般的教导，不布置作业，他从未以有我这么个学生而得意过，却始终表情木然，样子傲慢。我琢磨，或许他这样正是要我明白"口锐者天钝之，目空者鬼障之"的道理。我是诚惶诚恐地待我的老师的，他使我不断地发现着我的卑劣，知道了羞耻，我相信有许许多多的人接触了我的老师都要羞耻的。所以，我没有理由不称他是老师！我的老师也将不会只有我一个学生吧?

中　年

——［中国台湾］梁实秋

中年的妙趣，在于相当的认识人生，
认识自己，从而做自己所能做的事，享受自己所能享受的生活。
科班的童伶宜于唱全本的大武戏，
中年的演员才能担得起大出的轴子戏，
只因他到中年才能真正懂得戏的内容。

钟表上的时针是在慢慢地移动着的，移动得如此之慢，使你几乎不感觉到它的移动。人的年纪也是这样的，一年又一年，总有一天你会蓦然一惊，已经到了中年，到这时候大概有两件事使你不能不注意，讣闻不断地来，有些性急的朋友已经先走一步，很煞风景；同时又会忽然觉得一大批一大批的青年小伙子在眼前出现，从前也不知是在什么地方藏着的，如今一起在你眼前摇晃，磕头碰脑的尽是些昂首阔步满面春风的角色，都像是要去吃喜酒的样子。自己的伙伴一个个的都入蛰了，把世界交给了青年人。所谓“耳畔频闻故人死，眼前但见少年多”，正是一般人中年的写照。

从前杂志背面常有“韦廉士红色补丸”的广告，画着一个憔悴的人，弓着身子，手揿在腰上，旁边注着“图中寓意”四字。那寓意对于青年人是相当深奥的。可是这图画却常在一般中年人的脑里涌现，虽然他不一定想吃“红色补丸”，那点寓意他是明白的了。一根黄松的柱子，都有弯曲倾斜的时候，何况是二十六块碎骨头拼凑成的一条脊椎？年轻人没有不好照镜子的，在店铺的大玻璃窗前照一下都是好的，总觉得大致上还有几分姿色。这顾影自怜的习惯逐渐消失，以至于有一天偶然揽镜，突然发现额上刻了横纹，那线条是显明而有力，像是吴道子的“莼菜描”，心想那是抬头纹，可是低头也还是那样，再一细看头顶上的头发有搬家到腮旁颔下的趋势，而最令人怵目惊心的是，鬓角上发现几根白发，这一惊非同小可，平时一毛不拔的人到这时候也不免要狠心的把它拔去，拔毛连茹，头发根上还许带着一颗鲜亮的肉珠。但是没有用，岁月不饶人！

一般的女人到了中年，更着急。哪个年轻女子不是饱满丰润得像一颗牛奶葡萄，一弹就破的样子？哪个年轻女子不是玲珑矫健得像一只燕子，跳动得那么轻灵？到了中年，全变了。曲线还存在，但满不是那么回事，该凹入的部分变成了凸出，该凸出的部分变成了凹入，牛奶葡萄要变成为金丝蜜枣，燕子要变鹌鹑。最暴露在外面的是一张脸，从“鱼尾”起皱纹撒出一面网，纵横辐辏，疏而不漏，把脸逐渐织成一幅铁路线最发达的地图，脸上的皱纹已经不是熨斗所能烫得平的，同时也不知怎么在皱纹之外还常常加上那么多的苍蝇屎。所以脂粉不可少，除非粪土之墙，没有不可圬的道理。在原有的一张脸上再罩上一张脸，本是最简便的事。不过在上妆之前、下妆之后，容易令人联想起《聊斋志异》的那一篇《画皮》而已。女人的肉好像最禁不起地心的吸力，一到中年便一齐松懈下来往下堆摊，成堆的肉挂在脸上，挂在腰边，挂在踝际。听说有许多西洋女子用擀面杖似的一根棒子早晚混身乱搓，希望把浮肿的肉压得结实一点；又有些人干脆忌食脂肪忌食淀粉，扎紧裤带，活生生的把自己“饿”回青春去。有多少效果，我不知道。

别以为人到中年，就算完事，不，譬如登临，人到中年像是攀跻到了最高峰，回头看看，一串串的小伙子正在“头也不回呀，汗也不揩”的往上爬。再仔细看看，路上有好多块绊脚石，曾把自己磕碰得鼻青脸肿，有好多处陷阱，使自己做了若干年的井底之蛙。回想从前，自己做过扑灯蛾，惹火焚身；自己做过撞窗户纸的苍蝇，一心想奔光明，结果落在粘苍蝇的胶纸上！这种种景象的观察，只有站在最高峰上才有可能。向前看，前面是下坡路，好走得多。

施耐庵《水浒》序云：“人生三十未娶，不应再娶；四十未仕，不应再仕。”其实“娶”、“仕”都是小事，不娶不仕也罢，只是这种说法有点中途弃权的意味。西谚云：“人的生活在四十开始”。好像四十以前，不过是几出配戏，好戏都在后面。我想这与健康有关。吃窝头米糕长大的人，拖到中年就算不易，生命力已经蒸发殆尽。这样的人焉能再娶？何必再仕？服“维他赐保命”都嫌来不及了。我看见过一些得天独厚的男男女女，年轻的时候楞头楞脑的，浓眉大眼，生僵挺硬，像是一些又青又涩的毛桃子，上面还带着挺长的一层毛。他们是未经琢磨过的璞石。可是到了中年，他们变得润泽了，容光焕发，脚底下像是有了弹簧，一看就知道是内容充实的。他们的生活像是在饮窖藏多年的陈酿，浓而芳冽！对于他们，中年没有悲哀。

四十开始生活，不算晚，问题在“生活”二字如何诠释，如果年届不惑，再学习溜冰踢毽子放风筝，“偷闲学少年”，那自然有如秋行春令，有点勉强。半老徐娘，留着“刘海”，躲在茅房里穿高跟鞋当做踩高跷般的练习走路，那也是惨事。中年的妙趣，在于相当的认识人生，认识自己，从而做自己所能做的事，享受自己所能享受的生活。科班的童伶宜于唱全本的大武戏，中年的演员才能担得起大出的轴子戏，只因他到中年才能真正懂得戏的内容。

以青春换明天

——［中国台湾］罗 兰

爱是难分彼此——彼此的优点和缺点。
我以为这是我的优点，你却说是缺点。
你的缺点太多，我却喜欢你，这是我的优点。
爱就是难分彼此。

一个女人爱上一个有妇之夫，那个男人年纪比她大很多，他们一起已经10多年。10多年来，男人在生活上照顾她，已经失去谋生的能力，她从来没有奢望男人会离婚，大家都习惯这种相处方式。

男人要与家人移居美国，叮嘱她尽快办理移民手续到加拿大，那么，以后男人可以从美国跑到加拿大探望她。女人不知道何去何从，不知道自己是否在蹉跎岁月。

我只能告诉她，女人的身价同古董刚好相反，越迟离开这个男人，她越难找到一个比他好的男人。而她这个男人已经算有情有义，有些男人，留下一笔钱便离开，有些男人，留下几句话便离开，有些男人，连话也不留下一句便离开，末世的爱情，说恩义太奢侈。她的男人，至少努力希望与她在他国度余生。

这个女人最好的结果，便是一直等下去，直到男人丧妻。最坏的结果，不是他的妻子长命百岁，而他们被逼一直偷情，也不是她比他妻子短命。最坏的结果是她和他的妻子都长命百岁，而男人却最早离开人世。她没有死在男人的怀抱里，却要忍受失去他的悲痛和孤寂。

一段爱情的重生是要等待一个人的死亡，同时也可能让死亡毁掉一切。以青春换明天的爱情，从来凄怆。

爱是难分彼此——彼此的优点和缺点。

我以为这是我的优点，你却说是缺点。你的缺点太多，我却喜欢你，这是我的优点。

爱就是难分彼此。

活到老真好

——［中国台湾］王鼎钧

上帝把幼小的我们给了父母，
把青壮的我们给了国家社会，
到了老年，他才把我们还给我们自己。

这几年和中国大陆上的老同学通信，知道他们早已退休，有人在退休时安排了第二职业，现在也交了出去。这给我一个感觉，我们那一代的确是过去了。

这就是老。人握拳而来，撒手而去，先是一样一样搜集，后是一件一件疏散，或者如某些人所说，只剩下老妻老狗老酒。我发现大陆上的一些亲友对"老"完全不能适应，以致心中沮丧空虚，难以聊生。"革命哲学"是假设人在三四十岁的时候战死了，或是累死了，不料还有一段晚景颇费安排。

我倒是写了许多信劝他们。我说老年是我们的黄金时代。人家说黄金时代是二十岁，你想，二十岁我们懂什么？懂得茅台和汾酒有什么分别吗？懂得京胡和二胡有什么分别吗？懂得川菜和湖南菜有什么分别吗？我说到了老年，人生对我们已没有秘密，能通人言兽语。当年女孩子说"我不爱你"，你想了一整年也想不出原因来，现在她刚要张口你已完全了解。我说上帝把幼小的我们给了父母，把青壮的我们给了国家社会，到了老年，他才把我们还给我们自己。

我说年老比年轻好，一如收获比垦荒好，或和平比战争好。年轻时我们和命运对抗，到老来和解了。成年以前的我们是"危机四伏"，门外一步都是不可知，正所谓"如暗夜行走"。到了壮而行，手里有地图，心中有煎熬，天天"冰炭满怀抱"，灵肉冲突，义利冲突，群己冲突，哪有安宁。谢天谢地，总算老了，跳出三界，不列五行。还用得着自己拿鞭子抽自己的背吗？还用得着自己拿刀割自己的耳朵吗？再也用不着一夜急白了胡子、三天急瞎了眼睛，再也用不着"为伊消得人憔悴"。不喜不惧、无雨无晴。这段话，我的同学少年也听不进，他们说我是酸葡萄。

老年最忌悔恨，悔恨伤身伤神。我有一篇短文劝人"不要悔"，流传颇广。悔恨的声音还是常听见，有人说他当年经手公款成亿成万，从未贪污，以致老来受穷。有人说当年官场争逐，他讲义气让一步，让他的好朋友升上去，结果“官大一级压死人”，一生受这朋友欺负，悔不当年把这厮一脚踹下去。有的老人后悔他以前做过的好事，往往变成很坏的人。中国民间有个词儿，谓之“老坏”，值得警惕。

美国做学问的人在这方面也有见解。据他们说，许多美国老人眼见老人的福利日减，年轻人对老人的态度也越来越差，社会的道德水准在下降，于是认为社会辜负了他，甚至认为社会欺骗了他。这等人觉得他以前对社会贡献太多，太不值得，竟想在有限的余年做些坏事来“平衡”一下，以致老人的犯罪率一再提高。这消息扫尽老人的面子，那天我暗暗立下“最后一个志愿”，但愿能做个“不太坏”的老头儿。

能活到老，真好。想想那些我喜欢的作家，李贺不过二十七岁，徐志摩三十五岁，曹植活了四十岁，李商隐活了四十五岁，曹雪芹据说四十八岁。倘若举行民意测验，可以发现人人嫌他们死得早，连曾国藩这样的人也不过只活六十岁。我们的文章比曹雪芹坏，寿命比他长，有时间多看几遍《红楼梦》，多些体会，有机会多看到有关的考证和发现，长些见识，这就是人生的福分。

值得看的景象越来越多，人所共喻。今天的电影拍得比当年精彩，今天的花也开得比当年灿烂，今天的年轻人比我们那一代青年漂亮，有照片为证。大概和营养、教育、风尚都有关系，说不定还加上遗传，这是写研究论文的题目。诸如此类，观之不足。

六十曰老，七十曰耆，八十曰耋，九十曰耄，活到耄耋之年，最怕有长年卧床的疾病，自己苦，家人也苦，连医生护士也跟着受罪。这是老年的大问题，有几个中年人谈论“你愿意怎么个死法”，一位女士说，她希望在七十岁那年被争风吃醋的男人从背后开枪打死。女人到了七十岁还能使男人嫉妒得要死，这是何等抱负！被人从背后开枪打死，死前无恐惧，死时无痛苦（痛苦十分短暂），又是何等设计！所以这个答案得了第一——可望而不可即。

活到老，真好，可是也别太老，别真的成了满脸皱纹、一把胡子的初生婴儿。老了要能“舍”，能像佛家那样，欢欢喜喜地舍，该舍就舍，包括生命。在以后的老年福利法里，应该有一条“安乐死”。

写给少女的话

——［美国］华盛顿

爱情应由男方宣布，
不能出自女方的任何请求，
这样才能长久和有价值。

一个才貌双全的女子，在其未倾心于人时，能使周围的异性神摇目眩，如醉如痴。一旦结婚之后，结果就是狂热消失，一切重归于平静。原因所在并非她的容颜与魅力有所衰退，而是向她求婚的希望已不复存在。因此，爱情是可能而且应该受到理智的指引的。

当爱开始燃烧，你心中充满柔情时，问问你自己，谁是你心灵的闯入者？你完全了解他吗？他有优秀的品格吗？他是一个通情达理的人吗？一个聪明的女人和一个笨蛋共同生活是无幸福可言的。他的职业是什么？他是赌徒、纨绔子弟或酒鬼吗？他的财产足够维系你已习惯的生活吗？你的朋友对他有反感吗？上述疑问都得到令人满意的回答后，仍有一个重要问题，即你有充分根据认为你占有了他的全部爱情吗？如果没有，多情的心就要与单恋的感情搏斗。

爱情应由男方宣布，不能出自女方的任何请求，这样才能长久和有价值。有高尚的观念和大方的举止就不会过分拘谨或过分轻浮。举止轻浮的女人用眼神、言词和动作勾引别人求爱，然后加以拒绝，其最后的惩罚往往是在孤寂中老去。这样说可能与事实不会相距太远。

十八岁以下的决定

——［美国］戴尔·卡耐基

你是在从事你生命中最重要且影响最深远的两项决定中的一项。
因此，在你采取行动之前，多花点时间探求事实真相。
如果你不这样做，在下半辈子中，你可能后悔不已。

如果你的年龄是在十八岁以下，那么你可能即将作出你生命中最重要的两项决定——这两项决定将深深地改变你的一生。

第一，你将如何谋生？你将做一名农夫、邮差、化学家、森林管理员、速记员、兽医、大学教授，或者你想摆一个牛肉饼摊子？

第二，你将选择谁做你孩子的父亲或母亲？

这两项重大决定，通常都像赌博。哈里·艾默生·佛斯迪克在他的《透视的力量》一书中说："每位小男孩在选择如何度过一个假期时都是赌徒。他必须以他的日子作赌注。"

你如何才能减低选择假期时的赌博性？首先，如果可能的话，试着去找寻你所喜欢的工作。有一次我请教大卫·古里奇（轮胎制造商古里奇公司的董事长）成功的第一要诀是什么，他回答说："喜爱你的工作。"他说："如果你喜欢你所从事的工作，你工作的时间也许很长，但却丝毫不觉得是在工作，反倒像是游戏。"

爱迪生就是一个好例子。这位未曾进过学校的送报童，后来却使美国的工业生活完全改观。爱迪生几乎每天在他的实验室里辛苦工作十八个小时，在那里吃饭、睡觉，但他丝毫不以为苦。"我一生中从未做过一天工作"，他宣称，"我每天乐趣无穷"。

我奉劝年轻朋友们不要只因为你家人希望你那么做，就勉强从事某一行业。不要贸然从事某一行业，除非你喜欢。不过，你仍然要仔细考虑父母所给你的劝告。他们的年纪比你大，已获得那种唯有从众多经验及过去岁月中才能得到的智慧。但是，到了最后分析时，你自己必须作最后决定。将来工作时，快乐或悲哀的是你自己。

现在让我替你提供下述建议——其中有一些是警告——以便你选择工作时作参考：

一、阅读并研究一些有关选择一位职业辅导员的建议。尤其是那些由最权威人士提供的意见。

二、避免选择那些已拥挤的职业和事业。在美国，谋生的方法共有二万多种以上。结果在一所学校内，三分之二的男孩子选择了五种职业——二万种职业中的五项——而五分之四的女孩子也是一样。难怪少数的事业和职业会人满为患，难怪白领阶级之间会产生不安全感、忧虑和“焦急性的精神病”。

三、避免选择那些生机只有十分之一的行业。例如，兜售人寿保险。每年有数以千计的人——经常有许多失业者事先未打听清楚，就开始贸然兜售人寿保险。

四、在你决定投入某一项职业之前，先花几个礼拜的时间，对该项工作做个全盘性的认识。如何才能达到这个目的，你可以和那些在这一行业中干过十年、二十年或三十年的人士面谈。

这些会谈对你的将来可能有极深的影响。我从自己的经验中了解这一点。我在二十几岁时，向两位老人家请教职业上的指导。现在回想起来，可以清楚地发现那两次会谈是我生命中的转折点。事实上，如果没有那两次会谈，我的一生将会变成什么样子，实在是难以想象。

记住，你是在从事你生命中最重要且影响最深远的两项决定中的一项。因此，在你采取行动之前，多花点时间探求事实真相。如果你不这样做，在下半辈子中，你可能后悔不已。

五、克服“你只适合一项职业”的错误观念。每个正常的人，都可在多项职业上成功。同样，每个正常的人，也可能在多项职业上失败。

锻造生命的铁

——［美国］奥里森·马登

人的自我完善只稍稍取决于先天的资质。
我们的生命铁块能否被锻造得灿烂辉煌，
取决于我们模仿的榜样、付出的艰辛、所受的教育和阅历。

一块质地粗糙的金属在人的智慧与它的分子的相互作用下，价值倍增，那么谁还能限制人——这个肉体、思想、道德和精神力量的完美混合物——的发展潜力呢？要开发利用铁块只有一打的工序，而人的思想和性格却能受到上千种影响；铁块只是在外界刺激下才能起作用的惰性物质，而人却是各种作用力和反作用力的合成物，他能通过更高的自我——那个居于特殊地位的真实人格——来进行控制和掌握方向。

人的自我完善只稍稍取决于先天的资质。我们的生命铁块能否被锻造得灿烂辉煌，取决于我们模仿的榜样、付出的艰辛、所受的教育和阅历。

我们的生活也会遇到铁块所经历的所有痛苦考验，通过这些考验，它才能达到最佳状态。逆境的打击、贫困与痛苦中的挣扎、灾难与丧亲之痛的卓绝考验、艰苦环境的压迫、忧虑焦灼的折磨、重重困难的阻碍、令人心寒的冷嘲热讽、经年累月枯燥的教育和纪律带来的劳累——所有这一切对一个志存高远的人都是必不可少的。

经过千锤百炼之后，铁块变硬了，变得更纯，更富延展性，更有韧性，它适合任何工匠所梦想的用途。如果每一锤都会打断它，每一个熔炉都会烧毁它，每一个碾子都会粉碎它，那它还有什么用？它应该具有能经受一切考验的优点和品质。

这些品质获益于每一次考验，最后巩固下来。铁块中的品质主要还是天生的，但是我们身上的品质却主要是成长、学习和不断进取的产物，这取决于占主导地位的个人意志。

每一个工匠都在生铁里看到了经过加工后的成品，我们也应该在自己的生活中看到灿烂的前途，并去把它化为现实。如果我们只看到马掌或刀片，我们所有的努力与辛劳都不会产生钟表发条与游丝。我们必须目光远大，必须勇于斗争、经受考验并付出必要的代价，而且还要相信，我们所经受的痛苦和所做的努力最终会酬谢我们。

童　年

——［美国］马克·吐温

孩子的生活里并不全是欢乐和笑声，
也有许多令人伤感的事件闯入他的小天地里。

1849 年，我们家还在密西西比河畔的汉尼堡居住，那一年我 14 岁。当时我们住在我父亲五年前刚盖的大房子里。家里有几个人住新屋，剩下的人还住后面连着的老房子。

那年秋天，我姐姐主办了一次晚会，邀请全村的男女青年参加。我还太小，不够参加这种社交活动的年龄。再说我也过于腼腆，跟年轻姑娘们合不到一块。不过，他们邀请我在一出小神话剧里扮演一只熊。我得以进场的全部时间只有十分钟，演出时我得穿上一件熊皮似的毛茸茸的棕色紧身衣服。大约十点钟时，有人叫我回自己的屋去穿上那件熊皮衣服。我走了几步，忽然灵机一动，决定先练习一番。可是那个房间太小了，我穿过大街，来到拐角处一栋很大的空房子里。可我根本没想到有十来个年轻人也正去那里换装，准备演戏呢。

我和小伙伴桑迪一起在二楼选了一间大而空旷的屋子。我们一边说话一边走了进去，里面正穿了一半衣服的姑娘听到说话声都藏到一架屏风后面。她们的长裙服和其他东西都挂在门背后的钩子上，可我没看见。

屋里摆着一架旧屏风，上面有好些窟窿。我压根儿就不知道屏风后还有女孩子，所以对那些窟窿也没在意。我要是知道屏风后面有人，打死我也不会在窗外射入的一片冷酷的月光里脱衣解带，简直羞死人了！当时我一点儿都没想到这些，坦然地脱了个一丝不挂，然后就开始练习。我野心勃勃地想来个一鸣惊人，成为扮演熊的专家，那样他们就会常常请我演出了。于是，我就带着为了立身扬名而忘我工作的那种热情投入了练习。我在两间屋子里满地乱爬，桑迪喝彩叫好；接着又直立行走，嘴里发出我认为像熊的咆哮声；我又是倒立，又是左蹦右跳。总而言之，凡是熊能做的动作我全表演了一遍，熊做不了的动作我也发明了不少，还有一些动作是稍有点自尊心的熊都不屑一做的。当然，我丝毫没有想到在我丢人现眼的时候，除了桑迪还有别人在场。最后，我来了个倒立，就那样停在空中稍事休息。不知我的这些动作是否可笑，但我确实听到了一阵突如其来的笑声。

我的劲一下子全泄了，身子一软，摔了下来，撞倒了屏风，把那些年轻姑娘给压在了下面。她们吓得尖声大叫。我抓起衣服就跑，桑迪跟在后面。眨眼工夫，我已经穿上了衣服，从后门溜之大吉。我让桑迪保证不吐一个字，然后一道找了个地方，一直躲到晚会开完。

屋里沉寂下来，静悄悄的，我一直等到大家都入睡了才敢回家。我摸黑躺在床上，我对自己丢人现眼的表演有一种辛酸凄楚的感觉。第二天，我看见枕头上别着一张小纸条，上面写着："你演熊可能演不好，但你演光屁股可真是精彩至极——哎哟，别提有多精彩啦！"

但是，孩子的生活里并不全是欢乐和笑声，也有许多令人伤感的事件闯入他的小天地里。有个醉鬼流浪汉在村里的班房里被火烧死了。随后一百多个晚上，这件事都压在我的心头，每夜做恶梦——梦见他那张哀求的脸，跟活着时看见的可怜面容一模一样，他的脸紧贴在窗子的铁栏杆上，身后是血红的地狱，那张脸似乎在对我说："如果你不给我那包火柴，这一切就不会发生，你要对我的死亡负责！"我根本没责任，借给他火柴完全是出于善意，哪想过要伤害他呢？这个流浪汉——他才是有罪的——只遭了十分钟的难，然而清白无辜的我却受了整整三个月的折磨。

后来村里又发生了几起惨剧，凑巧的是，我目击了每场惨剧的全过程。我的学识和受过的锻炼使我能对这些惨剧看得比未受教育的人更深刻一些。不过这些惨剧一般到了光天化日之下就失去了吓人的力量，它们逐渐退去，消失在灿烂欢欣的阳光里。它们是黑暗和恐惧的宠儿。白昼给我带来宁静和欢愉，但一到夜晚，我重又回到痛苦不堪的梦魇中。在我的整个童年时代，我从没设想过怎样改善自己的生活条件，过上更好的日子。年事增长后，我也没有如此奢求过。但就是到了现在，夜里的情况还没有变，和年轻时一样：给我带来对自己过去所作所为的沉痛感慨。从出生到现在，由于经历了太多不同寻常的事情，所以一到夜晚，脑子里就乱七八糟，从来没有平静过。

儿童的世界

——［美国］雷切尔·卡森

如果说事实等于种子，以后会萌发知识和智慧，
那么，激情以及感官得到的印象就等于肥沃的土壤，
是种子赖以生存的基地。

儿童的世界绚丽多彩，有着许多惊人的发现和无比的兴奋。可是对我们多数人来说，这种锐利的目光，爱一切美丽的和令人敬畏的事物的天性，等不到成年就已经迟钝，甚至丧失殆尽，这不能不说是一种遗憾。我知道掌管天下儿童洗礼的是一位好心的天使。假如我能对她有所要求的话，我倒有这么一个希望：请她赋予世间的儿童以新奇感——无可摧毁的、能伴随他们终身的新奇感，并使它成为万灵的解药。有了它他们在以后的岁月中就会永远陶醉在新奇之中，不致产生厌倦感，不至劳心费神于世俗的偏见上，不至于成为无源之水，无本之木。

如果要保持一个儿童终身的新奇感而又没有天使的恩惠，那么至少需要有一个能同他共享新奇感的成年人和他做伴，并且跟他一起不断去发现我们生活的这个世界的一切欢乐刺激和神秘。而多数父母都心有余而力不足，因为他们一方面既要尽最大努力满足孩子适应世界、感觉世界、要求世界的各种需求；另一方面他们又要承受着复杂的物质世界对他们的冲击，这个世界的生活形形色色，他们自己都感到生疏，好像没有理出头绪、弄个明白。他们无奈地举起白旗：“我该用什么办法教我的孩子认识大自然？唉！我自己都常把两种动植物搞混淆呢！”

父母们应该有这样一个共识，培养孩子养好感觉比灌输孩子知识要重要得多。如果说事实等于种子，以后会萌发知识和智慧，那么，激情以及感官得到的印象就等于肥沃的土壤，是种子赖以生存的基地。童年早期是准备土壤的时期。一旦唤起了种种感情——美感、对新鲜事物和未知事物的兴奋感、同情心、恻隐之心、感激之心、爱慕之心……那么，我们就有希望获得引起感情反应的事物的知识。而这种知识一旦获得，就有深远的意义。这种培养实际是为孩子获取知识架桥铺路，它的作用是使孩子过早掌握那些死知识所无法比拟的。

人的生命的基本矛盾

——［俄国］托尔斯泰

对于每一个人，活着就是希望并有可能达到幸福；
希望并争取幸福就等于活着。

任何人活着只是为了能够称心如意，为了追求自己的幸福。人若感觉不到自己幸福的愿望，他也就感觉不到自己是活着的。人活着不可能想象没有追求个人幸福愿望的生活。对于每一个人，活着就是希望并有可能达到幸福；希望并争取幸福就等于活着。

人只在自己身上，在自己这一个体当中感觉到生命，因此，起初人以为他所渴求的幸福只是他个人的幸福。他似乎觉得只有他一个人活着，真正地活着。他觉得其他人的生命和自己的完全不一样，他把别人的生命仅仅当作生命的类似物。人只是观察别人的生命，并且只从观察中知道他们活着。只有当一个人愿意想到别人的时候，他才知道别人活着，而关于自己他是确切知道的，知道他活着，连一秒钟也不会中止这种知觉。因此，每一个人都把自己的生命看成真正的生命，而把周围其他人的生命只当作自己存在的一个条件。如果他不愿意别人不幸，那只是因为别人痛苦的样子会破坏他的幸福；如果他希望别人幸福，那也完全不像希望自己幸福一样，即不是他希望幸福的那个人真正活得称心如意，而只不过是要别人的幸福扩大他自己的幸福。对一个人来讲，只有自己的幸福，才是重要的和必需的。

于是，在追求实现自己的这种幸福时，人才注意到这种幸福取决于别人的幸福。而在观察、分析别人时，他看到，人们，甚至动物都有和他一样的生命观。所有这些生物，都像他一样，只感觉到自己的生命和自己的幸福，认为只有自己的生命才是重要的和真正的，而其他一切生物的生命只是实现他幸福的工具。他看到，每一个生物，完全像他一样，准备着为了自己的小幸福去剥夺所有其他生物，包括像他一样有思考能力的人的大幸福，甚至生命。而明白了这一点以后，人不由自主地会形成这样的想法，即如果这是真的（而他知道这无疑是真的），那么不是一个，也不是十个，而是世上一切数不清的生物，为了达到自己的目的，每分钟都准备消灭阻碍他实现自己幸福的人。而且，明白了这一点以后，人就会发现，他视为生命意义的他个人的幸福不仅不可能被他轻易获得，而且大概会被夺去。

人活得越久这样的论断就越为经验所证实，人也就会看到他参与其间的那个由相互联系着的，一个想要消灭并吞食另一个的个体所组成的人间生活，对于他不仅不可能是幸福，而且大概会是巨大的灾难。

况且，即使一个人处于有利条件下，即他能顺利地和别人进行斗争，不为自己担惊受怕，理智和经验也会很快地向他指出，他以之为个人享乐品从生活中抢来的那些类似幸福的东西，也不是幸福，而仿佛是幸福的样品，给予他仅仅是为了使他更真切地感受到经常与欢乐并存的痛苦而已。人活得越久越能清楚地感觉到，欢乐越来越少，而苦闷、厌烦、操劳、痛苦却越来越多。岂止于此，他开始体验到精力的衰退和疾病的折磨，在眼看着别人生老病死的同时，他发现自己的生命（他只在此时才感觉到真正的充实的生命）每时每刻都在接近虚弱、衰老和死亡。他的生命，除了遇到有可能被与他搏斗的其他生物消灭以外，按照自己的属性也只能是不断接近死亡，接近任何个人幸福连同个人生命都将被消灭的状态。人看到他自身所做的不过是和他根本无法与之搏斗的东西搏斗——和整个世界搏斗，他寻欢作乐，而实际得到的仅仅是幸福的类似物，并且总是以痛苦告终。可他还想永远保住那保不住的生命。人看到，他本人既不可能有永久的幸福，也不可能有生命。而他想要的幸福和生命只有别的生物才具有，这些生物他觉察不到，也不可能觉察到，而且他不能够也不愿意知道这些生物的存在。

那个对于他重于一切、为他所需要、他以为是唯一真正活着的东西，也就是他自身，终将要灭亡，变成骸骨、蛆虫，反正不是他了。而对他来说既不需要也不重要，他感觉不到是活着的那一整个由无数互相斗争着更替着的生物构成的世界，即真正的生命，才是永存的。因此，唯独人能感觉到的，人的全部活动都是为它而进行的这个生命，原来是某种靠不住的、令人难以忍受的东西。而在他之外，不为他所爱也不为他所感受和理解的生命却是唯一真正的生命。

只有他察觉不到的东西才具有他向往的特性，这不是人在颓丧情绪支配下所能想到的，这不是一种可有可无的想象，相反，这是十分明显的、毫无疑义的真理。人哪怕有一次想到这一层，或者别人哪怕有一次向他说明过，他也将永远不再抛开它，任何东西也不可能把它从他的意识中消除。

生命的起点在哪里

——［俄国］托尔斯泰

人的生命只是伴随着理性意识的出现而开始的。
正是这种理性意识，向人们揭示了自己生命的现在与过去，
同时也揭示了别的个体的生命。

人在童年时像动物一样生活着，关于生命是什么都不知道。假如人只活了10个月，那么他既不会知道自己的，也不会知道任何别的人的生命。不仅婴儿如此，没有理性的成年人、白痴也同样不知道他们自己在活着，也不会意识到别的生灵的生活，因此，这样的人都是没有生命的人。

人的生命只是伴随着理性意识的出现而开始的。正是这种理性意识，向人们揭示了自己生命的现在与过去，同时也揭示了别的个体的生命。而由于这些个体之间的关系而必然发生的一切，例如痛苦和死亡，都是对个人幸福的否定和他所觉得的使他的生命中止的矛盾而产生的。

人希望就像给我们身外看得见的存在物下定义那样，用时间给自己的生命下定义。然而，同肉体诞生的时间不相一致的生命却突然在他身上苏醒了，但是人又不愿相信这个不能用时间来下定义的东西可能是生命。尽管人无数次地想找到那个时间上的起点，以便确认自己的理性生命起始之界，结果却从来没有找到它。

人在回忆往事时，永远也找不到理性意识的起始点。虽然人觉得，理性意识过去一直在他身上存在着。即使人真找到某种类似理性意识的起始点，他也决不能在人的肉体诞生中找到它，而只能从同这个肉体的诞生毫无共同之处的别的方面来找到。人意识到自己理性的产生完全不像他看见肉体诞生的那种样子，当他反问自己的理性意识的起源时，他任何时候都不会去想象他这个理性的生物是自己父母的儿子，是出生在某一年的爷爷、奶奶的孙子。他意识到自己不是作为一个儿子，而是与所有在时间、地点上与他迥异的，生在几千年前的、活动在世界另一端的理性生物的意识融成一体。人在自己的理性意识中甚至看不见自己的任何起源，而是只意识到自己与其他人的理性意识超越时空的融合。因此，他的生

命之内渗进了他们的生命，而他们的生命也吸取了他的生命。正是人们这种苏醒了的理性意识，结束了那些好像是生命的类似物，而迷途的人们却把它看成是生命，因此，迷途的人认为生命中止之时，才是真正生命开始之时。

新 生 命

——［俄国］托尔斯泰

只有做了自己生命事业的人，
只有在这个生命中建立了他身上容纳不了的与世界的新关系的人，
才能相信未来的生命。

如果我要寻找理智的生命概念，那么我只能满足于明确的、明显的东西，而不想让神秘的、任意的占卜猜测等东西来破坏这种明确性和明显性。我知道我凭着生活的所有东西，都是在我之前生活过的，并在已经死去的很多人的生命中形成的。我知道所有遵从理智规律的人，所有使自己的动物性躯体服从理智并表现出爱的力量的人，都是在肉体消失后仍然活在别的人身上的。对我来说，知道这一切也就够了，这样一来那些荒谬的可怕的对死亡的迷信就再也不能折磨我了。

在那些死后仍保持力量、仍在继续产生作用的人身上，我们可以观察到为什么这些人使自己的个性服从理智之后将全部生命献给爱之后，从来不可能怀疑，而且的确从未怀疑过生命不可能毁灭。

在这些人的生命中，我们能找到他们相信生命永恒的信仰基础。然后，当我们深入体会自己的生命之后，我们也能在自身中找到这个基础。基督说，他在生命的幻影消失之后仍将活着。他说这话是因为他在自己的肉体生存时就已经步入了真正的生命，而这生命是不能终止的。他在肉体存在的时候已经生活在从另一个生命中心射来的光线之中了，他已向那个中心走去，并且在自己生前就已看见这种光线在照亮他周围的人。每一个抛弃个体的、以理性的、爱的生命生活的人看到的也正是这些。

无论人的活动圈子是多么窄小，无论是基督、是苏格拉底或者是善良的默默无闻的具有自我牺牲的老人、青年、妇女，无论哪一个人，只要他为别人的幸福抛弃了个性而活，他在此时此地也就会进入到一种与世界的新的关系中。对这种关系来说，死亡不存在，建立这种关系是所有人一生的事业。

将自己的生命看做是对理智规律服从的人，将自己的生命看成是爱的表现的人，从这个生命中一方面可以看到那个新的生命中心射来的光线，他正走向这个中心。另一方面他会看到这种他用生命引来的光，正对周围的人发生着作用，而这必然使他产生无疑的信仰：生命不会削弱，不会死亡，只会永恒地加强。对永生的信仰不可能从随便什么人那里得到，人不可能说服自己相信永生。为了具有永生的信仰，就应当让永生存在。而为了让永生存在，就应当理解自己的生命存在于不可能死的那个东西里。因此，只有做了自己生命事业的人，只有在这个生命中建立了他身上容纳不了的与世界的新关系的人，才能相信未来的生命。

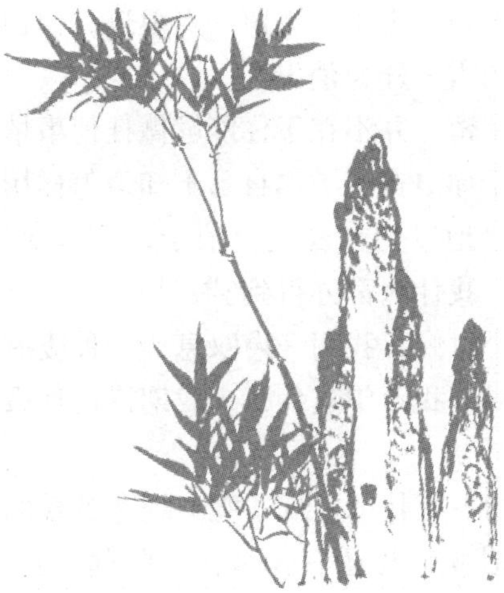

青春的秘密

——［俄国］托尔斯泰

啊，青春，青春，你无所顾忌，
你仿佛拥有宇宙间一切的宝藏，连忧愁也给你安慰，
连悲哀也对你有帮助，你自信而大胆，
你说：瞧吧？只有我才活着。

啊，青春，青春，你无所顾忌，你仿佛拥有宇宙间一切的宝藏，连忧愁也给你安慰，连悲哀也对你有帮助，你自信而大胆，你说：瞧吧？只有我才活着。可是你的日子也在时时刻刻地飞走了，不留一点痕迹，白白地消失了，而且你身上的一切也都像太阳下面的雪一样，消失了。

也许你魅力的全部秘密，并不在于你能够做任何事情，而在于你能够想你做得到任何事情——正在于你浪费尽了你自己不知道怎样用到别处去的力量，正在于我们中间每个人都认真地以为自己是个浪子，认真地认为他有权利说："啊，倘使我不白白耗费时间，我什么都办得到？"

我也是这样……那个时候，我用一声叹息，一种凄凉的感情送走了我那昙花一现的初恋的幻梦的时候，我希望过什么，我期待过什么，我预见了什么光明灿烂的前途吗？

然而我希望过的一切，有什么实现了呢？现在黄昏的阴影已经开始笼罩到我的生命上来了，在这个时候，我还有什么比一瞬间消逝的春潮雷雨的回忆更新鲜、更可宝贵呢？

青年与老年

——［英国］培　根

青年长于创造而短于思考，
长于猛干而短于讨论，长于革新而短于持重。
老年人的经验，引导他们熟悉旧事物，却使新情况得以在他们眼皮底下潜伏，
青年人易于有所发现，但行事轻率却可能毁坏大局。

不可否认，世上有年纪轻轻却经验丰富的人，这是他们注重汲取知识、注重锻炼的结果，但这类人毕竟凤毛麟角，少之又少。

一般说来，青年人富于“直觉”，而老年人则长于“深思”。这两者在深刻和正确性上的差别是显著的。

似乎有神帮助似的，青年人的想象力和发明力特别富有创造性。然而，热情炽烈而情绪太敏感的人往往要在中年以后方能成事，恺撒和塞普提摩斯就是例证。曾有人评论后者说：他曾度过一个荒谬的，甚至是疯狂的青春，然而他毕竟成为罗马皇帝中极能干的一位。具有沉稳性格的人成大器要早一些，早在青春时代便可。奥古斯都大帝、卡斯曼斯大公、卡斯顿勋爵就是活生生的例子。另一方面，对于老人来说，富于热情和活力也是难能可贵的。

青年长于创造而短于思考，长于猛干而短于讨论，长于革新而短于持重。

老年人的经验，引导他们熟悉旧事物，却使新情况得以在他们眼皮底下潜伏，青年人易于有所发现，但行事轻率却可能毁坏大局。

青年时常抱有轻视的念头，眼高于顶，傲气十足，一副踌躇满志的样子。勇于革新而不去估量实际的条件和可能性，结果常因浮躁后，左思右想。

如能把青年人敢想敢做和老年人谨慎稳重结合在一起，必成大事。从现在的角度说，他们的所长可以互补他们各自的所短。从发展的角度说，青年可以从老年身上学到他们所不具有的优点。而从社会的角度说，老年人做事的可信度较高，而青年人的干劲则鼓舞人心。如果说，老人的经验是可贵的，那么青年人的纯真则是崇高的。

《圣经》说：“你们中的少年可以想象神，而你们中的老人则只能梦见神。”

一位犹太牧师是这样理解这句话的：上帝认为青年比老年更接近神，因为想象总比梦幻切实一些。要知道，世情如酒，越浓越醉人——年龄越大，则在世故增长的同时却愈会丧失正直纯真的感情。所谓少年老成的人，就是指缺乏锐意进取精神的人。像古希腊哲学家赫摩格尼斯就是如此。但那种毕生不脱稚气的人，也是不合时宜的。正如古罗马政治家西塞罗评论赫腾修斯说：当他已该老练的时候，他却还很幼稚。最后，也不要做那种人：年少时做出了一番成绩，但越到后来，成就反倒越来越小，终至平庸，像西庇阿·阿非利卡那样。结果让李维批评他："有好的青春，却没有好的晚节。"

如何度晚年

——［英国］罗　素

那些爱好广泛、活动适度，
而又难为个人情感左右的人，
可以顺利成功地度过老年。

从心理的角度来看，人到老年需避免两种倾向：一是过分地沉湎于往事。人不能生活于回忆之中，亦不能生活于对美好往昔的感怀或对已故友人的哀念之中。人们应当举目未来，时刻去想需要自己再做点什么。要做到这一点并非易事，因为往事的影响总是与日俱增。人到老年总会认为昔日的情感要比现在强烈奔放，头脑也远比如今敏锐灵活。如果事实果真如此，那么就需要学会忘却，一旦抛开了昔日的纠缠，那你便能勇敢地面对现实。第二种应当避免的倾向是依恋年轻人，期求从他们蓬勃的活力中汲取力量。儿女们长大成人之后，都会照自己的意愿安排生活。如果你还像他们年幼时那样，事无巨细，处处关心，你便会成为他们生活的累赘，除非他们痴呆迟钝。当然，老人关怀子女是情理中的事，但这种关怀应当含蓄而有分寸，而不应过分感情用事。在动物界，幼子一旦能独立谋生，它们的父母便不再关注它们的生存。而人类因幼年期较长，久不谙事，父母对子女的关注总是久难舍弃。

在我看来，那些爱好广泛、活动适度，而又难为个人情感左右的人，可以顺利成功地度过老年。从这个意义上来讲，长寿才真正有益，老年人由经验凝炼出的智慧也才可以得以正常的发挥。仅仅是告诫年轻人别犯错误是难以收到实效的，因为一来年轻人很难接受劝告，二来犯错误原本就是教育的主要手段之一。但是，老年人一旦受着个人情感的左右，就会觉得如果将自己的心思从儿孙身上挪开，生活便会显得空虚。如果事实果真如此，那么，当你还有能力为子女们提供物质帮助，比如资助他们一笔钱，或为他们编织毛衣之时，你就应当明了并非子女们的快活幸福仅是因为有了你的陪伴扶助。

有的老人常因害怕死亡而郁闷苦恼。对年轻人来说，恐惧死亡可以理解。有的年轻人还担心战争会夺去他们的生命。一想到生活在他们面前展示的种种美好景象会突然消失，他们就会深陷于痛苦之中。这种恐惧应当说是情有可原。但是，对一位历尽了人世悲欢、已履行了自己社会责任的老人，恐惧死亡就显得有些可怜，甚至可耻了。克服这种恐惧的最好办法是——至少我持这种观点——逐渐拓宽自己的兴趣范围，摆脱个人情感的支配，让包绕自我的围墙渐渐离你而去，而你自己的生活则越来越多地融会到社会生活的波浪之中。每一个人的生活都应当像是河流，开始是涓涓细流，在狭窄的山间艰难穿行，然后热烈地冲过巨石，泻下瀑布。渐渐地，河床变得宽广，河岸得以扩展，河水趋于舒坦平缓。最后，河水汇入海洋，不再有中断和停顿，毫无惊悸痛苦地消逝了自身。能如此来看待自己一生的老人，便不会因死亡而恐惧，而痛苦，因为他的生命，他之所爱，都将因为汇入了海洋而继续存在。

老年人随着精力的衰竭，将日益感受到生命的疲惫，此时长眠将会是一种愉快的解脱。我渴望能逝于尚能劳作之时，我未竟的事业将由后来人所继承。令我深感安慰的是，我已经对这个世界倾尽所能。

青　春

——［英国］威廉·赫兹里特

死神的脚步是谁也挡不住的，
对死的嘲笑也是毫无意义的，但什么地方出现威胁，
什么地方就产生希望，
希望就用面纱把所有突然终止的宝贵计划都掩盖起来。

世界在不断发展变化，新鲜事物也不断出现，且花样翻新，十分精彩。自从我们诞生在这个多样的世界，我们就一直在尽我们最大的力量满足我们的爱好。这时我们还没有碰到障碍，没有厌倦的情绪，仿佛一切可以永远照此下去。我们环顾四周，看见一个生机勃勃、不停运动、前进不已的新世界。我们身上充溢着无穷的干劲和精神，发誓要与这个多彩的世界同步向前，而根据眼前的征兆还根本无法预见这样的情况，我们将被世界无情地抛在后面，我们会一步步变老，最终会终止我们的生命。正因为青春时期的单纯，仿佛感觉是处于茫然状态中，所以我们就把自己跟自然等同起来，并且还贻笑大方地宣称自然与我们同在。

我们幼稚地以为我们跟生存的短暂联系是不可分割的、永恒的结合——一种既没有冷淡、冲突，也没有分离的蜜月。我们如同沉睡在摇篮中的婴儿，在荒诞、梦想、欺骗、虚伪编织的摇篮中，我们睡得安安稳稳——我们举起生命之杯，大口喝着，怎么也喝不完，反而越喝越多——各种事物从四面八方纷纷而至，围绕着我们，它们的重要性占据了我们的心，促使我们产生一连串期待中的欲望，所以没时间想到死。的确，这样令人留恋的世界，不容我们去想尘归尘、土归土的俗人归宿，我们无法想象“这有知觉、温暖的、活跃的生命化为泥土”——周围白日梦的光辉照花了我们的眼睛，因而瞧不见那黑森森的坟墓。终点在我们看来遥遥无期，而起点也如水中月、镜中花：它完全消失在遗忘和空虚里，而终点则被匆匆来临的大量事件遮掩着。或者我们只能看见无情的阴影在地平线上徘徊，而要追赶它，则是无望的；或者它那最后的、若隐若现的轮廓接近了天国，就带着我们升天！我们一旦被生命锁定，它就左右着我们的生存和追求，对此我们无能为力，试想一下，还有什么东西比疾病更能反对健康？比衰退

和瓦解更能反对力量和优美？比默默无闻更能反对积极求知呢？死神的脚步是谁也挡不住的，对死的嘲笑也是毫无意义的，但什么地方出现威胁，什么地方就产生希望，希望就用面纱把所有突然终止的宝贵计划都掩盖起来。在青春的精神遭受损害，而“生命的美酒已经喝完”以前，我们在强而有力的感官感召下，如醉酒或发烧下，疾步向前。

生命的春天

——［英国］塞缪尔·约翰逊

冬天的僵冷与黑暗，
以及我们眼见的各种物体所裸露出来的奇形怪状，
会使我们向往下一个季节，既是为了躲避阴冷的冬天，
也是因为晴朗的春天给人以生机和活力。

每个人都会不满足于现状，多少总要驰骋幻想未来的幸福，而且，会凭借解脱眼前困惑他的烦恼，凭借他获得的利益，去把握时间以谋求改善现状。

当这种常常要用最大的忍耐盼来的时刻最后到来时，往往降临的并不是人们企盼的幸福。于是，我们又以新的希望自我安慰，又用同样的热情企盼未来。

如果这种心情占了上风，人们就会把希望寄托在他难以企及的事物上，也许就真会碰上运气，因为他们不是仓促从事。并且，为了使幸福更加完善，他们还会注意采取必要的措施，等待幸福时刻的到来。

很久以前，我认识的一个人就有这样的性情，他沉迷于幸福的梦想中，这给他带来的损害要比妄想通常产生的损害少得多，同时，他还会常常调整方案，显示他的希望之花常开不败，也许很多人都想知道他是用什么方法得到如此廉价而永恒的满足。其实他只是将困难移到下一个春天，那么他的精神也会得到暂时的满足。如果他的健康可以得到补偿，那么，春天就能补偿；如果因价格昂贵而买不起他所需要的东西，那么，在春天这种东西就会跌价。

事实上，春天悄然来到却往往并无人们所想象的那种效益，但人们常常这样肯定：可能下次会顺利些，不到仲夏很难说眼前的春意就令人失望；不到春意了无踪迹的时候，人们总是经常谈论春天的降临，而当它一旦飘离之后，人们却还觉得春天仍在人间。

同这样的人长谈，在思索这个快乐的季节时，也许会感到极大的愉快。我还发现有很多人也被同样的热情所感染（这样比拟是无愧的），这使我感到满意。因为，难道有优秀的诗人面对那些花瓣，那阵阵柔风，那青春的颤音，而不显露他们的喜爱吗？即使最丰富的想象也难以包容那金色季节的静穆与欢欣，而又会

有永恒的春天作为对永不腐朽的清白的最高奖赏。

的确，在世界新旧交替过程中，有一种不可言传的喜悦展现出无数大自然的奇珍异宝。冬天的僵冷与黑暗，以及我们眼见的各种物体所裸露出来的奇形怪状，会使我们向往下一个季节，既是为了躲避阴冷的冬天，也是因为晴朗的春天给人以生机和活力。

新的生命

——［法国］蒙　田

新生命的萌芽，从来没有像今天这么旺盛。
阳光下我不断成长，大地慷慨地赋予我生命。
天国，又把那神奇世界的光辉洒满我一身。

我惊奇地发现我身上蕴藏着新的生命。我仿佛是一片被砍伐过不止一次的树林那样孕育着生机。新生命的萌芽，从来没有像今天这么旺盛。阳光下我不断成长，大地慷慨地赋予我生命。天国，又把那神奇世界的光辉洒满我一身。

有人告诉我，体力凝成的果就是灵魂，但是，当我的体力渐渐衰退时，我的灵魂却依旧高涨。寒冬临近了，我的心中却充满着盎然春意。我闻到了我青春时代的芬芳，闻到了紫罗兰、丁香和蔷薇的气息。愈是接近终点，我愈能真切感觉到那期待着我的未来世界的永恒的交响乐的声音。啊，这声音竟如此美妙、纯真。

多少回我成非我

——［法国］蒙　田

生命与死亡是一对不可调和的矛盾，
此消彼长，我们在逐渐长大的同时，
离死亡也愈接近。

上帝对将要死的人会格外开恩，这是他得善报的唯一表现。这样，辞世时就不会感到死之重大与凶虐了。死亡夺去的不过是半个人或四分之一个人而已。喏，我刚才掉了一颗牙，不费力气，毫无痛苦，这便是自然的死亡期限已至。虽然它曾经锋利过，也曾经辉煌过，但那是我强壮时，现在这一时期已过。就这样，我慢慢消逝，我不复是我本人了。

实际上在我看来，如果我的死属于正常，是自然之老死，那将会给我很大安慰，今后在这方面我对命运再不必奢求格外的恩惠。世人总喜欢说从前如何如何：身材比现在高啦，寿命比现在长啦。梭罗就是那个时代的人，他却认定当时人的寿命最高不超过七十岁。而我则十分赞赏古人的中庸理论，凡事中庸才合情合理，才可致完美境地。既然这样，我哪敢奢望长命百岁，超乎常人呢？一切违反自然进程的事物都可能有不利的一面，而举凡顺乎自然的事物总会给人带来愉快，“凡合乎自然者便应算是好事”。柏拉图由此得出论断：“因受伤等意外非自然死亡的才称为暴毙，因年事高而带来的死亡最轻松不过，也许还是令人愉快的哩。”

“少年殒命，兰摧玉折，
老者故世，果熟离枝。”

生命与死亡是一对不可调和的矛盾，此消彼长，我们在逐渐长大的同时，离死亡也愈接近。我存有一些本人的肖像，那是在我二十五岁、三十五岁的时候画的。我拿来和今天的肖像对比：我已不再是原来的我了！这些年我的面容有了极大的变化，等到我离开这人世时恐怕面容变化会更大，更难想象。

年届五十

——［法国］克莱尔·卡洛娃

年届五十可以是人生的高潮，暮年的精华。
无需为“老年是一艘触礁的船”这样的骇人的话而停下脚步。
既然触礁无可避免，那就让它来吧。

有成就的女人最怕自己的生日被人问津，她们宁愿身着内衣亮相，也不肯将出生证示人。人生本来繁杂无章，为何又要节外生枝?

法国女人称四十岁为生命休眠线的开始。四十岁是教堂欢迎女人去给牧师打扫卫生的年龄，这标志着你已再也无法对谁产生诱惑了。

青春年少正充沛着整个时代，年老力衰则只有向边缘渐退，一点一点从人们的视线中完全消失，意味着你所有的财富爱情、健康、事业、各种梦想和激情都将逐渐丧失。防衰、抗皱的化妆品、秘方、运动是我们社会中最火的商品和防衰老手段，也是最富争论的现象。这个社会表面标榜利他主义，提倡消除不平等，却哄人认为幸福与老年无缘。情况再恶化下去，我们这个表面上慷慨自由的社会必将变成地球上最缺乏宽容的社会。

虽然我已年满五十，进入了休眠期，但这并不碍事，相反我感觉甚好。多年来我一直在不断进取。颇感欣慰的是在这个年龄我已不再做梦。现实而平常的生活也能给我带来快乐和惊喜。肮脏的勾当已不再使我流泪，倒是善良之举常使我感动不已，因此，诚挚地感谢你——时光!

当然，暮年的时光带来的也不光是安逸和平淡，还有对疾病和死亡的惧怕。我害怕有一天我不得不放弃自己的感觉、思维和心得，不得不放弃一些简单的享受，如悠闲地喝一杯淡淡的绿茶，或是在阳光下沐浴。这也是人分秒必争的原因所在。

五十岁，在我看来正值金秋好年华。伴随五十岁而来的所谓疑惑和忧愁大都是臆想虚构。五十岁时孩子离家而去，但这是一场胜利，它证明你给予了他独立生存的智慧和坚强的意志，使他能够开阔一片新天地。男人?五十岁的女人对男人的态度有些奇怪。就我来说，我注意到男人已不再那么热心追求我了。巧得很，能让我心潮澎湃的异性也少之又少了。现在迷人的外表已对我失去魔力。我愈来愈难动心，愈来愈挑剔。总之，我寻找的是一位能做倾心交谈的知音——一位颇具善心、睿智、幽默的男士。

人们应当不难看出，年届五十可以是人生的高潮，暮年的精华。无需为“老年是一艘触礁的船”这样的骇人的话而停下脚步。既然触礁无可避免，那就让它来吧。只是，何必过于匆忙？年届五十的人，前面还有二十年美好的时光在等待他们。这段路也许布满沟壑，稍有不慎即会摔得粉身碎骨，但人人都可以尽力争取做一个幸运者。确有这样的幸运者。我所熟识的密友中即有两位——我的祖母和我的猫。我不怕举座哗然，我要说，我的爱被她们分享，我的思念被她们占据。

那年冬天里的一个夜晚，我去看望祖母。她让我等了好一阵。她戴上假牙，扑好粉，穿上绸缎睡衣才从卧房出来见我。她总是打扮得整齐亮丽，总是悉心照料好自己。一见到我，她便笑着说：“噢，亲爱的，我恐怕是老了，眼皮下垂的时间越来越长了。”第二天早晨，她再也没有醒来，九十二是她生命的终结数字。

菲菲——我生命中的另一至爱，它是那么温柔，那么有耐心，没有哪只猫比得上它——追逐了一整天蝴蝶。它在树上蹿上蹿下，晚餐吃得很香，清洁工作做得也很细致，舒展身子在我腿上睡去了。第二天上午，它没有到花园来追逐蝴蝶，而是蜷缩成一团躺在枕头上。我抚摸它时，才发现它已身体冰凉。它活了十五年两个月又两天。以前我曾经嗔怪：“快别待在床垫上，看你把口水流得到处都是!”倘若还有那样的时刻该多好，我可奉献出所有。

我并不愿意听到这种怜悯与悔意交织的话语。但是爱就是由小小的粗野和斥责构成的。近来，我身体大不如前，情绪感伤，我对自己的孩子说：“我希望到时候能像菲菲那样死去。”

而他笑答：“噢，是吗？蜷成一个句号？”

人的蜕变

——［德国］歌　德

幸福与不幸是不可预期、差别极大的两件事。
世界上所有的事情都是如此。

少年期，闭门造车、叛逆性；
青年期，自大、目中无人；
中年期，老成持重；
到了老年，心浮气躁、反复无常；
如果像这样念你的碑文，那绝对是人！

人类在生长过程中，必须经过各种不同的阶段。而且，在每个阶段中也都有独到的优点与缺点。这些优点与缺点在那个时期里，绝对是必然且正确的，但是到了下一个阶段，则可能完全变了。以前的优点与缺点可能已烟消云散，由其他的优点与缺点代替。如此持续不断地重复着，终于，到达无法预测的最后变化。

人对不同年纪的生活有一定的应对之道。儿童是实在论者，因为儿童确信自己的存在就如同梨子与苹果的存在一样。青年由于内心热情澎湃，方才第一次感觉到自己的存在，拥有自己的意识。青年由此转变成观念论者，但是壮年人却有足够的理由成为怀疑论者，甚至也不得不怀疑自己为目标选定的手段是否正确。为了不让错误的选择造成终生的后悔，在行动之前及行动的同时，必须运用智慧考虑清楚。到最后，老年人经常成为神秘主义的告白者。他们知道大部分的事情并不是一脉可成，也许不合理的事情成功了，合理的事情反而失败了。幸福与不幸是不可预期、差别极大的两件事。世界上所有的事情都是如此。

春天的遐想

——［印度］泰戈尔

人在固体中是固体，
在树木中是树木，
在飞禽走兽中是飞禽走兽。

直到今日，我承认我与树木的亲谊是有着悠久历史的。

我一直反对不分时间地点的紧张工作。森林女神自古是我们的亲姐姐，今天邀请我们这些小弟弟进入她的华堂，为我们描吉祥痣。我们如同见亲人般与她们拥抱，捧着泥土在凉荫下消度时光。我欢迎春风欢快地掠过我的心田，但不要卷起林木听不懂的心语。直至杰特拉月下旬，我把在泥土、清风、空气中濯洗、染绿的生活播布四方，然后静立在光影之中。

然而，所有的工作还得继续进行，文债的账簿在面前摊开着。落入世风的庞大机器和杂事的陷阱，春天来了，依旧动弹不得。

这种经常的现状逼得我站出来大声疾呼，与世界脱离并不能表明你的光荣，人伟大是因为人中间蕴藏世界的全部神奇。人在固体中是固体，在树木中是树木，在飞禽走兽中是飞禽走兽。自然王宫的每座殿堂对他都是敞开的，但敞开又怎样？一个个季节从各个殿堂送来的请柬，人如果拒绝收下，坐在椅子上，丝毫不动，那博大的权利如何获得？做一个完整的人，需和万物浑然交融，人为何不记住这一点，却把人性当做叛逆世界的一面小旗而高高举起？为何一再骄傲地宣称："我不是固体，我不是植物，我不是动物，我是人。我只会工作、批评、统治、反叛？"为何不说："我是一切，我与世界融为一体，我属于世界，独居不是我的本意。"

哎，社会的笼中鸟！今天，高天的蔚蓝如思妇的瞳仁中浮现的梦幻，树叶的葱绿像少女秀额似的新奇，春风像团圆的热望一样活跃，可你敛起翅翼，绕足琐事的锁链叮当作响。

人生便是如此？

浪漫的意义

没有青春的爱情有何滋味?
没有爱情的青春有何意义?

——拜伦

恋爱不是游戏

——［中国］庐　隐

实在的恋爱绝不是游戏，
也绝不是堕落的人生所能体验出其价值的，
它具有引人向上的鞭策力，
它也具有伟大无私的至上情操，它更是美丽的象征。

没有在浮沉的人海中翻过筋斗的和尚，不能算善知识；

没有受过恋爱洗礼的人生，不能算真人生。

和尚最大的努力，是否认现世而求未来的涅槃，但他若不曾了解现世，他又怎能勘破现世，而跳出三界外呢？

而恋爱是人类生活的中心，孟子说："食色性也。"所谓恋爱正是天赋之本能，如一生不了解恋爱的人，他又何能了解整个的人生？

所以凡事都从学习而知而能，只有恋爱用不着学习，只要到了相当的年龄，碰到合适的机会，他和她便会莫名其妙地恋爱起来。

恋爱人人都会，可是不见得人人都懂，世俗大半以性欲伪充恋爱，以游戏的态度处置恋爱，于是我们时刻可看到因恋爱而不幸的记载。

实在的恋爱绝不是游戏，也绝不是堕落的人生所能体验出其价值的，它具有引人向上的鞭策力，它也具有伟大无私的至上情操，它更是美丽的象征。

在一双男女正纯洁热爱着的时候，他和她内心充实着惊人的力量；他们的灵魂是从万有的束缚中得到了自由，不怕威胁，不为利诱，他们是超越了现实，而创造他们理想的乐园。

不幸物欲充塞的现实世界，这种恋爱的光辉，有如萤火之微弱，而且"恋爱"有时会成为无知男女堕落之阶，使维纳斯不禁深深地叹息："自从世界人群趋向灭亡之途，恋爱变成了游戏，哀哉！"

一片红叶

——［中国］石评梅

红叶纵然能去了又来，但是他呢？
是永远不能回来了，只剩了这一片志恨千古的红叶，
依然无恙地伴着我，当我抖颤地用手捡起他寄给我时的心情，
愿永远留在这鲜红的叶里。

这是一个凄风苦雨的深夜。

一切都寂静了，只有雨点落在蕉叶上，淅淅沥沥令人听着心碎。这大概是宇宙的心音吧，它在这人静夜深的时候哀哀地泣诉？

窗外缓一阵紧一阵的雨声，听着像战场上金鼓般雄壮，错错落落似鼓桴敲着的迅速，又如风儿吹乱了柳丝般的细雨，只洒湿了几朵含苞未放的黄菊。这时我握着破笔，对着灯光默想，往事的影儿轻轻在我心幕上颤动，我忽然放下破笔，开开抽屉拿出一本红色书皮的日记来，一页一页翻出一片红叶。这是一片鲜艳如玫瑰的红叶，它挟在我这日记本里已经两个月了。往日我为了一种躲避从来不敢看它，因为它是一个灵魂孕育的产儿，同时它又是悲惨命运的纽结。谁能想到薄薄的一片红叶，里面纤织着不可解决的生谜和死谜呢！我已经是泣伏在红叶下的俘虏，但我绝不怨及它，可怜在万千飘落的枫叶里，它衔带了这样不幸的命运。我告诉你们它是怎样来的：

1923年10月26的夜里，我翻读着一本《莫愁湖志》，有些倦意，遂躺在沙发上假睡；这时白菊正在案头开着，窗纱透进的清风把花香一阵阵吹在我脸上，我微嗅着这花香不知是沉睡，还是微醉！懒松松的似乎有许多回忆的燕儿，飞掠过心海激动着神思的颤动。我正沉恋着逝去的童年之梦，这梦曾产生了金坚玉洁的友情，不可掠夺的铁志；我想到那轻渺渺像云天飞鸿般的前途时，不自禁地微笑了！睁开眼见菊花都低了头，我忽然担心它们的命运，似乎它们已一步一步走近了坟墓，死神已悄悄张着黑翼在那里接引，我的心充满了莫名的悲绪！

大概已是夜里十点钟，小丫头进来递给我一封信，拆开时是一张白纸，拿到手里从里面飘落下一片红叶。“呵！一片红叶！”我不自禁地喊出来。怔愣了半

天，用抖颤的手捡起来一看，上边写着两行字：

满山秋色关不住
一片红叶寄相思

天辛采自西山碧云寺十月二十四日

平静的心湖，悄悄被夜风吹皱了，一波一浪汹涌着像狂风统治了的大海。我伏在案上静静地想，马上许多的忧愁集在我的眉峰。我真未料到一个平常的相识，竟对我有这样一番不能抑制的热情。只是我对不住他，我不能受他的红叶。为了我的素志我不能承受它，承受了我怎样安慰他；为了我没有一颗心给他，承受了如何忍欺骗他。我即使不为自己设想，但是我怎能不为他设想。因之我陷入如焚的烦闷里。

在这黑暗阴森的夜幕下，窗下蝙蝠飞掠过的声音，更令我觉着战栗！我揭起窗纱见月华满地，斑驳的树影，死卧在地下不动。特别现出宇宙的清冷和幽静。我遂添了一件夹衣，推开门走到院里，迎面一股清风已将我心胸中一切的烦念吹净。无目的走了几圈后，遂坐在茅亭里看月亮，那凄清皎洁的银辉，令我对世界感到了空寂。坐了一会儿，我回到房里蘸饱了笔，在红叶的反面写了几个字是：

枯萎的花篮不敢承受这鲜红的叶儿。

仍用原来包着的那张白纸包好，写了个信封寄还他。这一朵初开的花蕾，马上让我用手给揉碎了。为了这事他曾感到极度的伤心，但是他并未因我的拒绝而中止。他死之后，我去兰辛那里整理他箱子内的信件，那封信忽然又发现在我眼前！拆开红叶依然，他和我的墨绎都依然在上边，只是中间裂了一道缝，红叶已枯干了。我看见它心中如刀割，虽然我在他生前拒绝了不承受的，在他死后我觉着这一片红叶，就是他生命的象征。上帝允许我的祈求罢！我生前拒绝了他的，我在他死后依然承受他，红叶纵然能去了又来，但是他呢？是永远不能回来了，只剩了这一片志恨千古的红叶，依然无恙地伴着我，当我抖颤地用手捡起他寄给我时的心情，愿永远留在这鲜红的叶里。

初　恋

——［中国］周作人

她是一个尖面庞，乌眼睛，瘦小身材，
而且是有尖小的脚的少女，并没有什么殊胜的地方，
但在我的性的生活里是第一个人。

那时我十四岁，她大约是十三岁罢。我跟着祖父的妾宋姨太太寄寓在杭州的花牌楼，间壁住着一家姚姓，她便是那家的女儿。她本姓杨，住在清波门头，大约因为行三，人家都称她作三姑娘。姚家老夫妇没有子女，便认她做干女儿，一个月里有二十多天住在他们家里。宋姨太太和远邻的羊肉店石家的媳妇虽然很说得来，与姚宅的老妇却感情很坏，彼此都不交口，但是三姑娘并不管这些事，仍旧推进门来游嬉。她大抵先到楼上去，同宋姨太太搭讪一回，随后走下楼来，站在我同仆人阮升公用的一张板桌旁边，抱着名叫“三花”的一只大猫，看我映写陆润痒的木刻的字贴。

我不曾和她谈过一句话，也不曾仔细的看过她的面貌与姿态。大约我在那时已经很是近视，但是还有一层缘故，虽然非意识的对于她很是感到亲近，一面却似乎为她的光辉所掩，开不起眼来去端详她了。在此刻回想起来，仿佛是一个尖面庞，乌眼睛，瘦小身材，而且有尖小的脚的少女，并没有什么殊胜的地方，但是在我的性的生活里是第一个人，使我于自己以外感到对于别人的爱，引起我没有明了的性之概念的，对于异性的恋慕的第一个人了。

我在那时候当然是“丑小鸭”，自己也是知道的，但是终不以此而泯灭我的热情。每逢她抱着猫来看我写字，我便不自觉的振作起来，有了平常所无的努力去映写，感着一种无所希求的迷蒙的喜乐。并不问她是否爱我，或者也还不知道自己是爱着她，总之对于她的存在感到亲近喜悦，并且愿为她有所尽力，这是当时实在的心情，也是她所给我的赐物了。在她是怎样不能知道，自己的情绪大约只是淡淡的一种恋慕，始终没有想到男女关系的问题。有一天晚上，宋姨太太忽然又发表对于姚姓的憎恨，末了说道：

“阿三那小东西，也不是好货，将来总要流落到拱辰桥去做婊子的。”

我不很明白做婊子这些是什么事情，但当时听了心里想道：

“她如果真是流落做了，我必定去救她出来。”

大半年的光阴这样的消费过去了。到了七八月里，因为母亲生病，我便离开杭州回家去了。一个月以后，阮升告假回去，顺便到我家里，说起花牌楼的事情，说道：

“杨家的三姑娘患霍乱死了。”

我那时也很觉得不快，想象她的悲惨的死相，但同时却又似乎很是安静，仿佛心里有一块大石头已经放下了。

爱与孤独

——［中国］周国平

爱和孤独是人生最美丽的两支曲子，
两者缺一不可。无爱的心灵不会孤独，
未曾体味孤独的人也不可能懂得爱。

凡人群聚集之处，必有孤独。我怀着我的孤独，离开人群，来到郊外。我的孤独带着如此浓烈的爱意，爱着田野里的花朵、小草、树木和河流。

原来，孤独也是一种爱。

爱和孤独是人生最美丽的两支曲子，两者缺一不可。无爱的心灵不会孤独，未曾体味孤独的人也不可能懂得爱。

由于怀着爱的希望，孤独才是可以忍受的，甚至是甜蜜的。当我独自在田野里徘徊时，那些花朵、小草、树木、河流之所以能给我以慰藉，正是因为我隐约预感到，我可能会和另一颗同样爱它们的灵魂相遇。

一个人无论看到怎样的美景奇观，如果他没有机会向人讲述，他就决不会感到快乐。人终究是离不开同类的。一个无人分享的快乐决非真正的快乐，而一个无人分担的痛苦则是最可怕的痛苦。所谓分享和分担，未必要有人在场，但至少要有人知道。永远没有人知道，痛苦便会成为绝望，而快乐——同样也会变成绝望！

交往为人性所必需，它的分寸却不好掌握。帕斯卡尔说："我们由于交往而形成了精神和感情，但我们也由于交往而败坏着精神和感情。"我相信，前一种交往是两个人之间的心灵沟通，它是马丁·布伯所说的那种"我与你"的相遇，既充满爱，又尊重孤独；相反，后一种交往则是熙熙攘攘的利害交易，它如同尼采所形容的"市场"，既亵渎了爱，又羞辱了孤独。相遇是人生的莫大幸运，在此时刻，两颗灵魂仿佛同时认出了对方，惊喜地喊出："是你？"人一生中只要有过这个时刻，爱和孤独便都有了着落。

玫瑰往事

——［中国台湾］林清玄

他很想说出20年前那一段属于玫瑰的往事，
但终于没有说出口。让玫瑰有它自己的生命吧！

11岁的时候，他喜欢上教他国文的女老师，老师25岁，有一对黑眼珠和深深的酒窝。

那时他的父亲种了一亩玫瑰，他每天偷剪一朵父亲的玫瑰，起得绝早，在暝色中将玫瑰放在老师讲台的抽屉，然后回家睡觉，再假装像没事人一样到学校上课。老师对每天的一朵玫瑰调查了好几次，但从来不知道是谁放的。他也不敢承认，只要看到老师每天拿起玫瑰时那带着酒窝的微笑，他就一天都很快乐，甚至唱着小调回家。他在老师抽屉放玫瑰花足足放了两年，直到他从乡下的小学毕业。20年后，他的老师还在乡下教书，有一回在街上遇到，老师的头发白了，酒窝还在，他很想说出20年前那一段属于玫瑰的往事，但终于没有说出口。让玫瑰有它自己的生命吧！那样已经够了，他想。

金急雨是一种花的名字，花谢时像乱雨纷飞。他常站在她家巷口前的金急雨花下，看着落了一地的金黄色花瓣。有时风起，干落的花瓣就四散飞去，但不改金黄的颜色，仿佛满天飞起的黄蝴蝶。

有四年的时间，他几乎天天在花下等她，然后一起走过长长的红砖道路。

他们分开的那一夜是在金急雨花的树下，他看她的背影沉默地消失在黑夜的巷子，心中一片茫然，如同电影放映时的片断，往事一幕幕地从黑巷里放映出来，他一滴泪也没有落，竟感觉那夜的天星比平常更明亮。

他捧起一把落地的金急雨，让它们从手指间静静地滑落，那时他真切地体会到，如果金急雨不落下，明年就没有新的芽，也不会开出新的花。萎落的花并非死亡，而是一种成长，一种等待，等待下一个季节。

相识的时候是花结成蕾，爱的时候是繁花盛开，离别之际是花朵落在微风抖颤的黑夜。为了体会到这种惊奇的成长，他竟落下泪来。

如果我是你

——［中国台湾］三　毛

如果我是你，我会不再等三毛出新书，
我自己写札记，写给自己欣赏，我慢慢地会发觉，
我自己写的东西也有风格和趣味，我真是一个可爱的女人。

三毛女士：

我今年29岁，未婚，是一个单位最低层的办事员，我常常在我下班后，回到租来的斗室里，面对物质和精神相当贫乏的人生，觉得活着的价值，十分……对不起，我黯淡的心情，无法用文字来表达。我很自卑，请你告诉我，生命最终的目的何在？

以我如此卑微的人（我的容貌太平凡了），工作能力也有限，说不出有什么特别的兴趣，也从来没有异性对我感兴趣。

我真羡慕你，恨不得能够活得像你，可惜我不能，请你多写书给我看，丰富我的生命，不然，真不知活着还有什么快乐。

敬祝

春安

一个不快乐的女孩子

不快乐的女孩：

从你短短的自我介绍中，看来十分惊心：29岁正当年轻，居然一连串的用了——最低层、贫乏、黯淡、自卑、平凡、卑微、能力有限这许多不正确的定义来形容自己。

以我个人的经验来说，我也反复思索过许多次，生命的意义和最终目的到底是什么，目前我的答案却只有一个，很简单的一个，便是“寻求真正的自由”，然后享受生命。

不快乐的女孩，你的心灵并不自由，对不对？当然，我也没有做到绝对的超越，可是如你信中所写的那些字句，我已不再用在自己身上了，虽然我们比较起来还是差不多的。

如果我是你，第一步要做的事是加重对自我的期许与看重，将信中那一串串自卑的字句从生命中一把扫除，再也不轻看自己。

你有一个正当的职业，租得起一间房间，容貌不差，懂得在上下班之余更进一步探索生命的意义，这都是很优美的事情，为何觉得自己卑微呢？你觉得卑微是因为没有用自己的主观眼光观看自己，而用了社会一般的功利主义的眼光，这是十分遗憾的。

一个不欣赏自己的人，是难以快乐的。

当然，由你的来信中，很容易揣测你部分的心情，你表达的能力并不弱，由你的文字中，明明白白可以看见一个都市单身女子对于生命的无可奈何与悲哀，这种无可奈何，并不肤浅，是值得看重的。

很实际的来说，不谈空幻的方法，如果我住在你所谓的“斗室”里，如果是我，第一件会做的事情就是布置我的房间。我会将房间刷成明亮的白色，在窗上做一个美丽的窗帘，在床头放一个普通的小收音机，在墙角做一个书架，给灯泡换一个温暖而温馨的灯罩，然后去花市仔细地挑几盆看了悦目的盆景放在房间的窗口。如果仍有余钱，我会去买几张名画的复制品——海报似的那种，将它挂在墙上……这么弄一下，以我的估价，是不会超过四千台币的，当然，除了那架收音机以外，一切自己动手做，就省去了工匠费用，而且生活会有趣得多。

房间布置得美丽，是享受生命改变心情的第一步，在我来说，它不再是斗室了。然后，当我发薪水的时候——如果我是你，我要用极少的钱给自己买一件美丽又实用的衣服。如果我觉得心情不够开朗，我很可能去一家美发店，花一百台币修剪一下终年不变的发型，换一个样子，给自己以耳目一新的快乐。我会在又发薪水的下一个月，为自己挑几样淡色的化妆品，或者再买一双新鞋。

你看，如果我是你，我慢慢地在变了。

我去上课，也许能交到一些朋友，我的小房间既然那么美丽，那么也许偶尔可以请朋友来坐坐，谈谈各自的生活或梦想。

慢慢的，我不再那么自卑了，我勇敢接触善良而有品德的人群（这种人在社会上仍有许多许多），我会发觉，原来大家都很平凡——可是优美，正如自己一样。我更会发现，原来一个美丽的生活，并不需要太多的金钱便可以达到，我也不再计较异性对我感不感兴趣，因为我自己的生活一点一点地丰富起来，自得其乐都来不及，还想那么多吗？

如果我是你，我会不再等三毛出新书，我自己写札记，写给自己欣赏，我慢慢地会发觉，我自己写的东西也有风格和趣味，我真是一个可爱的女人。

不快乐的女孩子，请你要行动呀！不要依赖他人给你快乐。你先去将房间布置起来，勉励自己去做，会发觉事情没有你想象的那么难，而且，兴趣是可以寻求的，东试试西试试，只要心中认定喜欢的，便去培养它，成为下班之后的消遣。

可是，我仍觉得，在这个世界上，最深的快乐，是帮助他人，而不只是在自我的世界里享受——当然，享受自我的生命也是很重要的，你先将自己假想为他人，帮助自己建立起信心，下决心改变一下目前的生活方式，把自己弄得活泼起来，不要任凭生命再做赔本的流逝和伤感，起码你得试一下，尽力的去试一下，好不好？

享受生命的方法很多很多，问题是你一定要有行动，空想是不行的。下次给我写信的时候，署名“快乐的女孩”，将那个“不”字删掉好吗？

你的朋友 三毛

爱我更多

——［中国台湾］张晓风

爱我更多，好吗？
唯有在爱里，我才知道自己的名字，
知道自己的位置，并且惊喜地发现自身的存在。

爱我更多，好吗？

爱我，不是因为我美好，这世界原有更多比我美好的人。爱我，不是因为智慧，这世界自有数不清的智者。爱我，只因为我是我，有一点好有一点坏有一点痴的我，古往今来独一无二的我。爱我，只因为我们相遇。

如果命运注定我们走在同一路上，碰到同一场雨，并且共遮于一把伞下，那么，请以更温柔的目光俯视我，以更固执的手握住我，以更轻缓的气息贴近我。

爱我更多，好吗？唯有在爱里，我才知道自己的名字，知道自己的位置，并且惊喜地发现自身的存在。所有的石头就是石头，漠漠然冥顽不化，只有受日月精华的那一块会猛然爆裂，跃出一番欢快欣悦的生命。

爱我更多，好吗？人生一世如果是赶集，则我的行囊空空，不是因为我没有财富而是因为我手中的财富太大，它是一块完整而不容切割的金子，我反而无法用它去购置零星的小件，我只能孤注一掷地来购置一份深情。爱我更多，好让我行囊满涨而沉重，好吗？

爱我更多，好吗？因为生命是如此仓促，但如果你肯对我怔怔凝视，则我便是上演戏的舞台，在声光中有高潮的演出，在掌声中能从容优雅地谢幕。

我原来没有权利要求你更多的爱，更多的激情，但是你自己把这个权利给了我，你开始爱我，你授我以柄，我才能如此放肆如此任性地来要求更多。能在我的怀中注入更多的醇醪吗？肯为我炉火添加更多的柴薪否？我是饕餮的，我是贪得无厌的，我要整个春天的花香，整个海洋的月光，可以吗？

爱我更多，就算我的要求不合理，你也应允我，好吗？

你是我一生的陪伴

——［中国台湾］刘 墉

四海漂泊几十年，不论年轻或年老，
也无论生与死，她觉得慈爱的父亲，
总在自己的身边。

小时候，父亲常带她去爬山，站在山头远眺台北的家。

“左边有山，右边也有山，这是拱抱之势，后面这座山接着中央山脉，是龙头，好风水。”有一年深秋，看着满山飞舞的白芒花，父亲指着山说：“爸爸就在这儿买块寿地吧。”

“什么是寿地？”

“寿地就是死了之后，做坟墓的地方。”父亲拍拍她的头。

她不高兴，一甩头，走到山边。父亲过去，蹲下身，搂着她，笑笑：“好看着你呀？”

十多年了，她出国念书回来，又跟着父亲爬上山头。

原本空旷的山，已经盖满了坟，父亲带她从坟间一条小路走上去，停在一个红公花岗石的坟前。

碑上空空的，一个字也没有。四周的小柏树，像是新种的。

“瞧？坟修好了。”父亲笑着，“爸爸自己设计的，免得突然死了，你不但伤心，还得忙着买地、修坟，被人敲竹杠。”

她又一甩头，走开了。山上的风大，吹得眼睛酸。父亲掏手帕给她：“你看看嘛？这门开在右边，主子孙的财运，爸爸将来保佑你发财。”

她又出了国，陪着丈夫修博士。父亲在她预产期的前一月赶到，送她进医院，坐在产房门口守着。

进家门，闻到一股香味，不会做饭的父亲，居然下厨炖了鸡汤。

父亲的手艺愈来愈好了，常抱着食谱看，有时候下班回家，打开中文报，看见几个大洞，八成都是食谱文章被剪掉。

有一天，她丈夫生了气。狠狠把报摔在地上。厨房里刀铲的声音，一下子变轻了。父亲晚餐没吃几口，倒是看小孙子吃得多，又笑了起来。

小孙子上幼儿园之后，父亲就寂寞了。下班进门，常见一屋子的黑，只有那一台小小的电视机亮着，前面一个黑乎乎的影子在打瞌睡。

心脏不好，父亲的行动愈来愈慢了。慢慢地走，慢慢地吃。只是每次她送孩子出去学琴，父亲都要跟着。坐在钢琴旁的椅子上笑着，盯着孙子弹琴，再垂下头，发出鼾声。

有一天，经过附近的教堂。父亲的眼睛突然一亮：

“唉？那不是坟地吗？埋这儿多好？”

“您忘啦？台北的寿墓都造好的。”

“台北？太远了？”

拗不过老人，她去教堂打听。说必须是“教友”，才卖她。

星期天一大早，父亲不见了，近中午才回来。

“我比手划脚，听不懂英文，可是拜上帝，他们也不能拦着吧？”父亲得意地说。

她只好陪着去。看没牙的父亲，装作唱圣歌的样子，又好笑、又好气。

一年之后，她办了登记，父亲拿着那张纸，一拐一拐地到坟堆里数：“有了？就睡在这儿？”又用手杖敲敲旁边的墓碑：“Hello？以后多照顾了？”

丈夫拿到学位，进了个美商公司，调到北京，她不得不跟去。“到北京，好！先买块寿地，死了，说中文总比跟洋人比手划脚好。”父亲居然比她还兴奋。

“什么是寿地？”小孙子问。

“就是人死了埋的地方。”女婿说，“爷爷已经有两块寿地了，还不知足，要第三块。”

当场，两口子就吵了一架。

“爹自己买，你说什么话？他还不是为了陪我们？”

“陪你，不是陪我？”丈夫背过身，“将来死了，切成三块，台北、旧金山、北京，各埋一块？”

父亲没有说话，耳朵本来不好，装作没听见，走开了。

搬家公司来装货柜的那天夜里，父亲病发，进了急诊室。

一手拉着她，一手拉着孙子。从母亲离家，就不曾哭过的父亲，居然落下了老泪：

“我舍不得！舍不得！”突然眼睛一亮，“死了之后，烧成灰，哪里也别埋，撒到海里，听话！”

说完，父亲就去了。

抱着骨灰，她哭了一天一夜，也想了许多，想到台北郊外的山头，也想到教堂后面的坟地。

如果照父亲说的，撒到海里，她还能到哪里去找父亲？

“老头子糊涂了，临死说的不算数。就近，埋在教堂后面算了。”丈夫说，“人死了，知道什么！”

她又哭了，觉得好孤独。

她还是租了条船，出海，把骨灰一把一把抓起，放在水中，看一点一点，从指间流失，如同她流失的岁月与青春。

在北京待了两年，她到香港；隔三年，又转去新加坡。

在新加坡，她离了婚，带着孩子回到台北。

无论在北京、香港、新加坡或台北，每次她心情不好，都开车到海边。一个人走到海滩，赤着脚，让浪花一波波淹过她的足踝。

走过那么多路，脚上留下许多伤疤，再找不到少女时的娇嫩。但是四海漂泊几十年，不论年轻或年老，也无论生与死，她觉得慈爱的父亲，总在自己的身边。

爱

——［美国］爱默生

“你虽然已去，而实未去，不管你现在何处，
你留给了他你炯炯的双眸与多情的心。”

爱的世界的核心是个人，个人是一切，一切是个人。因此即使最冷静的哲学家在细叙一个在自然界漫游着的稚幼心灵从爱情之力那里所受到的恩赐时，他都无办法把有损社会天性的话说出口，认为这些是对人性的拂逆。因为虽然降落自高天的那种狂喜至乐只能发生在稚龄的人们身上，另外虽然人到中年之后很难在其身上发现那种令人如狂如癫，那种难以比较分析的冶艳丽质，然而人们对这种情景的记忆却往往最能经久，超过其他一切的记忆，而成为鬓发斑斑的额头上的一副花冠。但是这里所要谈的却是一件奇特的事（而且有这种感触的非止一人），那就是当人们在回顾往事时，使他们感到最为美好，最值得记忆的是某些事物。那里爱情仿佛对一束偶然与琐细的情节投射了一种超乎其自身意义并且具有强烈诱惑的魅力。在他们回首往事时，他们必将发现一些其自身并非符咒的事物却往往给这求索般的记忆带来了比曾使这些回忆免遭泯灭的符咒本身更多的真实性。虽然我们各自的经历有可能存在着较大差别，但无论是谁都会记住那种力量对他的冲击。因为这会把一切都重造过一样，这会是他身上一切音乐、诗歌与艺术的黎明，这会使整个大自然充满雍容华贵，便昼夜晨昏冶艳迷人，大异往常；此时他会变得异常敏感、紧张，而一件与某个形体稍有联系的卑琐细物都要珍藏在那琥珀般的记忆之中；此时若出现一个人，定会引得他侧目凝视，直到这个人在视野里消失，也会痴上半天。这时一个少年会对着一扇彩窗而终日凝眸，或者为着什么手套、面纱、缎带，甚至某辆马车的轮轴而系念极深；这时地再荒僻，人再稀少，也不会觉得有什么难过，因为这时他头脑中的友情交谊、音容笑貌比旧日任何一位朋友所能带给他的都更丰富更甜美；因为这个被热恋的对象的体态举止与话语并不像某些影像那样只是书写在水中，而是像浦鲁塔克所说的那样“釉烧在火中”，因而时常在朗朗无日或夜深人静走入恋人梦境。这时正是：

“你虽然已去，而实未去，不管你现在何处；

你留给了他你炯炯的双眸与多情的心。”

这种感觉即使在步入中年甚或晚年之后，回想起来，仍使我们震撼。深深感喟到彼时的所谓幸福实在远非幸福，而是不免太为痛楚与畏惧所麻痹了，因此能道出下面这行诗句的人可谓渗透了爱情的三味：

“其他一切快乐都抵不了它的痛苦。”

另外，白昼在此时过得太快，黑夜也总是要糜费在激烈的追思回想之中；这时枕上的头脑会因为它所决心实现的慷慨举动而滚热沸腾；这时连月色也成了悦人的狂热，星光成了传情的文字，香花成了隐语，清风成了歌曲；这时一切俗务都会形同渎犯，而街上南来北往的男女也被看做是梦境中的人物。

这种炽情将把一个青年的世界重新造过。它会使得天地万物蓬勃生辉，充满意义。整个大自然将变得更加富于意识。现在枝头上的每只禽鸟的高唱都变得富有深意，连那些音符也变得有生命起来。当他仰视流云时，云彩也都露出美丽的面庞。林中的树木，迎风起伏的野草，探头欲出的花朵，这时也满含着笑意，但他却不大敢将他心底的秘密向它们倾吐出来。然而大自然却是充满着慰藉与同情的。在这个林木幽深的地方，他终于找到了在人群当中所得不到的温馨。

“凉冷的泉头，无径的丛林，
这正是激情所追求的地方，
还有那月下的通幽曲径，这时
鸡已入睡，空中惟有蝙蝠鸱枭。
啊，夜半的一阵钟鸣，一声呻吟，
这才是我们所最心醉的声响。”

请好好瞻仰一下林中的这位优美的狂人吧？这时他简直是一座歌声幽细、色彩绚丽的宫殿；他昂首挺胸，神气十足，有傲视一切的气概，他不断自言自语，好似在与花草林木交心；他在自己的脉搏里找到了与紫罗兰、三叶草、百合花同源的东西；他好与沾湿他鞋袜的清溪交流。

他在增强他对大自然感受的力量的支持下开始对音乐和诗产生兴趣。一件经常见到的情形便是，人在这种激情的鼓舞之下往往能写出好诗，而别的时候是无法达到此种境界的。

这同一力量还把他的全部天性调动起来。它将扩展他的感情；它将使莽夫文雅而儒夫立志。它将向最卑微龌龊的人的心中注入以敢于鄙夷世俗的胆量，只要他能获得他心爱的人的支持。正因他将自己交给了另一个人，他才能更多地将他自己交给自己。他此刻已经完全是一个崭新的人，具有着新的知觉，新的与更为激切的意图，另外在操守与目的上有着宗教般的肃穆。这时他已不再隶属于他的家族与社会。他具备了应有的一切：地位、个性、灵魂、力量。

浪漫的意义

——［美国］葛　瑞

女人因得到象征爱情的玫瑰花和巧克力感到浪漫，
而男人则因为女人感到浪漫才燃起浪漫之情。

如果你身边的男人让你感到他关心你，他了解你的感受，他投你所好，他乐意为你效劳，他会时时伴你身边，那多半是他向你大献殷勤的结果。男人这么做可以直接满足女人对浪漫的需求。如果男人主动对女人表示心意，她会觉得深受宠爱。不过他若忘了做这些事情，聪明的女人会用一把包上海绵的软锤，轻柔地、不断地敲响他的警钟。

男人感受爱的方式不同于女人。他觉得被爱是因为她一再让他知道，他使她感到非常满足。她心情愉悦就会让他有被爱的感觉，即使她只是觉得阳光很暖，他也会觉得自己有功劳。女人的满足就是男人的幸福之所在。

女人因得到象征爱情的玫瑰花和巧克力感到浪漫，而男人则因为女人感到浪漫才燃起浪漫之情。男人小小的殷勤换得女人无限的感激，这就是浪漫之源。几乎所有浪漫基石都由男人铺垫，而女人乐坐其上。女人并不知道男人最需要的爱就是让他觉得自己满足了配偶。

当他看到她捧着他送给的礼物绽放笑容时，他就感受到了爱；若他能为她做某件事，爱就会进入他心中。爱一个男人最重要的技巧就是关心他做对了哪些事，然后向他表示欣赏或感激；最大的错误则是只看到他的不足。

情爱理想

——［美国］威廉·詹姆斯

在任何一个春心萌动的青年心中，
他所爱恋的情人都是完美无瑕的碧玉，
而我们这些感觉迟钝的旁观者对她发出的魅力却心如冰石。

在任何一个春心萌动的青年心中，他所爱恋的情人都是完美无瑕的碧玉，而我们这些感觉迟钝的旁观者对她发出的魅力却心如冰石。谁的观点更接近绝对真理？是那位青年，还是我们？事实上，对于那位情人实际存在的价值，谁更有评价的资格呢？是那位痴情青年太过于疯狂，还是我们这些心理学上的神志不清者对情人奇妙的重要意义估计不足？答案当然是后者无疑，在青年男子面前所呈现的价值当然更为高贵。

在丰富的心灵感受中，情人占据的自然只是弹丸之地，也是不太值得人们产生兴趣的。而且，我们中除青年男子之外的其他人，也不可能像青年男子那样不好意思。因为青年真切地意识到了情人的存在，而我们却没有。他竭力追求与她的内在生活结成一种统一，因此他尽量以男子汉的心情将她的感情神圣化，尽力去预期她的各种欲望，理解她的各种局限。但是他的努力是不见成效的，他同样处于一种彷徨之中，甚至在此时此刻也是如此。当我们无动于衷时，我们甚至不会去追求这些东西，但我们却很泰然，仿佛我们面前正存在着的被称之为情人的外在事实并不存在似的。但是，这位情人了解她自己的内在生活，明白那位翩翩少年的谈话方式——这一点至关重要——是真诚而严肃的求爱方式，因此她也会真诚而严肃地谈论他，并对他做出真诚的反应。

也许这些少男少女之事在远古时代还未成难题。我们每个人能否设身处地？难道没有人愿意了解我们的真实存在吗？换一句话说，难道没有人愿意对我们的洞见做出感知性的回应吗？我们所有的人都应当以这种强烈的、富于同感的和重要的方式相互意识。

倘若你们认为这一说法荒谬，我们无法同时爱上每一个人，那么我只想对你指出，事实上，某些人的存在具有一种巨大的建立人际友谊的能力和乐于谈论别人生活的能力。而更重要的一点是假使他们能够保持心胸博大，那他们无疑会获取更多的知识。日常生活中，少男少女的情爱纠葛，不是因为其情爱过于强烈，而是因为这种情爱的排他性和嫉妒心的结果。你们现在应该清楚我在你们面前所确立的这种情爱理想决不包含任何内在价值意义上的荒谬因素，虽然这种情爱理想在我们看来是多么的不足信。

爱的使命

——［俄国］托尔斯泰

动物性躯体向往幸福，
理性向它指出动物性躯体幸福的欺骗性，
并指出另一条幸福道路，
在这条路上的活动就是爱。

那种被称做幸福的学说，即真理的学说，向人们揭示：代替人们为动物性肉体目的所追求的虚假幸福，人们可以不是在某时某地，而是在现在就能获得永久的幸福，它是人们不可剥夺的、现实的幸福，是他们能达到的幸福。

这种幸福不是推理的产物，不是要在某地寻找的东西，不是在某时某地才具有实现希望的幸福。它是人们最熟知的幸福，是每一个没有腐化的灵魂都在向往着的幸福。

所有人，从童年时代就知道，在动物性躯体的幸福之外，还有一种最好的生命的幸福，它完全不依靠动物性躯体的肉欲满足，恰恰相反，它越是远离动物性躯体的幸福，它就越强大。这种感情，这种解决了人类生命所有矛盾的、并给人以最大幸福的感情是人人都知道的。这种感情就是爱。生命是服从于理智规律的动物性躯体的活动，理智就是动物性躯体为了自己的幸福所应当服从的规律，而爱是人类唯一有价值的理性活动。

动物性躯体向往幸福，理性向它指出动物性躯体幸福的欺骗性，并指出另一条幸福道路，在这条路上的活动就是爱。

动物性躯体渴望着幸福，而理性意识告诫人们所有相互争斗着的生存物所陷入的深深痛苦，告诫人们人的动物性躯体的幸福不可能存在，告诫人们所能实现的应是这样的唯一幸福，其中不存在任何同别的存在物的斗争。既不能中断这种幸福，也不会对它感到厌倦，这种幸福决无死亡的预兆和恐惧。

人们在自己的心灵中找到的这种感情，它正是打开这把大锁的唯一钥匙，它给予人真正的幸福，即人的理性向人揭示出来的、唯一可能实现的幸福。这种感情不仅解决了从前生命的矛盾，而且它似乎正是在这种矛盾中找到了展现自己的可能性。

动物性躯体为了自己的目的而想利用人，而爱的感情却引导他为了别人的利益献出自己的生命。

动物性躯体深深痛苦着，而爱的活动正是把减轻这种痛苦作为自己的目标。动物性的躯体渴望着幸福，其实它的每一下呼吸都在奔向最大的恶——死亡，它一出现，所有躯体的幸福就会毁灭。而爱的感情不仅会消除这种恐惧，还使人们向往着为了别人的幸福而最终牺牲自己的肉体生命。

爱的感情是从属于理性意识

——［俄国］托尔斯泰

这种能解决一切人的生命的矛盾、能给人以最大幸福的感觉，
是所有的人都有的。
这种感觉就是爱。

理性人不能仅为了人生的目的而活着。不能够的原因是此路不通，一切动物人所追求的目标显然都无法达到。理性意识指出其他的目标，那些目标不仅可以达到，而且给予人的理性意识以完全的满足。但是起初在世间的错误学说影响下，人以为那些日标是与他的人生相抵触的。

我们培养出来的人具有强烈的、过盛的肉欲，不管他怎么努力去承认理性的我，他总是不能在理性的我中感觉到他在动物性的自身中所感觉到的对生命的渴求。理性的我仿佛是消极地观察着生活，而它本身不在生活，也没有对生活的渴求。理性的我没有求生欲，而动物性的我要受苦，于是只剩下一条路——逃避生活。

当代消极哲学家（叔本华、加尔特曼）就是这样随随便便地解决问题的。他们否定生活，但照常生活并不利用一切机会弃绝生活。于是自杀者们就来认真地解决这个问题，弃绝除了是恶以外对他们毫无其他意义的生活。

对于他们来说，自杀乃是摆脱当代人类无理性生活的唯一出路。

悲观主义哲学和最普通的自杀者的论断是这样的：有一个动物性的我，他有求生欲。这个有求生欲的我得不到满足；还有一个理性的我，他没有任何求生欲，他只是批判地观察全部并非真实的人生乐趣和动物性的我的情欲，而且全部加以否定。

如果我屈从于第一个我，那么我看到，我疯狂地活着，并且走向灾难，越来越深地陷入其中。如果我屈从于第二个我，即屈从于理性的我，那么在我身上就没有求生欲了。我看到，只为了人身的欲望，即人身的幸福而活着是荒谬的和难以忍受的。为了理性意识当然也可以活着，但却无目的也无愿望。侍奉我所自来的本原——上帝吧。那又为了什么呢？即便没有我，上帝（如果他存在的话）

也不乏侍奉者，那我又何苦去侍奉他呢？当我还没有厌烦的时候，看看这种种生活游戏还可以。一旦我厌烦了，就可以走开，消灭自己。我就是这样做的。

这就是生命的矛盾概念，人类还在所罗门和佛以前就已经有了这个概念，而当代伪学者们还想叫人类返回到这个概念上去。

人身的要求达到了无理性的极限。觉醒了的理智否定人身的要求。但人身的要求如此膨胀，塞满人的意识，使人觉得，理性否定整个生命。人觉得，如果从他的生命意识中丢弃他的理智所否定的一切，那么就什么也不剩了。他已经看不到剩下的东西，剩下来的包含着生命的东西被他视为乌有。

但是光能够在黑暗中发亮，而黑暗不能吞没光明。

真理的学说知道二者必择其一。或者是疯狂地生存，或者弃绝这种生存。

所有的人从小就知道，除了动物人的幸福之外，还有一种更美好的生活幸福，它不仅不取决于动物人的肉欲是否能得到满足，相反，离开动物人的幸福越远，这种幸福就越大。这种能解决一切人的生命的矛盾、能给人以最大幸福的感觉，是所有的人都有的。这种感觉就是爱。

生命是服从理性法则的动物人的活动。理性就是动物人为了自己的幸福应该服从的规律。爱则是人的唯一的理性活动。

动物人渴望幸福，理性给人指明人身幸福的不可靠，并且留下一条路。在这条道路上进行的活动就是爱。

动物人要求幸福，理性意识向人指明一切相互搏斗着的人的灾难，向人指明动物人的幸福不可能有，而他惟一可能有的幸福是这样的：任何人之间不会有争斗，幸福不会终止，不会满溢到令人腻烦的程度，不会预感到死亡，也没有死亡的恐怖。

于是人在自己的心灵中找到了一种能给予人由理性指出的唯一可能的幸福的感情，就像专为这把锁配的钥匙。这种感情不仅能解决以前的人的生命的矛盾，而且仿佛在这一矛盾中才得以表现出自己。

动物人为了自己的目的想要利用人身。而爱的感情却引导人去为了别人的利益献出自己的生命。

动物人是痛苦的。而他的痛苦和这些痛苦的减轻就是爱的活动的主要对象。动物人在追求幸福的时候，实际上每时每刻都在追求最大的不幸——死亡，对死亡的预见破坏了人身的任何幸福。而爱的感情不仅能消除这种恐怖，而且把人引向为了别人的幸福而最终牺牲自己的肉体存在。

爱是真正生命唯一充实的活动

——［俄国］托尔斯泰

爱的细芽所需要的只有一个，
那就是不能挡住理智之阳光对它的照射，
理智的阳光是唯一使它成长的东西。

除了把自己的整个心灵献给自己的朋友之外，不会有另外一种爱。只有在其本身就是一种牺牲时爱才能是爱。只有当一个人向别人献出了不仅仅是自己的时间、自己的力量，而且是为了所爱的对象失掉了自己的肉体、献出了自己的全部生命时，我们人家才能承认它是爱。只有这样，我们才从这个爱中找到幸福，找到爱的奖赏。只是因为人类有了这种爱，世界才能存在。母亲哺育孩子，直接把自己，把自己的身体供给孩子吃，没有这种献身，孩子就不能活，这就是爱。那些为了别人的幸福在工作中损伤自己的肉体并不断使自己身体走向死亡的任何一个工人，同样也是在把自己，把自己的身体供给别人做食品。只有对于那种在自我牺牲的可能性和他所爱的生命之间不存在任何障碍的人，这种爱才是可能的。把自己的孩子交给奶妈的母亲，这不是爱孩子的表现。夺得金钱，并保住金钱的人也不存在真正的爱。

谁要是说他在光明之中还憎恨着自己的兄弟，那么这个人还是在黑暗之中。谁要是爱着自己的兄弟，那么他就会长留在光明之中，在他身上就没有诱惑。而一个人要是憎恨自己的兄弟，那他就会永处黑暗之中，他行走在黑暗之中，不知向何处去，因为黑暗弄瞎了他的眼睛……我们将要用事实和真情去爱，而不是用词汇和语言，这就是我们为什么知道我们会由于真情而使我们的心灵得到安静的原因。我们是可以获得达到了这么完善程度的爱的，就是到了最后审判日，我们也充满了勇气，因为我们在这个世界的行为是经得起审判的。爱是没有恐惧的，而且完善的爱可以驱赶恐惧，因为恐惧中有痛苦。害怕的人在爱方面是不完善的。

只有这样的爱，才能给人以真正的生命。

“用你的全部心灵，用你的全部灵魂，用你的全部理智去爱你的上帝吧。这就是第一的、最大的圣训。”

与此相似的第二条圣训是：“爱你的邻人，就像爱你自己。”懂得法律的人这样回答基督。耶稣说：“你回答得对，就这样做吧，爱你的上帝和邻人吧，那么你就会永生。”

真正的爱就是生命本身。“我们知道我们在从死转向生，因为我们爱我们的兄弟。”基督向教徒们说，“不爱兄弟的人永远是死。谁在爱，谁就有生命。”

按基督教义，爱就是生命本身。但是这个生命不是没有理智的、充满痛苦的、必将死亡的生命，而是幸福无限的生命。我们所有的人早都知道这一点。爱不是理智的结论，不是某种活动的结果，而是生命的愉快活动本身，它就在我们身边，我们大家从最初的可以回忆起来的童年开始都知道这一点，一直到世界上的虚伪学说搞乱了我们的心灵，夺去了我们体验它的可能性。

爱不是对能增加人的肉体的短暂幸福的东西的偏爱，例如不是对挑选出来的某些人和事物的爱，而是对人之外的幸福的追求，它在人抛弃了动物性躯体的幸福之后仍留在人的心间。

活着的人中间有谁没有体会过这种幸福的感情呢？至少总会有一次，尤其是在最初的童年，当心灵还没有被虚伪搅混，生命还没有被虚伪淹没的时候。在这种感情中人就想去爱一切人：父亲、母亲、兄弟、凶恶的人、敌人，甚至狗、马、小草。人就只有一个愿望——让所有人生活得好，让所有人幸福。而且他还更想亲自去做。为了让所有人永远生活得幸福愉快，他愿自己献出自己，这就是爱，也只有这才是爱，人的生命就在于此。

这种生命在于其中的爱，出现在人的心灵里，就像一株不显眼的嫩芽出现在与其相似的一大堆杂草中一样。人们正是把人的各种性欲的杂草叫做爱。最初，人们会觉得这个细芽将来可以成为大树，树上将会落满小鸟，同所有别的芽苗完全一样。人们甚至还会更加偏爱那些长得快一点的杂草的芽苗，却让生命的唯一细芽枯死了。然而，更经常发生的是更坏的情形：人们听到在这一片芽苗之中有一棵真正的最有生命力的叫做爱的细芽后，于是便踩死它，开始培育另外的杂苗，并称杂芽苗为爱。还有比这更糟的：人们用粗鲁的手拔起这棵真正的细芽，高喊：“噢，它在这儿！我们找到它了，我们现在知道它了，我们要使它长大。爱！爱！多么高尚的情感，瞧，它就在这里！”于是人们便栽种它，改良它，占有它，揉搓它，以至于细芽还没有长到开花时就死掉了。于是便有人说：所有这些都是胡扯、荒诞，都是无聊的感伤。

爱的嫩芽，在刚刚出现时是细弱的，是经不起摸碰的，只有长起来的时候，它才强大无比。上面说的那些人所做的一切只能使它遭殃。爱的细芽所需要的只有一个，那就是不能挡住理智之阳光对它的照射，理智的阳光是唯一使它成长的东西。

玫 瑰

——［俄国］屠格涅夫

她瞥见了玫瑰，拿起它来，
看一眼它那被揉皱、被弄脏的花瓣，
看一眼我——她的眼睛突然停住，闪烁起泪花。

八月底的最后几天，秋意已经袭来。

太阳落山了。突然一阵暴雨，没有雷声，也没有闪电，刚刚洒过我们广袤的原野。

房前的花园燃烧着、蒸腾着，全都沐浴在晚霞的火焰里，浸泡在雨后的水泽之中。

她坐在客厅里一张桌子旁边，透过半开的房门，痴呆呆地凝视着花园。

我知道这时她内心里在想什么。我知道在短暂的、甚至是痛苦的斗争之后，就在这一瞬间，她已陷入一种再也不能抑制的感情之中。

突然她站起身子，迅速走进花园，身影消失了。

一小时过去了……两小时过去了，她还没有回来。

于是我站起来，走出屋子，沿着林荫路走去。我确信她也是沿着这条路走过去的。

周围的一切黑下来了。夜幕已经降临。但在小路潮湿的砂地上，穿过弥漫的黑暗，有个圆圆的东西在发出鲜亮的红光。

我俯下身子……那是一朵娇嫩欲滴、绽放不久的玫瑰。两小时前，我还看见这一朵玫瑰花佩戴在她的胸前。

我小心翼翼地捡起掉在泥地上的小花，回到客厅，把它放在她座椅前的桌子上。

瞧，她终于回来了，迈着轻盈的步子，走过整个房间，在桌旁坐下。

她的脸既苍白又激动。被睫毛遮住、仿佛变小了的眼睛，快乐而羞涩地朝左右一瞥。

她瞥见了玫瑰，拿起它来，看一眼它那被揉皱、被弄脏的花瓣，看一眼我——她的眼睛突然停住，闪烁起泪花。

“您哭什么?”我问道。

“呵，我哭的是这朵玫瑰。瞧，它变成了这个样子。”

于是，我想出一个警句。

“您的眼泪，会把这脏污洗净。”我意味深长地说。

“眼泪不能洗涤，眼泪能燃烧。”她答了一句，转身面向壁炉，把玫瑰扔进快要熄灭的火焰里。

“火焰会比眼泪烧得更好。”她不无勇气地慨叹。那对还噙着泪花的、秀美的眼睛，大胆地、幸福地笑了。

我明白，她也在燃烧。

鸫　鸟

——［俄国］屠格涅夫

我从鸟语里面听出一种大自然本身的声音，
一种悦耳的、无意识的、永无始终的声音。

我躺在床上，但我不能入睡。忧虑咬啮着我的心。单调得令人厌倦的痛苦的思绪，缓缓地闪过我的脑海，犹如阴霾天气里从灰色山顶上不停地飘过的绵延不断的云雾。

啊！那时我热恋着，那种无望的痛苦的爱情，只有被岁月的冰霜磨砺过的人才能产生。我的心灵虽然没有被生活所损伤，可已变得并不年轻。不年轻了……即使想变得年轻些，也是无用的、徒劳的。

在我面前，窗棂呈现出淡白的影子。依稀能辨别屋里种种家具。在夏日清晨半明半暗的煤影里，一切显得更寂静，更安稳。我看看表：两点三刻。屋外也是万籁无声……露珠，一片露珠的海洋！

在露水里，在花园中，就在我的窗子上面，一只黑色的鸫鸟已经开始歌唱、鸣啭，嘹亮而又自信地滴溜溜啁啾着。抑扬顿挫的鸣声，送入我静寂的房间。它们灌满了整个屋子，灌满了我的耳朵，灌满了我那被失眠和痛苦的思虑折磨得昏昏沉沉的脑袋。

这些鸟语，显示出一种清新、恬淡和永恒的力量。我从鸟语里面听出一种大自然本身的声音，一种悦耳的、无意识的、永无始终的声音。

这只黑鸫鸟歌唱着，自信地赞美着。它知道，不要多久，照例会耀眼地升起永恒的太阳。在它的歌声里，丝毫没有属于它自己的东西。它这只黑色的鸫鸟，一千年前曾迎接过同样的太阳，数千年后也将迎接这个太阳，——那时，我遗留在世上的东西，在充溢着它的歌声的气流里，也许将像肉眼看不见的尘埃那样，围绕着它鸣叫的躯体旋转。

于是我，一个可怜、可笑、热恋着的人，想对你说：感谢你，小鸟；感谢你在那不幸的时刻，在我窗下突然唱起有力、奔放的歌声。

鸟儿没有安慰我，我也没有寻求安慰……但我的眼睛里噙满了泪花。我心情激动，沉重的负荷，稍稍有所松动。啊，黎明前的歌手，和你欢乐的鸟语相比，即使是有生命的东西，也显得缺乏青春和朝气！

当四面八方都已泛滥着寒冷的波涛，它们不是今天就是明天将把我卷进无边的大海，这时候是否还值得去悲伤，去痛苦，去考虑自己呢？

眼泪在流淌！……而我那只可爱的黑鸫鸟，却若无其事地继续唱它那无忧无虑的、幸福的、永恒的歌！

呵，终于升起的太阳，在我发烫的脸颊上，照见了怎样的泪水啊！

可是我仍像往常那样微笑着。

女　性　美

——［前苏联］苏霍姆林斯基

女性美是人类的最高表现，
在这种美中可以看到新生命的诞生，
看到美好事物的孕育、生长、结果和凋落。

无视女性尊严的人，会傲视所有的人。女性美是人类的最高表现，在这种美中可以看到新生命的诞生，看到美好事物的孕育、生长、结果和凋落。妇女是生活的体现者和创造者，她们对人类的未来怀有最高尚的道德感情。尊重人类妇女就是尊重生活。集心灵美和身体美为一体的真正的女性美源自劳动人民。在劳动人民看来，女性美除了包括美之外还应包括女性的软弱，这种软弱使妇女有权享受男人的尊重和关怀。

勿庸置疑，女性美是人类美的主宰，如果女性能够充分认识到自己在这个社会、家庭及其他团体中的作用，并注意发挥这一特点，那她的美就会展现出来。有多少姑娘并不具有鲜明的外表美，然而她们的魅力却令人神往，这就是因为她们拥有女性美。

女性美是道德纯洁和品行高尚的最高体现，是崇高品德的最高体现。这些特点表现在能以纯洁的感情对待同男人的一切道德美学关系上。如果有哪些男人不尊重这些道德美学关系的某些隐秘面，他就是极大地侮辱了遵守这些美德的女性。

特别是为人母之后，女性美像一朵盛开的鲜花焕发出全部的力量和美。记住，男人的道德越高尚，妇女同他相处时所发挥的作用就越大，她越能巧妙地利用自己的女性美来加强自己在家庭中的道德威信。有一点你要记住这对你有益无害，那就是在家庭里妻子越充分发挥了女性美，丈夫越尊重妻子的意志，对孩子的教育就越有利。

女性美是妇女的一种精神力量，它不仅是教育孩子的力量，而且是教育丈夫的力量。这一点你在一些美好的家庭里看得很清楚。假如没有母亲，孩子对善与恶的分辨就会迟钝，而且缺乏人情味和同情心。

大自然和人类发展的历史进程赋予女性的工作比男人的更精细、更富人情味。因此，女性的孱弱很让人怜爱就显得可以理解。但是，只有孱弱和巨大的精神力量兼而有之的时候，这个特点才值得怜爱。女性美的魅力就寓于这种结合之中。在操持家庭时，在教育子女和丈夫时，妻子意志坚定，始终如一和言行一致，这些优点无疑为妻子树立好的家庭声誉起着重大的基石作用。

求偶飞行

——［前苏联］普里什文

幸福仅仅依赖于爱情，依赖于有没有爱情；
爱情本身就是幸福，而这爱情是和“才情”分不开的。

在这本该是山鹬求偶飞行的时日里，一切如平常般美好。但是山鹬却无踪迹可寻。我沉浸在回忆之中。山鹬没有飞来，而在那遥远的过去没有来的却是她。她是爱我的，但是她觉得我对她的激情是无法用爱来报答的，所以她没有来。我也从此脱离了这“求偶飞行”，永远不再见到她了。

此刻是如此美妙的黄昏，百鸟争鸣，万籁俱在，唯独山鹬不曾飞来。两股水流在小河中相遇，发出撞击声，随即又归于沉寂。河水依旧沿着春天的草原缓缓地流动。

后来我发觉自己陷入沉思：由于她没有来，我一生的幸福却降临了。原来她的形象，随着岁月的流逝逐渐消失了，但留在我心中的感情，使我永远去寻找她的形象，却又总是找不到——尽管普天下的万象都是我关注的焦点。于是，普天下的一切，都像是人的面孔似的映现在她一个人的面孔上，而这副宽阔无边的面孔的姿容就足够我一辈子欣赏不尽，而且每逢春天总有一些新的美色映入我的眼帘。我是幸福的，唯一觉得美中不足之处是没有让大家都像我一样幸福。

我的文学生涯就是我自己的生命，这是我的文学生涯常胜不衰的原因。我觉得任何人都能够做到像我一样：且试着吧，忘掉你在情场上的失意，把感情移注到字里行间，你一定会受到读者的喜爱的。

此刻我还在想：幸福完全不依赖于她之来或不来，幸福仅仅依赖于爱情，依赖于有没有爱情；爱情本身就是幸福，而这爱情是和“才情”分不开的。就这样，我一直想到了天黑。我突然明白了：山鹬再也不会来了。我的心像刀割一样刺痛。我低声自语道：“猎人啊猎人，那时候你为什么不手下留情，把她留住呢？”

别做情感的奴隶

——［英国］休　谟

虽然我们不能主宰生活中欢乐的事或痛苦的事，
但是我们可以很好地选择我们自己所读的书籍、
所参与的娱乐活动、所保持的友情关系。

感情过于细腻敏感的人，很容易受偶然事件的左右，每个成功或顺利的事件都使他兴高采烈，而一旦处于逆境或遭到不幸时就垂头丧气，沉溺于强烈的悲伤之中。给他一些恩惠和提拔，就会使他感激涕零；而稍微伤害了他一点，就会招致他的愤怒和怨恨。得到点尊重和夸奖，他们会忘乎所以；略受轻蔑，他们就会悲观失望。

不可否认，这样的较有沉稳性格的人有着更多的兴奋和快乐，但自然也有更多的刺骨的忧愁。但是如要权衡一下事情的轻重，我想，如果一个人能完全主宰他自己的气质，就一定宁愿具有沉稳的品格。因为命运的好坏，不是我们自己可以随意支配的。再者说在生活中欢乐的事并不见得比痛苦的事多，这样，敏感的人能尝到欢乐的机会就不一定少于尝到痛苦折磨的机会。这样的人在生活中是很容易不检点、不谨慎的，也就很容易犯错误，而这些错误常常是无可挽回的。

虽然我们不能主宰生活中欢乐的事或痛苦的事，但是我们可以很好地选择我们自己所读的书籍、所参与的娱乐活动、所保持的友情关系。

完美无缺的境界是达不到的，不过每个有智慧的人总把自己的幸福建立在自己的努力上。对于全靠其他条件才能获得的幸福，如情感敏锐精细的人所追求的那些东西，他不去追求。

致爱兰·黛丽的情书

——［英国］萧伯纳

人生是不断地在变化的，
第一个阶段的终点便是第二阶段的起点。

一

的确如此，假如我愿意的话，我要把你送给我的一些照片送给人家。

啊，为什么，为什么，你为什么送我那张拍摄你的背影的照片呢？你做我的好安琪儿觉得不满意吗？你要每天做我的安琪儿吗？（写不出“坏安琪儿”这几个字来，因为我不相信有这种东西。）那些拍摄到你的眼睛的照片真是妙极了，真像天上的星星。可是，当你把灵魂和智慧之光完全转到别处而不朝向我的时候；当我只看见你那么美丽的面颊的轮廓和脖子的下部的时候，你使我产生了一种宏愿不能实现的失望和悲哀——呵，小淘气，你总有一天会使天堂和我距离太远，然后——记住，这些话如果不用坦坦白白、直截了当的方式说出来，我将会苦恼不堪。

我，萧伯纳，今日看见爱兰·黛丽小姐之玉照，觉得我的全部神经都在震动，觉得我的心弦给最强烈的情感所激动，极想把这位小姐拥抱在我的双臂中，并证明在精神上、智能上、身体上，在一切空间、一切时间和一切环境中，我对她的尊敬永远是完全充分的尊敬。

空口无凭，立此为据。

今天晚上朗读的剧本完全失败了。这个剧本一点用处也没有，我寻找黄金，可结果得到的却是枯叶。我一定要试了再试，试了再试，试了再试。我常常说，我只有在写完二十个坏剧本之后才写得出一个好剧本。然而这第七个剧本令我大吃一惊，是幽灵鬼怪的东西。我整个晚上都很快活，可是我已经死了。我读不出来，反正又没有什么值得一读的东西。你所谓家庭的温暖舒适乃是指你的家庭的温暖舒适。只要你去掉了我身上的重担，我就可以像小孩那样熟睡了。不，我永远不会有一个家。可是，请你不必大惊小怪，贝多芬不是也不曾有过一个家吗？

不，我没有勇气，过去和现在我都是胆小如鼠的。这是确确实实的话。

她要到星期二才能回来。她并不真心爱我。老实说，她是个聪明的女人。她晓得她那种无牵无挂的独立生活的价值，因为她曾经在家庭束缚中和传统习俗中受苦；一直到她的母亲逝世、姊妹出嫁的时候她才获得了自由。在她尚未熟识世故的时候——在她尚未尽量利用自由和金钱的权力的时候——她觉得她不应该结婚。这个时候结婚便无异作茧自缚，傻不可信。根据她的理论她是不愿意结婚的。她几年前在某地碰见一个失恋的伤心男子，双方热恋起来（她是非常多愁善感的），后来她偶然读到我的《易卜生主义的精华》，自以为是在此书中找到了福音、自由、解放、自尊以及其他的东西，才开始和那个男子疏远了。过了不久，她遇见那篇论文的作者了，这个作者——你知道——在通信方面是不会令人感到十分讨厌的。同时，他也是骑自行车旅行的好伴侣，尤其是在乡间住宅找不到其他伴侣的时候。她渐渐喜欢我，可是她并没有对我搔首弄姿，假献殷勤，也没有忸忸怩怩，装作不喜欢我。我渐渐喜欢上她了，因为她在乡间使我得到安慰。你把我的心弄得那么温暖，使我对无论什么人都喜欢。她是最接近我的女人，也是最好的女人，情况便是这样。你这聪明人对此有何高见？

二

呵，终于接到你的几行书了，啊，不忠的、无信的、妒忌的、刻薄的、卖弄风情的爱兰啊，你把我推进深渊，然后因为我掉下深渊而抛弃我。

你的忠告真是非常坦白而中肯。你叫我虔虔诚诚地静坐着，觉得一切都很美好，什么事也不要做。当我读到你那用漂亮的大号印刷体的字写出的训诫时，我禁不住像狮子那样地跳跃起来。啊哈，大慈大悲的爱兰啊，难道你真是一个被男人离弃了的女人，双臂既不萎缩，经验又极丰富，坐在隐僻之处纯真地克制自己吗？

我像一阵旋风那样，猝然飞上巴黎，又飞回来；亲爱的爱兰啊，现在她是个自由的女人，这次的事情并没有使她付出半个铜板的代价；她以为自己是堕入情网了，可是她心里知道她不过是领到一张药方。后来当她看见她的情人在讥笑她，推测她的心理并且承认他自己只是一瓶医治神经的药品而欣然离开时，她感到宽慰了。

除了对聪明的爱兰有用处之外，我对其他女人还有什么用处呢？在见识方面只有爱兰可以和我匹敌，也只有她知道怎样用世界上最神圣的东西——未满足的欲望——作为护身符。

再会——邮车快要开了，今天晚上非把这封信寄出不可。

呵，我现在生龙活虎，精神焕发，活跃而清醒，这完全是你的灵感所赐。

你现在还有什么话好说呢？

哈！哈！哈！哈！！！以嘲弄对待一切错觉，给我亲爱的爱兰的只有温存。

三

不能，我的确不能随心所欲地写信给你，如果什么时候想写就写，我哪里还有功夫赚钱过活？

我从前用那本漂亮的浅蓝色透明信纸写信给你，可是现在我不知道把它放在哪里，所以只得改用这种讨厌的信纸了。坐在安乐椅上用一张张零散的纸写信是非常困难的。

不，我的膝盖的伤势并不太严重，只是不能照常活动罢了。等那块软骨跟其他部分的骨肉结合起来之后，我便可以安然无恙了。

在这个世界上，你必须首先知道所有的见解，然后选择一个，并且始终拥护它。你的见解对不对，那你可以不必考虑——北方是不会比南方更正确或更错误的——最重要的是那个见解确确实实是你自己的，而不是人家的；你要用尽全力去拥护你的见解。而且，不要停滞不前。人生是不断地在变化的，第一个阶段的终点便是第二阶段的起点。剧院跟舞台和报纸一样，就是我的撞城槌，所以我要把它拖曳到前线去。我的嘻笑怒骂只是我较大的计划的一部分，这个计划比你想象中的计划还要大。例如，莎士比亚在我看来乃是巴士底狱的一个城楼，结果非给我撞毁不可。不要理睬你那些孩子们的家庭，不敲破鸡蛋蛋卷是煎不成的。我痛恨家庭。

快要六点钟了，我得赶快把这封信寄出。

再会。

四

亨利·欧文真的说你在和我发生恋爱吗？由于他说出这句话来，愿他一切罪孽得到上帝的赦免！我要再到兰心剧院去看戏，然后写一篇文章，证明他是空前绝后扮演《理查三世》的最伟大的演员。他说他不相信我们俩从未见过面，这一点也使我大受感动。有感情的人没有一个会相信这样残忍无情——指恋人不见面——的事情的。

我所提到的那一段文章，可是我看到另一段文章，里面描写你看过意大利著名演员杜扎演《茶花女》之后，怎样冲上舞台，倒入她的怀抱中啜泣。可是，你虽然读过我的剧本——比杜扎伟大得多的成就——却没有冲到我这里来，倒在我的怀抱中啜泣。啊，那没有关系，因为你现在已经恢复健康了。你熟睡吧，因为当你清醒时，你总是先想到一切别的东西和一切别的人，然后才想到我——啊，我发觉这一点时感到非常激动。没有地方再容纳另一个人了。

五

这是肖伯纳前往标准剧院观看英国戏剧家亨利·阿瑟·琼斯的剧本《医生》第一晚演出后所写，当时爱兰·黛丽扮演该剧主角。

永远是我的，最亲爱的——我今天晚上不能走得更靠近你了（即使你要我走得更靠近你，那也是办不到的——你说你要我走得更靠近你吧——啊，说，说，说，说你要我走得更靠近你吧），因为如果我走得更靠近你，我是会受感情的驱使，按照心中的感受去看你，去和你说话的；而在那么许多不十分圣洁的观众的耳目之前，你是不会喜欢我做出这种举动的。当时我有一两次几乎从座位上站起来，请全体观众离开剧场几分钟，好让我破题儿第一遭抚摸着你的纤手。

我看见了那出戏——啊，不错，一丝一毫都看在眼底。我没有看你的必要，因为你的存在已经使我整个心房感到万分紧张了。

亲爱的爱兰，你想一想吧，即使你把那个恶毒的、残酷的、印第安人般野蛮的、丑陋的、可笑的羽毛饰物插在你的神圣的头发间来警告我，说你完全没有心肝，我对你的感情还是这个样子，只要你——啊，胡说八道！晚安，晚安。我是个傻瓜。

六

没有病！有一千种病。我永远看不见我的爱兰；我难得接到我的爱兰的消息；当她写信给我的时候，她不把信付邮。无论如何，她责骂我不答复一些我从未收到的信，她责骂我不做一些她从未叫我做的事。这就是九百九十九种病；还有一种病就是我必须准备出版我那个剧本，又必须写《星期六评论》每周的稿子。第一篇刚脱稿，便得开始写第二篇，又必须参加费边社的两个委员会，每周各举行会议一次，现在又必须参加教区的两个委员会，又有韦布夫妇那篇关于民主主义的伟大的新论文需要我帮忙修订。在这种情况之下，我甚至不能写信给你，因为我的脑子在筋疲力尽之余，所说出来的话恐怕只会使你感到讨厌。因为在这种时候，我觉得我的心是不在我的笔上的。当然，那没有什么关系；我一息尚存，无论工作劳苦到什么样子，都没有关系；同时我也喜爱教区委员会的活动及其垃圾车和那些模仿想象中的时髦剧院作风的演讲员。可是萧伯纳这架机器还没有达到十全十美的程度。现在我很忧虑，因为我忘掉了一件事、留下了一件事还没有做，有一件事令人不很满意：这件事就是你，不是别的。然而，如果占有你是最幸福的事，那么，想占有你则是其次的最幸福的事——比度着又僵硬又难过的生活更好，因为我现在一口气不休息地连续工作的时间越来越长，没有功夫或机会可以使用我的心。

我现在不能把《华伦夫人的职业》送给你看，因为剧本还没有印出来。潘旦馨女士已经学会打字，她正在根据我那份笔迹模糊的原稿，替我打出一份稿子；我正在修改这份稿子，准备把它交给印刷厂。它是我最优秀的剧本；可是它使我寒心：我简直不敢看剧本中那些可怕的句子。啊，当我写那些东西时，我的确有点勇气。可是那不过是三四年前——最多五年前——的事情。

我明天上午又要乘十点三十分的火车回多金去，我今天晚上需要参加费边社的会议；下星期一又需要参观教区委员会的一次会议。——讨论“公主宴会基金”问题——一桩无聊透顶，极其浪费的蠢事。可是谈到这些事情会使我的信索然寡味。我多么希望把你带到那边去啊。那边只有韦布太太、潘旦馨女士、比尔特丽斯·克莱顿（伦敦主教的女儿）、韦布和我。唉！多了四个人。我不知道你对我们的生活有何感想——我们这里有的是没完没了的关于政治理论的谈话。我们每天上午拼命写文章，一人占用一个房间；家常的三餐狼吞虎咽；进行骑自行车运动；韦布夫妇埋头研究他们的工业和政治学；爱尔兰人潘里馨女士，绿眼珠，又机敏又伶俐，觉得什么都“非常有趣”；我自己则始终感到疲乏，忧愁，始终以为“正在写信给爱兰”。我担心如果你生活在这种环境里，不到三小时就会烦死。呵，我渴望，我渴望……

七

最亲爱的爱兰，对我来说反对虐待动物的运动是早已有之的事情了。海登·科芬太太曾为这个运动努力奋斗一番。唉！可惜她的努力仅仅像暴虐的大海里的一滴水毫无影响，因此我有点不明白那些动物为什么还不想办法扑灭人类（像我们扑灭老虎一样），或者在绝望中自杀了事。

对那些训练狗类而为表演之用的人，我们一看见就应该把他们枪毙；要认出他们是不难的，他们脸上的表情是比他们手中的皮鞭和虐待动物的动作更明显的。世界上的动物似乎只有海豹和海狮从表演中得到乐趣，但它们如果不能马上得到报酬——吃到鱼，显然是不愿意表演的。我们那些现代驯狮女人在她们训练的二十四只狮子群中昂首阔步，不可一世；这二十四只狮子也许会感到被饲养的乐趣（直到又肥又嫩的婴孩肉吃起来也觉得恶心的时候）；可是它们过的是厌烦无聊的日子，的确是可怜而又可鄙；那个驯狮女人朝着它们的眼睛鞭打它们，使它们怒吼道："啊，我的天，别来打扰我吧。"在这个时候，我总是希望它们会把她咬死，碎尸万段，可是结果我总是感到失望：它们恨她，恨到不愿意去对付她了。关在铁笼里的鸟儿和老虎，比古代传奇故事里的巴士底狱的囚犯更痛苦；可是动物园里有一只无鬃毛的狮子（在那动物园里出生的），喜欢观众赞美它，情愿让你抚摩它。那只名叫迪克的有鬃毛的狮子是很凶猛的动物。我可怜它那被虐待、被欺负的妻子（看样子是它的妻子）。你用不着夸口说你已经七十二岁。我已经六十三岁零九个月了。

溺身于情

——［英国］培　根

夫妻之爱，使人类繁衍；
朋友之爱，致人于完善。
但那荒淫纵欲的爱却只会给人带来毁灭。

有人说“人生不过是一座大舞台”，但我不赞同这种说法。好像一个本该思考天意，追求高尚目标的人，却应一事不做而只拜倒在一个小小的偶像面前，成为自己感官的奴隶——虽说还不是与禽兽无异的奴隶，但毕竟也只是娱目色相的奴隶。难道上帝赐给人类眼睛的目的不是看更高尚的东西吗？

过度的爱情，必然会夸张对象的性质和价值。例如，只有在爱情中，才总是需要那种浮夸谄媚的辞令。而在其他场合，同样的辞令只能招人耻笑。古人有云：“最大的奉承，人总是留给自己。”但对情人的奉承应算例外。因为再伟大的人也甘愿拜倒在情人的脚下。所以古人说得好：“恋爱者难保神智清明。”情人的这种弱点不仅在外人眼中是明显的，就是在被爱者的眼中也会很明显，除非她（他）也在爱他（她）。所以，爱情的代价就是如此，若得不到要求的爱，那就只有得到轻蔑。由此可见，人们应当十分警惕这种感情。因为它不但会使人丧失其他，而且可以使人丧失自己。

至于其他方面的损失，古人早告诉我们，那追求海伦的人，舍弃了天后和巴立斯的礼物。这就是说溺身于情的人是甘愿放弃一切的，包括金钱和思想。

爱情在人心最空虚、最寂寞的时候最容易进入，也就是当人春风得意、忘乎所以和处境窘困、孤独、凄凉的时候。虽然在后一情境中不易得到爱情，但人在这样的时候最急于跳入爱情的火焰中。由此可见，“爱情”实在是“愚蠢”的儿子。但有一些人即使心中有了爱也会加以控制，使它不妨碍重大的事业。因为爱情一旦干扰事业，就等于在人与目标之间筑起了一道高墙。

我不懂是什么缘故，使许多军人更容易堕入情网，也许这正像他们嗜爱饮酒一样，是因为欢乐可以缓解长久的紧张状态。

人心中都有一种博爱，若不集中于某个专一的对象就必然施之于更广泛的大众，使他成为仁善的人，像有的僧侣那样。

夫妻之爱，使人类繁衍；朋友之爱，致人于完善。但那荒淫纵欲的爱却只会给人带来毁灭。

情感世界

——［英国］罗　素

害怕爱情就是害怕生活，
而害怕生活的人生命已失去了大半。

我们的爱情一直被旧的道德毒害着，从童年时代、少年时代、青年时代直到结婚。它使我们的爱情充满了忧郁、恐怖、误会、悔恨和神经紧张，把性的肉体冲动和理想爱情的精神冲动分为两个不同的部分，使前者成为兽性的，使后者成为无生育的。这不是我们想要的生活。

动物的天性和精神的天性不应当发生冲突。两者之间决非水火不相容，它们只有彼此结合才能达到完美的地步。男女之间完美的爱是自由而无畏的，是肉体和精神的平等结合，它不应当由于肉体的缘故而不能成为理想的，也不应当由于肉体会干扰理想而对肉体产生恐怖。

爱犹如一棵根深置于地下的树，它的树枝可参天，但是，如果爱被忌讳、恐怖、斥责的话语和可怕的沉默所束缚，它是不会根深叶茂的。

人的情感生活离不开男女之爱和父母与子女之爱。传统道德在削弱一种爱的同时，又声称要加强另一种爱，但实际上父母对于子女的爱往往由于父母之间的爱的削弱而蒙受着极大损失。如果孩子是快乐和相互满足的产物，那么健康的、自然的、无私的爱便是父母给予他们的，这是那些饥饿而渴望在可怜的孩子中得到他们在婚姻中所得不到的营养的父母无法给予的，这样的父母将使孩子的思想产生偏差，并为下一代造成同样痛苦的基础。害怕爱情就是害怕生活，而害怕生活的人生命已失去了大半。

爱情的罗曼蒂克

——［英国］罗　素

罗曼蒂克是一种感情形式。
罗曼蒂克爱情的精髓在于视被爱对象为宝贵知己而自己又难于占有，
因而便采用如诗赋、歌曲、武功或任何可以想象出来的取悦方法，
来获得对方的注目与爱情。

罗曼蒂克是一种感情形式。罗曼蒂克爱情的精髓在于视被爱对象为宝贵知己而自己又难于占有，因而便采用如诗赋、歌曲、武功或任何可以想象出来的取悦方法，来获得对方的注目与爱情。

人们之所以认为情人有巨大价值，在很大程度上是因为对方难于为自己占有。最初罗曼蒂克爱情并不施之于那些能与其发生合法或非法性关系的妇女，而是针对那些因无法逾越的道德和传统习俗障碍而无法与其结合的贵妇。因为这种障碍使爱产生了诗情画意，柏拉图式的感情维持了爱情的美感。结果人们狂热地表达爱恋，而又抑制了亲昵之欲。渐渐地这种观念为许多人所接受，他们认为纯洁高尚的欢乐只可能存在于没有掺杂任何性因素的、专心致志的默祷之中。一个男人如果深恋和尊敬某个女子，他将感到无法将她同性活动联系起来，他的爱情将会采取富有诗意和想像的形式，很自然地充满了象征主义的色彩。

在文艺复兴时期，爱情虽然仍充满诗情画意，但通常已不再是柏拉图式的感情。人们普遍持这种观点：女人最好是难于接近而又并非不可能或不可以接近。

罗曼蒂克爱情在浪漫主义运动中达到了高峰，优美的诗歌把爱情的热望与想像表达无遗。爱情之树之所以会这么枝繁叶茂，是因为大多数人都认为罗曼蒂克爱情是生命必须奉献的最为热烈的欢乐之泉。彼此倾心相爱，充满想像而又柔情似水的男女关系，有着不可估量的价值。对这种价值漠然视之于任何人都是一大不幸。任何社会制度都应当容忍和允许这种欢乐，尽管它只是生活的内容之一而非生活的主要目的。

罗曼蒂克的爱情应该成为婚姻的动力。但是，使婚姻美满幸福的，并不是罗曼蒂克的爱情，而是一种比罗曼蒂克更亲密、更深情、更现实的爱情。在罗曼蒂

克的爱情中，双方都通过一层绚丽的薄雾观察对方，因而得出的印象并不完全真实。一个女人要想在婚后仍然保持罗曼蒂克的爱情，就须得避免与丈夫的亲密行为，并像斯芬克斯一般，不袒露出内心深处的思想与感情，同时还得保持一定程度的身体隐秘。不过，这些行为无法使婚姻进入到最完美的境地。而欲达到完美，就需要没有任何假象的情真意切的亲密关系。

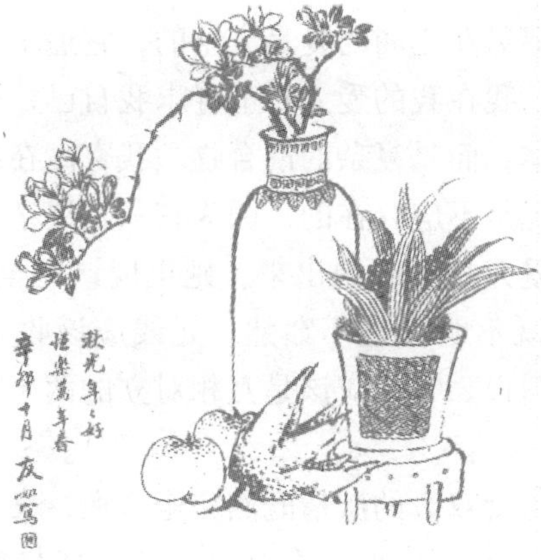

爱 情

——［英国］劳伦斯

神圣的爱是无私的，追求的不是自己的利益。
情人为自己的爱人献身，只求与她达成完美的统一。
但男女之间的爱是完整的，它追求神圣和世俗的统一。

……男女之间的爱是世上最伟大、最完美的情感，因为它是双重的，包括互相对立的两个方面。男女之间的爱是最完美的生活脉搏，心的收缩和舒张。

神圣的爱是无私的，追求的不是自己的利益。情人为自己的爱人献身，只求与她达成完美的统一。但男女之间的爱是完整的，它追求神圣和世俗的统一。世俗的爱寻求的是它自己。我在我的爱人身上寻求我自己，从她那儿争抢出一个我来。我们不是清澈的个体，而是复杂的混合物。我寄寓在我的爱人之中，她也寄寓在我的身上。这种状况是不应存在的，因为它只是混杂和迷惑。因此，我必须彻底地收拢自己，从我爱人身上解脱出来，她也应该完全地从我身上分离出去。我们的灵魂像是黄昏，既不明亮也不黯然。光线应该收敛回去，变成十足的闪光，而黑暗也应该自立门户。它们应该是互相对立的两个完整体，互不渗透，泾渭分明。

我们像一朵玫瑰。男女双方的激情既然完全分离，又美妙地结合，一种新的形状，一种超然状态在纯洁统一的激情中在寻求清晰与独立的纯洁激情中诞生了，两者合而为一被投进玫瑰般的完美的天堂中。

因此，男女之间的爱如果是完整的话，应该是双重的。这是融入纯洁感情交流的境界，又是纯粹性的摩擦，两种状况均存在。在感情的交流中，我被熔炼成一个完整的人，而在纯洁的、激烈的性摩擦中，我又被烧成原先的自我。我从融合的基质中被赶了出来，进入高度的分离状态，成为十足单独的自我，神圣而独特的自我。宝石从混杂的泥坯中被提炼出来时大概就是这样的。我爱的女人和我，我们就是这类混杂的泥坯。随后在热烈的性爱中，在具有破坏性的烈焰中，我被毁了，贬低为她那个自我。这是毁灭性的欲火，世俗意义上的爱。但唯有这火才能使我们得到净化，使我们从混杂的状况中分离出来，成为独特的如宝石一般纯净的个体。

所以说，完整的男女之爱是双重的，既然是一种融化的运动，把两者融合为一，又是一种强烈的、带着摩擦和性激情的分力运动，两者被烧毁，被烧得彻底分开，成为迥然不同的异体。但不是所有男女之间的爱都是完整的。它可以是温柔的，慢慢地合二为一，如圣法兰西斯和圣克莱尔，圣玛丽和耶稣之间的爱。在这种情况下，可能没有分离，看不到统一，也不存在独特的异体。可见，这所谓神圣的爱其实只是半个爱，这种爱却知道什么是最圣洁的幸福。另一方面，爱又可能是一场性满足的美妙战斗，动人而可怕的男女抗争就像特里斯坦和艾索德。这些超越骄傲的情人，打着最崇高的旗帜，是宝石一般的异体。他是十足的男性，像宝石一般脱颖而出，桀骜不羁；而她则是纯粹的女性，像一枝睡莲，亭亭玉立于其女性的妩媚和芬芳之中。这就是世俗的爱，它总是在欲火和分离的悲剧里结束。到那时这两个如此出众的情人会被死神分隔开。但是，如果说世俗的爱总是以痛心疾首的悲剧而告终，那么神圣的爱则更是有过之而无不及。它总是以强烈的渴求和无可奈何的悲哀而告结束。圣法兰西斯最后死去，撇下圣克莱尔孑然一人，悲痛欲绝。

势必会合二而一，永远如此——感情交流而产生的甜蜜的爱和性满足后产生的自豪的爱总是融合在一起的。那时，我们就像玫瑰，甚至超越了爱。爱被包围、被超越了。我们成了完全融合的一对，同时又像宝石一样是独立的个体。玫瑰包围并超越了我们。我们组成一朵玫瑰，而不是其他。

爱情和激情

——［法国］巴尔扎克

爱情和激情，这两种心境截然不同。
但是，诗人、凡夫俗子、哲学家和天真幼稚的人，
一直将二者混为一谈。

爱情和激情，这两种心境截然不同。但是，诗人、凡夫俗子、哲学家和天真幼稚的人，一直将二者混为一谈。爱情具有感情的相互性，确信那种享受是任何事物都破坏不了的，快乐绝对是一贯相互交流的，两颗心绝对是完全心心相印的，因而势必排除了嫉妒。

占有是一种手段，而不是目的。对爱情不忠，使人痛苦，却不会使人离心离德。感情的热烈或激动绝不忽强忽弱，而是持续不断的幸福感情。最后神妙的气息吹来，将向往之情扩展到无限时间的始终，为我们将爱情点染成同一种颜色：生活有如晴朗的天空，是碧蓝碧蓝的。而激情是预感到爱情及爱情的无限，每一个痛苦的灵魂都渴望着爱情的无限。

激情是一种希望，这种希望可能变成失望。激情同时意味着痛苦和过度。希望破灭时，激情便中止了。男女之间可以有数次激情，而互不玷污声誉；向幸福奔去是多么自然的事！而在生活中却只有一次爱情。对感情问题的一切辩论，无论是书面的也好，口头的也好，都可以用这两个问题来概括：这是激情呢？还是爱情？如果不能体会到使爱情始终不渝的欢乐，爱情也就不存在。

走出爱的歧途

——［法国］卢　梭

只有在经过判断之后，我们才有所爱；
只有在经过比较之后，我们才有所选择。

如果人觉得需要一个伴侣的时候，他就不再是一个孤独的人，他的心就不再是一颗孤独的心了。他同别人的种种关系，他心中的一切爱，都将随着他与这个伴侣的关系同时产生。他的第一个欲望很快就会使其他欲望骚动起来。

这个本能的发展倾向是难以确定的。一种性别的人被另一种性别的人所吸引这是天性的冲动。选择、偏好和个人的爱，完全是由人的知识、偏见和习惯产生的。要使我们懂得爱，那是需要经过很长时间和具备很多知识的。只有在经过判断之后，我们才有所爱；只有在经过比较之后，我们才有所选择。然而，这些判断的形成虽然是无意识的，但不能因此就说它们是不真实的。

真正的爱，不管你怎样说都始终会受到人的尊敬。因为尽管爱的魅力能使我们步入歧途，尽管它不能把那些丑恶的性质从感受到爱的心中完全排除，而且，甚至还会产生另外一些丑恶的性质，但它始终是受到尊重的，没有这种尊重我们就不能达到感受爱的境地。我们认为是违反理性的选择，正是来源于理性的。我们之所以说爱是盲目的，那是因为它的眼睛比我们的眼睛好，能看到我们看不到的关系。在没有任何道德观和审美观的男人看来，所有的妇女都同样是很好的，他所遇到的第一个女人在他看来总是最可爱的。爱不仅不是由自然产生的，而且它还限制着自然欲念的发展。正是由于它，除了被爱的对象以外，一种性别的人对另一种性别的人才满不在乎。

我们喜欢什么，我们就想得到什么，而爱却应当是相互的。为了得到他人的爱，他必须使自己成为可爱的人；为了得到别人的偏爱，他必须使自己更为可爱，至少在所爱的对象眼中看来比任何人都更为可爱。因此，他首先要注视同他相似的人。他要同他们比较，他要同他们竞赛，同他们竞争，他要妒忌他们。他那洋溢着情感的心，是喜欢向人倾诉情怀的。他需要一个情人，不久又感到需要一个朋友。当一个人觉得为人所爱是多么甜蜜的时候，他就希望所有的人都爱他。要不是因为有许多地方不满意，每个人都是不愿意有所偏爱的。随着爱情和友谊的产生，也产生了纠纷、敌意和仇恨。在许多各种各样的欲念中，我看到了偏见，它宛如一个不可动摇的宝座，愚蠢的人们在它的驾驭之下竟完全按别人的见解去安排他们的生活。

关于爱情

——［法国］帕斯卡

人的精神中如果有浓烈柔美的部分的话，那么这就是爱情。
控制着这种浓烈柔美感情的是纯粹的、上等的、高雅的、理性的活动……

人的精神中如果有浓烈柔美的部分的话，那么这就是爱情。控制着这种浓烈柔美感情的是纯粹的、上等的、高雅的、理性的活动……女性希望看到男性心中的浓烈柔美之情，我认为这是能够俘获女性之心的最关键的一点。

如果以同一种观点看，人的精神会疲劳衰弱。所以，尽管希望爱的欢乐是稳固的、长久的，但有时也有忘却爱的必要。这不是犯了不忠实的罪，不是因为另有所爱，而是为了恢复可以更强烈去爱的力量。这是无意识地发生的。精神自然而然地趋向这样，人的本性期望如此，命令人们如此行动。不过，正是这一事实，常常导致人的本性的悲惨结果。

在缺乏表露自己感情的勇气时，爱的欢悦之中既有痛苦，又有快乐。为打动无限尊敬的人而制订各种行动计划时，那是一种怎样狂热的迷恋啊。每天苦苦思索寻找表明心迹的方式，而且为此浪费了应当同所爱慕的女性相叙的时间……

如此发展下去，这种充实感有时会凋萎，而且得不到爱情之源的灌溉，于是可悲地衰竭。心被与此相反的种种感情所占据，被割裂得百般零乱。即使在这种情况下，如果使其照射到一线希望之光，情绪无论低落到何等地步，仍然可以激起以往那样的高潮。妇人有时就是以这种游戏寻求欢乐的……

我们可以看到，在恋爱时，自己似乎与以往判若两人，并且深信所有的人都会感到这一点。但是，没有比这一推理更错误的了。不过，理性由于为感情所蒙蔽，并不能做出完全可靠的判断，而且总是处于波动之中……爱的道路越长，感情敏感的人越感到欢乐……

世上有需要长期持续地进行追求的人，这就是感情敏感的人；也有不能长期禁受等待的人，这就是最粗犷的人。精神敏感的人爱得持久，得到的欢乐也多；粗犷的人爱得急切而自由奔放，爱的完结也早早降临……

在爱情中，沉默优于言辞。无话可说，本非好事。但拙于言谈，则会给对方造成更深的印象，这就是所谓无言的雄辩。所爱慕的男子逊于言辞，在其他方面却才气横溢，会以此而完全征服女子。口才无论怎样敏捷的人，也有这种敏捷恰好消失的情形。所有这些，都没有一定的规则、是未曾经过深思熟虑而发生的。因才能而征服对方的，也并非事先有所谋划……

有人曾说，恋爱时，无论财产、父母、友人，都会完全置于脑后。我赞同他的意见。崇高的爱情来自内心深处。由于爱情深入内心，于是认为情人以外的一切都不再重要。精神因为被爱情所控，担心与忧虑也没有渗透的余地。爱的激情如果不是这样狂热，就不能称得上美好。所以，恋爱者连世间的传言也不放在心上。他清楚，这一行动是基于正当的理由，因而决不应加以指责。于是他激情充溢，以致无隙认真思索……

伟大的灵魂，并不是爱得最频繁的灵魂。我认为它应当是爱得最强烈的灵魂。对于伟大的灵魂来说，热情的狂潮是必需的，它会震撼灵魂，并使其得到充实。不过，伟大的灵魂一旦开始恋爱，其爱的方式就超乎寻常的热烈……

我 的 爱

——［法国］加 缪

在这短暂的黄昏时分，
有某种转瞬即逝的、忧伤的东西笼罩着，
而且这种东西并不只是一个人感觉到了，
而是整个民族都感觉得到的。

我对生活的全部的爱有两种：一种是对于可能逃避我的东西的悄然的激情，一种是在火焰之下的苦味。每天我离开修道院时，就如同从自身中挣脱那样，似在短暂时刻被留名于世界的绵延之中。我那时会想到多利亚的阿波罗那呆滞无神的眼睛或纪奥托笔下热烈而又迟钝的人物，而且清楚地知道其中的原因。直至此时，我才真正懂得这样的国家所能给我的东西。我惊叹人们能够在地中海沿岸找到生活的信念与律条，并为一种乐观主义和一种社会意义提供依据，在这里人们的理性得到了满足。因为最终使我惊讶的并不是为适合于人而造就的世界，而是这个世界却又向人关闭。不，如果这些国家的语言同我内心深处发出回响的东西相和谐，那是因为它使这些问题成为无用的，而不是因为它回答了我的问题。

在伊比札，我每天都去沿海港的咖啡馆坐坐。五点左右，这儿的年轻人沿着两边栈桥散步。婚姻在这里进行，全部生活也在这里进行。人们不禁想到这里存在某种面对世界开始生活的伟大。我坐了下来，到处都是白色的教堂、白垩墙、干枯的田野和参差不齐的橄榄树，一切都在白天的阳光中摇曳。我喝着一杯淡而无味的巴旦杏仁糖浆。我注视着前面蜿蜒的山丘，群山向着大海缓和地倾斜。夜晚正在变成绿色。在最高的山上，最后的海风使叶片转动起来。所有的人在自然的奇迹面前都放低了声音，以至于只剩下了天空和向着天空飘去的歌声。这歌声像是从十分遥远的地方传来的。在这短暂的黄昏时分，有某种转瞬即逝的、忧伤的东西笼罩着，而且这种东西并不只是一个人感觉到了，而是整个民族都感觉得到的。至于我，渴望爱如同他人渴望哭一样。从此，我似乎觉得我睡眠中的每一小时都是从生命中窃来的。或者可以这样说，是从无对象的欲望的时光中窃来的。我静止而紧张，没有力量反抗要把世界放在我双手中的巨大激情，就像在巴马的小咖啡馆里和旧金山修道院度过的激动时刻那样。

我清楚地知道，我错了，并知道有一些规定的界限。只有在这种条件下，人们才能从事创造。不过，爱是没有界限的，如果我能拥抱一切，即使拥抱得笨拙又有什么关系？在热那亚，我整个早上都迷恋于某些女人的微笑，但我现在再也看不见她们了。无疑，没有什么更简单的了。但是，我那遗憾的火焰并不会为词语所掩盖。我在旧金山修道院中的小井中看到鸽群的飞翔，我因此忘记了自己的干渴。但是，我又预感到干渴的时刻总会来临。

致约瑟芬

——［法国］拿破仑

什么是未来？什么是过去？我们又是什么？
这个团团封住我们、不让我们探索那个未知世界的神奇的层层雾气又是什么？
我们诞生了，我们活着、我们又死去，
一辈子处处都包围在神秘和奥妙里。

一

1796年4月5日 阿尔本加

此刻是午夜后一点，人们送来一封信。那是个噩耗，肖维阵亡了，令我伤痛不已。他是我们的军需司令，过去你曾在巴拉斯家里见过他。最最亲爱的，此刻，我需要有人抚慰我，我唯一的安慰是给你写信。思念你，你是我道德意识的北极星，是可以托付我全部苦恼、忧患的知心人。

什么是未来？什么是过去？我们又是什么？这个团团封住我们、不让我们探索那个未知世界的神奇的层层雾气又是什么？我们诞生了，我们活着、我们又死去，一辈子处处都包围在神秘和奥妙里。难怪神甫、占星术者以及江湖医生都吃这一行饭。他们利用我们这个弱点，任意摆布我们，操纵我们的想象力。

肖维死了，他生前敬爱我，他对国家鞠躬尽瘁，贡献巨大。他最后一次捎信说要来与我聚会。这是真的，我眼前就有他的影子，它在战士中间遨游，它在空中伫立，它的英魂出现在滚滚硝烟之中——这是我天命的先兆和征象。不过，我真傻，为一个朋友如此哀伤。谁说我不会为无可挽回的损失洒泪呢？给我来信，我生命之魂。让每个信使、每次邮班带来你的信，否则，我真活不下去。

我在这里异常繁忙，博利厄的部队在调动中，我们彼此已交火。我累极了，每天我都在马背上。

再见，再见，再见！我即将上床，因为只有在睡眠中能找到慰藉。睡梦中你依偎我身边，我把你搂在怀里。但是，当我醒来，唉？我发现自己却距你如此遥远。

请问候巴拉斯、塔里昂及其妻子。

二

1806 年 11 月 6 日晚九时于柏林

我收到了你的信，你好像很生气，因为我说了女人一些刻薄话，一点也不错，我最痛恨的就是偷情的女人。我习惯于规矩、温柔、体贴的女人；我爱的是这种女人。如果我被惯坏了，那不能怪我，只能怪你。你一定注意到，我对德哈茨费尔夫人就很宽厚，她是个聪明而规矩的女人。当我把他丈夫的信给她看时，她深情而真挚地哭了，一边对我说："啊！果然是他的笔迹！"她念信那声调深深打动了我的心；她使我难过极了。我对她说："好吧！夫人，把那封信扔到火里烧了吧；现在我再也不忍心下命令惩办你丈夫了！"她把信烧了，显得很高兴的样子。她丈夫如今再也不必提心吊胆了。如果我们晚两个小时见面的话，那就来不及了。你看，我爱的是规矩、真诚、温柔的女人；但那是因为她们像你的缘故。再见，我爱；我身体很好。

爱情箴言录

——［法国］拉罗什福科

在灵魂中，爱是一种占支配地位的激情；
在精神中，它是一种相互的理解；
在身体方面，
它是我们对躲在重重神秘后面的被我们所爱的一种隐秘的羡慕和优雅的占有。

爱情是个有多重含义的字眼，可以从多个方面给它定义。在灵魂中，爱是一种占支配地位的激情；在精神中，它是一种相互的理解；在身体方面，它是我们对躲在重重神秘后面的被我们所爱的一种隐秘的羡慕和优雅的占有。

这种爱是相独立于其他情感之外，且纯之又纯的。它隐藏在心灵的深处，甚至我们自己也觉察不到。

爱情不可能长期地隐藏，也不可能长期地假装。

当我们根据爱的主要效果来判断爱，它与恨是很难分得清的。

爱情只有一种，其副本却是千千万万。

爱情和火焰一样，没有不断地运动就不能继续存在，一旦它停止希望和害怕，那它也就走到了尽头。

有两种坚贞不渝在爱情中是存在的：一种是由于我们不断地在我们的爱人那里发现可爱的新特点；另一种则不过是由于我们想获得一种坚贞不渝的名声。

青春是一种不断的陶醉，是理性的热病。

爱情需要新颖，正如果实离不开花儿，她放射出一种稍纵即逝、永不复返的光彩。

友谊很难触动女人的深情，这是因为当体验到爱情时，友谊就寡淡无味了。

在友谊中正像在爱情中一样，常常是那些我们不知道的东西比那些我们知道的东西更使我们感到幸福。

世上很少有女人能做到在美色已逝的情况下价值不损折。

用来抵抗爱情的那种坚强有力，同样也可用来使爱情猛烈和持久；而那些软弱的人们又经受不住激情冲击，迟然不敢行动。

情人们只有在他们的如醉如痴结束时才看到对方的缺点。

一个好猜忌妻子的丈夫日子会过得很充实，因为他老是听到他人对妻子的谈论。

当一个女子具有全部的爱情和德性时，她是需要同情的。

当我们爱得太厉害的时候，确认别人是否停止了爱是无法进行的。

爱情之于那爱着的人的灵魂，犹如灵魂之于由它赋予生命的身体。

既然在爱或停止爱方面决不是自由的，那情人们相互抱怨对方的变心和轻浮，就显得苍白和无力。

在人们准备放弃爱时，对他人的不忠是比较能够容忍的，这样做可以减轻自己不忠的罪过。

爱情与幸福

——［法国］普吕多姆

快乐不过是痛苦的暂时停止，
幸福则对痛苦毫无知晓。

快乐不过是痛苦的暂时停止，幸福则对痛苦毫无知晓。

快乐只造就了一道闪电，一种短暂的兴奋。而幸福由于其自身的条件而区别于快乐，它有可能持续和永久，它建立了一种气氛。

对于拥有和欢乐这两个概念，人们根本不可能清楚地进行区分。如果人们得到一种利益后还一直对能够拥有这种利益而感到高兴，那这种拥有就是幸福。可随着我们财富的不断增加，我们欲望的界限也在不断地扩大。的确我们只想得到我们希望得到的东西，可我们拥有的越多我们希望的也就越多。我们最初的小小的愿望就这样一直扩展到无穷无尽。

爱情是幸福的巨大源泉。然而，世上的东西都是要消亡的，所以应该依恋永恒的事物，幸福就源于这份永恒的依恋。可永恒的东西并非每个人都能得到的，美和真也是这样。不过上帝曾想让永恒的善能够为大家所得，以便使幸福成为可能。

过去和未来都不属于我们，但是，它们却用各种途径给我们现阶段带来了最重要的那份感觉——回忆、悔恨、希望和恐惧。所以，幸福不是别的，而是回想和预感。

每个生灵所需的东西似乎都与其智慧成正比。既然如此，如果一无所有的才子的整个灵魂全是智慧，不是应该比只有本能的野蛮人分到更多的东西吗？此外，他还得到某个特殊的东西，一颗用来感受痛苦和欢乐，尤其是用来爱的心。然而他并没有因为这颗心而更加幸福。他历尽千辛万苦，终于找到了舒适和安逸，但他惊奇地发现这并不是幸福。于是他找啊找啊，询问世人，拍打额头。然而，令他万万想不到的是，心是他想用才智来满足的一切欲望之源，没想到才智在他的各种能力中并不是无穷尽的，正如心在他的愿望中不是无穷尽的一样。

人们遗忘之迅速不亚于渴望之迫切。当他达到寻找的目的时，他只感到了一点点的幸福，其理由非常简单，因为他的发现起初给他带来了一种额外的快乐，但是这种快乐不久就成了他的必需品。从此，他不会因拥有这种新的利益而感到更幸福，而这利益一旦失去，他就会感到极大的不幸。人们平时会因为自己有两条胳膊而感到过某种满足吗？人们从来没有因此而生感恩之心，他们甚至带着健全的肢体自杀。相反人们却想创造第三只胳膊那是多么快乐的事，可从此如果只剩下两条胳膊那将是一种不幸。所以大部分发现只是不断地使人失去可能失去的东西，而不是增添真正的快乐。想象越丰富失去的越多；想象越贫乏得到的越多。想象力丰富的人关心他所拥有的，想象力贫乏的人关心他所没有的；谁都不高兴，最后只剩下一般的，而且对大多数人来说，一般比不幸更难以忍受，因为所有过量的东西都有资本满足虚荣心。

在赌场上，如数收下某些赌徒输掉的钱还不如把这些钱还他们四分之一，这样他们会把自己的最后一分钱也扔进水中。正如我曾经说过的那般，任何事情做到头了都有一种被做得不三不四所剥夺的苦涩的快乐。我们似乎把自己的未来抛给了命运，以便从它那儿夺回仍被它剥夺的欢乐。

月的恩惠

——［法国］波特莱尔

就是因为这缘故，被诅而且被爱的娇养的孩子，
我所以睡在你的脚下，
想在你那里寻到那可畏的女神的影像。

月——她是浮动的本身——当你睡在你的摇篮里的时候，从窗门窥望进来，说：“这孩子很中我意。”

她缓步走下了云的梯子，毫无声息地穿过窗门的玻璃。于是她带了母亲的柔软的温和，俯伏在你的上面，将她的颜色留在你脸上。因此，你的瞳仁成为碧绿，你的两颊异常的青白。

因此，你看着这来访者的时候，你的眼睛这样意外地张大了；她又这样柔和地用两臂来拥抱你的颈，所以你以后便永远易于落泪了。

当她完全沉浸在喜悦里，月充满了全屋，正如一种有磷光的空气，正如一种明亮的光。这一切的活的光辉在思索而且说：“你将永远受我的亲吻的影响。你将美，如我之美；你将爱一切，如我所爱的，与我所被爱的。水与云，夜与沉默，广大的绿海，无形与多形的水，你永不会到的地方，你永不会知道的情人，怪异的花，酷酊的香气，昏眩似地躺在风琴上用甜美如女人一般沙声啜泣的猫。

“而且你将为爱我者所爱，为媚我者所媚。你将为他们的女王——有碧眼的，他们的颈在夜的爱抚里被我所拥抱的，那些爱海，爱广大狂暴的碧海，无形与多形的水，他们没有去过的土地，他们不知道的女人，犹如不知教仪的焚香者的邪香的花，乱人意志的香味，以及为他们自己愚行之象征的凶野而放佚的野兽的人们的女王！”

就是因为这缘故，被诅而且被爱的娇养的孩子，我所以睡在你的脚下，想在你那里寻到那可畏的女神的影像。——那前知的神母与一切的“月光病者”的毒的乳母。

湖畔相遇

——［法国］普鲁斯特

汽车沿着湖边林荫道疾驰，
在距离林荫道五十米远，
环绕湖边的一条小径尽头，
我发现一位缓步慢行的女人。

我给她的那封绝望的情书终于有了回信，信是在昨天赴林园晚宴之前收到的。信中说，她恐怕在动身之前无法跟我道别。我也十分冷漠地答复了她。是啊，事情最好就这样结束，但愿她有一个开心的夏季生活。接着我换好衣服，乘坐敞篷车穿越林园。我虽然十分心痛，但我努力调整心态，使其渐趋于平和。我相信自己随着时间渐渐过去，会把这段往事尘封起来。

汽车沿着湖边林荫道疾驰，在距离林荫道五十米远，环绕湖边的一条小径尽头，我发现一位缓步慢行的女人。一开始我没有认出她。她朝我微微招手致意，我终于认出了她，尽管我们之间隔着一段距离。正是她！我久久没有反应。她继续注视着我，大概是要我停车，带她同行。我还是没有任何反应，但我心底却刹时涌起一股说不清的激情。我曾经对此颇费猜测。我思忖：“她始终无动于衷，其中必有一条我不明白的原因。我亲爱的心上人，她爱我。”一种无边无尽的幸福，一种不可抗拒的确信朝我袭来，我不禁瑟瑟发抖，眼泪不争气地溢眶而出。车子驶近阿尔姆农维尔城堡，我擦了擦自己的眼睛，眼前出现了她那温情脉脉，仿佛要擦拭我的眼泪的招手；她那温情脉脉的注视仿佛是征询我让她上车的目光。

我是满怀欣喜地赶赴晚宴的，我的兴奋通过我的神色、动作无声地表现出来。没有人知道他们不熟悉的一只小手曾经向我挥动致意，这种感觉在我身上燃起欢乐的熊熊之火。每个人都能看到这种火光，因为它已经烧透了我。人们只等德·T夫人大驾光临，她马上就到。她是我所认识的人中最没意思、最最讨厌的家伙，虽然她很漂亮。然而我却庆幸自己能够原谅任何人的缺陷和丑陋，我带着诚挚的微笑朝她走去。

“您先前的行为让我很吃惊。”她说。

“先前?”我惊讶万分,“您的意思是先前我们见过面?”

“怎么您没有认出我?您确实离我很远;我沿着湖边行走,您却骄傲地坐在车上。我向您招手问好,可您像不认识我似的毫无反应。”

“什么,是您!”我叫嚷道,十分扫兴地重复了好几遍,“噢!我请求您原谅,真的没认出您!”

“她好像不快活!您好,夏洛特!”城堡女主人说,“不过您尽管放心,您现在不是跟她在一起了吗!”

我哑口无言,我的一切幸福就此破灭。

然而,最令我苦恼的是我始终忘记不了她那副含情脉脉的样子。尽管我已经承认了自己的错误。我试图跟她言归于好。我没有很快忘记她,在我痛苦的时候,为了使自己好受一些我经常竭力使自己相信那是她的手,正如我一开始感觉的那样。我闭上眼睛,是为了再一次看见那双向我致意的小手,这双手如此惬意地擦拭我的眼睛,让我的额头清新凉爽。她在湖边温情脉脉地伸向我的那双戴着手套的小手犹如平安、爱情以及和解的小小象征,而她那略带忧伤的目光紧紧盯着我,似在询问:“带我一程行吗?”

单纯

——［法国］弗朗索瓦·费奈隆

单纯是人类思想中最纯美无私的品格。
与真诚比起来，单纯显得更高尚，更纯洁。

单纯是人类思想中最纯美无私的品格。与真诚比起来，单纯显得更高尚，更纯洁。许多人真挚诚恳，但却不单纯。他们不愿因小事遭到辱骂，不愿破坏自己的形象。他们时时关注自己，反省自己，处处斟酌，谨慎小心。待人接物他们总担心过头，又怕有所不足。这些人诚恳有余，单纯不足。他们从不与人推心置腹，别人对他们也小心拘谨。他们的弱点在于不坦率、不随意、不自然。而我们则更宁愿同那些并非正直无私，但却没有虚情矫饰的人结交相处。这几乎已成为世人的一条准则，上帝似乎也以此为标准对人做出判断。上帝不希望我们如对镜整容一般，加倍用心于自身标准上。

只能看到别人身上的污点，却无视自身污迹斑斑的人，也未免太过盲目。处于这种状态的人只全神贯注于眼前事物以及个人的感官感受，而这正是单纯的反面。下面的事例正好一反一正：其一是无论效力于同类还是上帝，均全身心地忘我投入；另一类是自以为含蓄聪颖，自我意识强烈，而一旦妄自尊大的激昂心态遭受些许干扰，便会魂不守舍，心烦意乱。因此，这是虚假的聪明，乍一看冠冕堂皇，实际上与一味寻欢作乐的行为一样迂腐至极。前者鼠目寸光，只陶醉于眼前的事物；后者却过分看重自身，陶醉于内心的占有。这两者都充满虚妄。相比起来，专注于内心世界比全神贯注于眼前事物更为有害，因为它貌似聪明而实则愚蠢，而且，它常诱人误入歧途，自以为是，引一孔之见为至上光荣。它使我们受着不自然的情绪的支配，让我们陷入一种盲目的狂热，自认为满腹经文，实则一窍不通。

单纯也要有所节制，使我们身处其中既不过度激动，亦不过分沉静。我们的灵魂不会因为过于注重纷繁世界而忘记扪心自问，亦不必时时注重自我，使一心维护个人形象的戒备之心扩张膨胀。要是我们的灵魂能挣脱束缚手脚的绳索，直视伸展的道路，不将宝贵的时间浪费在权衡研究脚下的步伐上，或者对已逝的岁月频频回头，那单纯就真真正正属于我们了。

致燕妮

——［德国］卡尔·马克思

只要我们一为空间所分隔，我就立即明白，
时间之于我的爱情正如阳光雨露之于植物——使其滋长。
我对你的爱情，只要你远离我身边，
就会显出它的本来面目，像巨人一样的面目。

我的亲爱的：

我又给你写信了，因为我孤独，因为我感到难过，我经常在心里和你交谈，但你根本不知道，既听不到也不能回答我。你的照片纵然照得不高明，但对我却极有用，现在我才懂得，为什么"阴郁的圣母"，最丑陋的圣母像，能有狂热的崇拜者，甚至比一些优美的像有更多的崇拜者。无论如何，这些阴郁的圣母像中没有一张像你这张照片那样被吻过这么多次，被这样深情的看过并受到这样的崇拜；你这张照片即使不是阴郁的，至少也是郁闷的，它决不能反映你那可爱的、迷人的、甜蜜的、好像专供亲吻的面庞。但是我把阳光晒坏的地方还原了，并且发现我的眼睛虽然被灯光和烟草所损坏，但仍能不仅在梦中，甚至不在梦中也在描绘形象。你好像真的在我的面前，我衷心珍爱你，自顶至踵地吻你，跪倒在你的跟前，叹息着说："我爱您，夫人！"事实上，我对你的爱情胜过威尼斯的摩尔人的爱情……

……我的爱情就是如此。只要我们一为空间所分隔，我就立即明白，时间之于我的爱情正如阳光雨露之于植物——使其滋长。我对你的爱情，只要你远离我身边就会显出它的本来面目，像巨人一样的面目。在这爱情上集中了我的所有精力和全部感情……

你会微笑，我的亲爱的。你会问，为什么我突然这样滔滔不绝？不过，我如能把你那温柔而纯洁的心紧贴在自己心上，我就会默默无言，不作一声。我不能以唇吻你，只得求助于文字，以文字来传达亲吻……

诚然，世间有许多女人，而且有些非常美丽，但是哪里还能找到一副容颜，她的每一个线条，甚至每一条皱纹，能引起我的生命中的最强烈而美好的回忆，甚至我的无限的悲痛。我的无可挽回的损失，我都能从你的可爱的容颜中看出，而当我遍吻你那亲爱的面庞的时候，我也就能克制这种悲痛。

再见，我的亲爱的，千万次吻你和孩子们。

爱情的痛

——［德国］叔本华

爱与憎是完全相反的两个对立方面，
它们同时存在于恋爱这一行为的统一体之中，
爱中有憎，而憎中又有爱。

恋爱之中，痛苦是常有的事，被拒绝便是一种痛苦，恋人之间的冷淡也会给对方造成痛苦。然而这都是恋爱中常见的事。从古迄今，因恋爱冲动未得到满足，脚上像拖着沉重的铁块，在人生旅途上踽踽独行，在寂寥的森林中长吁短叹的大有人在。

恋爱中有爱也有憎，而且二者常常混淆在一起，这实在很有趣。爱与憎是完全相反的两个对立面，它们同时存在于恋爱这一行为的统一体之中，爱中有憎，而憎中又有爱。因为在恋爱中人已被一种本能的冲动所控制，既不理会一些道理，又无视周围的事物，只知道追求自己的爱，并沉浸于爱情的迷妄中。它是恋爱激情的基础，以迷妄为基础的激情使人误以为本来只对种族有价值的事也有利于个人，但这种幻想在种族目的达成之后，随即消失无踪。这时，如回首思忖一下，才豁然发现这么长时间费尽心力所得到的只有性的满足，仅此而已。个体并不比以前幸福，人们对此不免感到惊愕，并且感悟到原来是受了种族意志的欺骗。男人成为现实的俘虏，女人则成为幻想的主人。

为种族而进行并受种族意志所支配的恋爱是求生意志的表现，是人自身具有的本能情歌的具体形式。在这一观念支配下的关系只能是低级的婚姻关系，绝不是真正的爱，当然也谈不上激情，故而或许也产生“憎”，爱与憎是矛盾的统一，爱多于憎还能维持现状，憎多于爱那分手只是时间问题。

应当承认，世上固然有因爱成婚的爱情典范，但因婚而憎也并不在少数。男女之间不恨不爱的几乎没有，爱情是摒弃中庸之道的。互相怨恨与憎恶是一支引而不发的箭，在痛苦中煎熬，在忍受中苟活。已无能力占有的仍想占有，有能力享受的又无机会，既不能离异，又不能天天吵架，只好含着眼泪微笑，带着笑容悲哀，即使勉强谈了两句，也言不出衷，躲躲闪闪。这种结果已经失去了爱情的初衷，这完全是由男人的无知与无能、女人的怯懦与虚荣所导致。让我们举起这杯双方共享的苦咖啡，在嚼食生命时干杯吧！

恋爱的季节

——［日本］山口洋子

男子的心对于一个女子只是一次四季中的某一个果实。
相反，女子的情绪则在春秋之间来回摇摆。
因此，一旦谈恋爱了，
对于他现在究竟处在哪个季节，一定要好好地观察清楚。

任何人都要恋爱。这个契机也许是一杯葡萄酒，一束小小的打火机的光焰，或者是偶然打错的一个电话。那么，不管以怎样的契机开始谈恋爱的男女，都要品味几乎相同的恋爱的四季。

恋爱中一定有春夏秋冬——当然在任何恋爱中都有，在任何男女中也都有。

只是，烦恼的是尽管她和他多次相互亲吻，热烈拥抱，但同时进入同一恋爱季节的却尤为稀少。

大约男子的恋爱是从夏季开始，他火一般的求爱使她平静的心底泛起波纹。这个时候她正在春季，暗暗地暖和起来，心境柔顺、甜美，好像世上根本不存在“失恋”这两个字。

而后，当他知晓了她的全部，却不知何故以出人意料的速度进入秋季，并走向冬季。不巧的是，这时她正处在盛夏，反反复复地饱受着爱情的煎熬。

因此，自古以来男子和女子就有感情交错这一本性。男子恋爱的形象通常像猎手，女子则像逃跑的同时已忽闪着眼睛侧目注视猎人的一头母鹿。夏天的他和春天的她是最合适最幸福的季节。

大多数的场合，男子的恋爱不管从哪儿开始，都正好在冬天结束。女子的恋爱则是从春到夏，从夏到秋冬，然后又重返回到春。

说到底男子的心对于一个女子只是一次四季中的某一个果实，相反女子的情绪则在春秋之间来回摇摆。因此，一旦谈恋爱了，对于他现在究竟处在哪个季节，一定要好好地观察清楚。

学 会 爱

——［奥地利］里尔克

爱需要学习，但是学习的过程总是漫长而孤立的。
因此，爱首先得经历一段相当长的时间。
在这段时间里，孤独无疑是最重要的也就是意味着因为要爱，
所以，必须一个人独自品尝高深的孤独感。

我们研究过的课题中，最难的一项要数人类对人类的爱。它是最终的事情，也是最后的考验、最后的试验，像其他所有工作的预备工作。

所以，那些恋爱的初学者还不具备爱的能力。他们必须学习如何去爱。他们必须赌上自己并在他们孤独不安的心中，注入已经集合起来的所有力量。

爱需要学习，但是学习的过程总是漫长而孤立的。因此，爱首先得经历一段相当长的时间。在这段时间里，孤独无疑是最重要的也就是意味着因为要爱，所以，必须一个人独自品尝高深的孤独感。

爱情，并不意味着自己完全献出自己，去与第二人结为一体。因为，在自己尚未献身前是否有第二人正等着跟自己结为一体还是个问题。

对于任何人，爱都是一种成熟的，让自己了解自己内心的，为了创造一个新人独立于世界的一个崇高契机，也是造化对人类提出的另一个分外的要求。年轻人若将爱当做磨练自己的课题，那么，当把爱献给别人时，应该不会有所抵触吧！但是，不论是献身自己，还是与所有人的精神契合（这里必须是长久贮存下来），对于年轻人来说都不应操之过急，也不是年轻人的最后一项任务。

少妇的梦

——［亚美尼亚］西曼佗

孤零零的，在我失望的新妇的梦中像一个恶鬼，
我用手开始筛我坟墓的泥土在我头上，
我的死日是愈来愈近了啊！

一年又一年，独坐在我的窗前，我凝眸望着你的路，我的同心的爱人呵。在这信里我要把我失去了保护的身体和思想的惊恐再唱给你听。

呵，你也记得你动身出去那天的太阳么？我眼泪是这样的多，我的亲吻是这样的热烈！你的许诺是这样的好，而你的归期是定得这样早！你不记得你动身那天的太阳和我的祈祷了；你不记得我把水瓶里的水洒上你坐骑的影子，祝你过海时海会让开一条路，而在你脚下的土地将开满鲜花。

呵，你别离时的太阳，而今变为黑夜了！这许多年来期待的眼泪从我眼里流出，像星一般落在我面颊上，看啊，面颊上的红玫瑰褪色了。

够了够了。我期待你，犹如头上期待着头发。我仍旧受着你酒杯里的酒力，我是你远出的魁梧身材的孀居者。想念你时我呜咽如风，我的膝受伤，因为跪在教堂门首，我呼觅，你却杳无消息。

怎能有一天，从此岸到彼岸的海水干枯了？怎能片刻之间两世界就相接触啊？天或太阳，而今于我是不需要了。

归来！我待你归来，在我茅屋的门口。我在我的黑罗衫里梦见你，但我手中却没有你的手。归来，像我们园里甜的果子一般！我衷心的爱情正留藏着亲吻给你。

呵，我的牛乳般白的腰臀尚不知怀孕的味儿；而且我未能把出嫁时的绣金丝的面巾装饰成小儿的襁褓；而且我亦未能傍了摇篮坐着，唱亚美尼亚母亲所唱的纯洁而神圣的催眠歌。

归来，我的期待终无已时，当黑夜来了而且展开他的尸衾，当枭鸟在庭中互相呜呼，当我的哽咽已尽，而我的眼泪变成了血。孤零零的在我失望的新妇的梦中像一个恶鬼，我用手开始筛我坟墓的泥土在我头上，我的死日是愈来愈近了啊！

爱

——［智利］聂鲁达

正是由于你，夏季的气息使我沉闷；
正是由于你，我又去留意燃起欲望的种种标志，
去窥视流星，去窥视一切坠落的事物。

正是由于你，当我们立在鲜花初绽的花园旁边时，春天的芬芳使我沉闷。

我鼓励自己把你的芳容忘记，也不记得你的纤手，更不记得你的朱唇如何亲吻。

正是由于你，我喜爱睡卧在公园里的白色雕像，那些白色的雕像默然无声，两眼一无所见。

你的声音已在我的记忆中消逝——你欢乐的声音；你的双眸也已远去。

有如鲜花离不开绿叶，我割不断对你的朦胧记忆。我就像一处一直在疼痛的创伤，只要你一加触碰，我就会痛得死去活来。

你的脉脉柔情缠绕着我，犹如青藤攀附着阴郁的大墙。

你的爱虽已尘封，可我却从每一个窗口里隐约地看到你。

正是由于你夏季的气息使我沉闷；正是由于你我又去留意燃起欲望的种种标志，去窥视流星，去窥视一切坠落的事物。

论　爱

——［黎巴嫩］纪伯伦

爱除自身外无施与，除自身外无接受。
爱不占有，也不被占有。
因为爱在爱中满足了。

于是爱尔美差说：请给我们谈爱。
他举头望着民众，他们一时静默了。他用洪亮的声音说：
当爱向你们召唤的时候，跟随着他，
虽然他的路程是艰险而陡峻。
当他的翅翼围卷你们的时候，屈服于他，
虽然那藏在羽翼中间的剑刃也许会伤毁你们。
当他对你们说话的时候，信从他，
虽然他的声音会把你们的梦魂击碎，如同北风吹荒了林园。
爱虽给你加冠，他也要把你钉在十字架上。他虽栽培你，他也刈剪你。
他虽升到你的最高处，抚惜你在日中颤动的枝叶，
他也要降到你的根下，摇动你的根柢的一切关节，使之归土。
如同一捆稻粟，他把你束聚起来。
他舂打你使你赤裸。
他筛分你使你脱壳。
他磨碾你直至洁白。
他揉搓你直至柔韧；

然后他送你到他的圣火上去，使你成为上帝圣筵上的圣饼。

这些都是爱要给你们作的事情，使你知道自己心中的秘密，在这知识中你便成了“生命”心中的一屑。

假如你在你的疑惧中，只寻求爱的和平与逸乐，

那不如掩盖你的裸露，而躲过爱的筛打，

而走入那没有季候的世界，在那里你将欢笑，却不是尽量的笑悦，你将哭泣，却没有流干眼泪。

爱除自身外无施与，除自身外无接受。

爱不占有，也不被占有。

因为爱在爱中满足了。

当你爱的时候，你不要说“上帝在我的心中”，却要说“我在上帝的心里”。

不要想你能导引爱的路程，因为若是他觉得你配，他就导引你。

爱没有别的愿望，只要成全自己。

但若是你爱，而且需求愿望，就让以下的做你的愿望吧：

溶化了你自己，像溪流般对清夜吟唱着歌曲。

要知道过度温存的痛苦。

让你对于爱的了解毁伤了你自己；

而且甘愿地喜乐地流血。

清晨醒起，以喜飏的心来致谢这爱的又一日；

日中静息，默念爱的浓欢；

晚潮退时，感谢地回家；

然后在睡时祈祷，因为有被爱者在你的心中，有赞美之歌在你的唇上。

论 婚 姻

——［黎巴嫩］纪伯伦

彼此赠献你们的心却不要互相保留，
因为只有“生命”的手才能把持你们的心。

爱尔美差说，请给我们谈婚姻。

他回答说：

你们一块儿出世，也要永远合一。

在死的白翼隔绝你们的岁月的时候，你们也要合一。

连在静默地忆想上帝之时，你们也要合一。

不过在你们合一之中，要有间隙。

让天风在你们中间舞荡。

彼此相爱，却不要做成爱的系链：

只让他在你们灵魂的沙岸中间，做一个流动的海。

彼此斟满了杯，却不要在同一杯中共饮。

彼此递赠着面包，却不要在同一块上取食。

快乐地在一处舞唱，却仍让彼此静独，连琴上的那些弦子也是单独的，虽然他们在同一的音调中颤动。

彼此赠献你们的心却不要互相保留，因为只有“生命”的手才能把持你们的心。

要站在一处却不要太密，因为殿里的柱子也是分立在两旁，橡树和松柏也不在彼的荫影中生长。

心灵的交融

——［印度］泰戈尔

大地和晴空织上了人的思想的纤维，
人的思想与宇宙的思想合二为一。

我们可以用图表阐释繁星的韵律，却无法阐释繁星的诗歌，繁星的诗歌只能在心灵与心灵相唔的沉寂里、在光明与黑暗的交汇里解析。在那里，无限在有限的额头下印下了它的亲吻；在那里，“伟大的我”的旋律令我们激动不已，在庄严的管风琴里，在无穷的簧管里，无限和谐地奏鸣着。

在我的心被爱所充溢，在我感知我的心灵与世界同在时，难道我不会感到阳光更明媚、月光更幽静？当我歌唱雨云的来临，沥沥的雨声就在我的歌声里感到凄婉；自历史的黎明起，诗人和艺术家们就将他们心灵的颜色和旋律倾入生命的大厦。

我深深懂得，大地和晴空织上了人的思想的纤维，人的思想与宇宙的思想合二为一。如果这一切有关真实，那么诗歌就是虚幻，音乐就是欺骗，人的心灵被这无言的世界驱入难耐的沉寂中。

事情的法则

我们青年时代幸福的目标总是执著于眼前徘徊不去的几幅图景，
而且常常执著半生乃至终生。
而这些目标总爱嘲弄人的精灵，
一旦我们得到它们，
它们就会化为乌有。

——叔本华

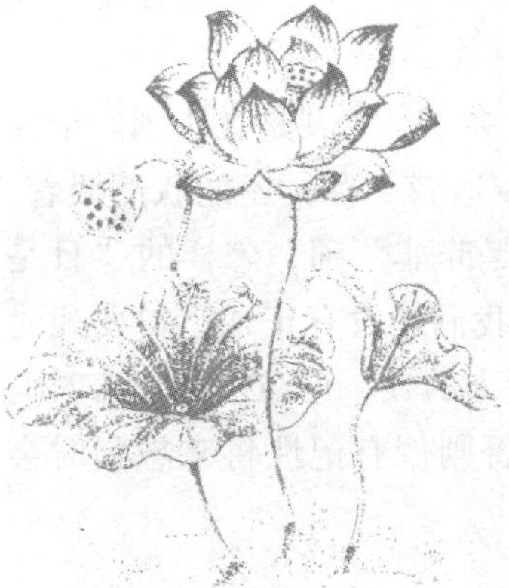

导 师

——［中国］鲁 迅

青年又何须寻那挂着金字招牌的导师呢？
不如寻朋友，联合起来，同向着似乎可以生存的方向走。

近来很通行说青年：开口青年，闭口也青年。但青年又何能一概而论？有醒着的，有睡着的，有昏着的，有躺着的，有玩着的，此外还多。但是，自然也有要前进的。

要前进的青年们大抵想寻求一个导师。然而我敢说：他们将永远寻不到。寻不到倒是运气；自知的谢不敏，自许的果真识路么？凡自以为识路者，总过了“而立”之年，灰色可掬了，老态可掬了，圆稳而已，自己却误以为识路。假如真识路，自己就早进向他的目标，何至于还在做导师。说佛法的和尚，卖仙药的道士，将来都与白骨是“一丘之貉”，人们现在却向他听生西的大法，求上升的真传，岂不可笑！

但是我并非敢将这些人一切抹杀；和他们随便谈谈，是可以的。说话的也不过能说话，弄笔的也不过能弄笔；别人如果希望他打拳，则是自己错。他如果能打拳，早已打拳了，但那时，别人大概又要希望他翻筋斗。

有些青年似乎也觉悟了，我记得《京报副刊》征求青年必读书时，曾有一位发过牢骚，终于说：只有自己可靠！我现在还想斗胆转一句，虽然有些杀风景，就是：自己也未必可靠的。

我们都不大有记性。这也无怪，人生苦痛的事太多了，尤其是在中国。记性好的，大概都被厚重的苦痛压死了；只有记性坏的，适者生存，还能欣然活着。但我们究竟还有一点记忆，回想起来，怎样的“今是昨非”呵，怎样的“日是心非”呵，怎样的“今日之我与昨日之我哉”呵。我们还没有正在饿得要死时于无人处见别人的饭，正在穷得要死时于无人处见别人的钱，正在性欲旺盛时遇见异性，而且很美的。我想，大话不宜讲得太早，否则倘有记性将来想到时会脸红。

或者还是知道自己之不甚可靠者，倒较为可靠罢。

青年又何须寻那挂着金字招牌的导师呢？不如寻朋友，联合起来，同向着似乎可以生存的方向走。你们所多的是生力，遇见深林，可以辟成平地的，遇见旷野，可以栽种树木的，遇见沙漠，可以开掘井泉的。问什么荆棘塞途的老路，寻什么乌烟瘴气的鸟导师！

朋友之道

——［中国］梁漱溟

朋友相信到什么程度，关系的深浅便到什么程度。
不做朋友则已，做了朋友，就得彼此负责。
交情到什么程度，就负责到什么程度。

朋友相信到什么程度，关系的深浅便到什么程度。不做朋友则已，做了朋友，就得彼此负责。交情到什么程度，就负责到什么程度。朋友不终，是很大的憾事；如同父子之间、兄弟之间、夫妇之间处不好是一样的缺憾。交朋友时，要从彼此心性认识，做到深刻透达的地方才成。若相信的程度不到，不要关系过密切了。

朋友之道，在中国从来是一听到朋友便说“信”字。但普通之所谓信，多半是“言而有信”的意思，就是要有信用。这样讲法固不错，但照我的经验，我觉得与朋友往还，另有很重要的一点。这一点也是信，但讲法却不同。不是信实的意思，而是说朋友与朋友间要信得及，信得过所谓知己的朋友，就是彼此信得及的朋友。我了解他的为人，了解他的智慧与情感，了解他的心性与脾气。清楚了这人之后，心里便有把握，知道他到家。朋友之间，要紧的是相知；相知着彼此都有了解之谓也。片面的关系不是朋友，必须是两面的关系，才能发生好的感情。因为没有好的感情便不能相知。彼此有感情，有了解，才是朋友。既成朋友，则无论在空间上隔多远，在时间上隔多么久，可是我准知道他不致背离；此方可谓之为信。

人 话

——［中国］朱自清

不懂人话，不会说人话，干脆就是畜生！
这叫拐着弯儿骂人，又叫骂人不带脏字儿。

在北平呆过的人总该懂得“人话”这个词儿。小商人和洋车夫等等彼此动了气，往往破口问这么句话：

你懂人话不懂——要不就说：你会说人话不会？

这是一句很重的话，意思并不是问对面的人懂不懂人话，会不会说人话，意思是骂他不懂人话，不会说人话。不懂人话，不会说人话，干脆就是畜生！这叫拐着弯儿骂人，又叫骂人不带脏字儿。不带脏字儿是不带脏字儿，可到底是“骂街”，所以高尚人士不用这个词儿。他们生气的时候也会说“不通人性”，“不像人”，“不是人”，还有“不像话”，“不成话”等等，可就是不肯用“人话”这个词儿。“不像话”，“不成话”，是没道理的意思；“不通人性”，“不像人”，“不是人”还不就是畜生？比起“不懂人话”，“不说人话”来，还少拐了一个弯儿呢。可是高尚人士要在人背后才说那些话，当着面大概他们是不说的。这就听着火气小，口气轻似的，听惯了这就觉得“不通人性”，“不像人”，“不是人”那几句来得斯文点儿，不像“人话”那么野。其实，按字面儿说，“人话”倒是个含蓄的词儿。

北平人讲究规矩，他们说规矩，就是客气。我们走进一家大点儿的铺子，总有个伙计出来招待，哈哈腰说，“您来啦!”出来的时候，又是个伙计送客，哈哈腰说，“您走啦，不坐会儿啦?”这就是规矩。洋车夫看同伙的问好儿，总说，“您老爷子好？老太太好?”“您少爷在哪儿上学?”从不说“你爸爸”，“你妈妈”，“你儿子”，可也不会说“令尊”，“令堂”，“令郎”那些个，这也是规矩。有的人觉得这些都是假仁假义，假声假气，不天真，不自然。他们说北平有官气，说这些就是凭据。不过天真不容易表现，有时也不便表现。只有在最亲近的人面前，天真才有流露的机会，再说天真有时就是任性，也不一定是可爱的。所以得讲规矩。规矩是调节天真的，也就是“礼”，四维之首的“礼”。礼须要调节，得有点儿做作是真的，可不能说是假。调节和做作是为了求中和，求平衡，求自然——这儿是所谓“习惯成自然”。规矩也罢，礼也罢，无非教给人做人的道理。我们现在到过许多大城市，回想北平，似乎讲究规矩并不坏，至少我们少碰了许多硬钉子。讲究规矩是客气，也是人气，北平人爱说的那套话都是他们所谓“人话”。

别处人不用“人话”这个词儿，只说讲理不讲理，雅俗通用。讲理是讲理性，讲道理。所谓“理性”（这是老名词，重读“理”字，翻译的名词“理性”，重读“性”字）自然是人的理性，所谓道理也就是做人的道理。现在人爱说“合理”，那个“理”的意思比“讲理”的“理”宽得多。“讲理”当然“合理”，这是常识，似乎用不着检出西哲亚里士多德的大帽子，说“人是理性的动物”。可是这句话还是用得着，“讲理”是“理性的动物”的话，可不就是“人话”？不过不讲理的人还是不讲理的人，并不明白的包含着“不懂人话”，“不会说人话”所包含着的意思。讲理不一定和平，上海的“讲茶”就常教人触目惊心的。可是看字面儿，“你讲理不讲理?”的确比“你懂人话不懂”，“你会说人话不会?”和平点儿。“不讲理”比“不懂人话”，“不会说人话”多拐了个弯儿，就不至于影响人格了。所谓做人的道理大概指的恕道，就是孔子所说的“己所不欲，勿施于人”。而“人话”要的也就是恕道。按说“理”这个词儿其实有点儿灰色，赶不上“人话”那个词儿鲜明，现在也许有人觉得还用得着这么个鲜明的词儿。不过向来的小商人、洋车夫等等把它用得太鲜明了，鲜明得露了骨，反而糟蹋了它，这真是怪可惜的。

月　下

——［中国］沈从文

倘若你的眼睛真是这样冷，
在你鉴照下，有个人的心会结成冰。

“求你将我放在你心上如印记，带在你臂上如戳记。”我念诵着雅歌来希望你，我的好人。

你的眼睛还没掉转来望我，只起了一个势，我早惊乱得同一只听到弹弓弦子响中的小雀了。我是这样怕与你灵魂接触，因为你太美丽了的缘故。

但这只小雀它愿意常常在弓弦响声下惊惊惶惶乱窜，从惊乱中它已找到更多的舒适快活了。

在青玉色的中天里，那些闪闪烁烁底星群，有你底眼睛存在：因你底眼睛也正是这样闪烁不定，且不要风吹。

在山谷中的溪涧里，那些清莹透明底出山泉，也有你底眼睛存在：你眼睛，我记着比这水还清莹透明，流动不止。

我侥幸又见到你一度微笑了，是在那晚风为散放的盆莲旁边。这笑里有清香，我一点都不奇怪，本来你笑时是有种比清香还能沁人心脾的东西！

我见到你笑了，还找不出你的泪来。当我从一面篱笆前过身，见到那些嫩紫色牵牛花上负着的露珠，便想：倘若是她有什么不快事缠上了心，泪珠不是正同这露珠一样美丽，在凉月下会起虹彩吗？

我是那么想着，最后便把那朵牵牛花上的露珠用舌子舔干了。

怎么这人哪，不将我泪珠穿起？你必不会这样来怪我，我实在没有这种本领。我头发白的太多了，纵使我能，也找不到穿它的东西！

病渴的人，每日里身上疼痛，心中悲哀，你当真愿意不愿给渴了的人一点甘露喝？

正如像做好事的善人一样，可怜路人的涸涸，济以茶汤。

恩惠将附在这路人心上，做好事的人将蒙福至于永远。

我日里要做工，没有空闲。在夜里得了休息时，便沿着山涧去找你。我不怕虎狼，也不怕伸着两把钳子来吓我的蝎子，只想在月下见你一面。

碰到许多打起小小火把夜游的萤火，问它，“朋友朋友，你曾见过一个人吗?”它说，“你找那个人是个什么样子呢?”

我指那些闪闪烁烁的群星，“哪，这是眼睛。”

我指那些飘忽白云，“哪，这是衣裳。”

我要它静心去听那些涧泉和音，“哪，她声音同这一样。”

我末了把刚从花园内摘来那朵粉红玫瑰在它眼前晃了一下，“哪，这是脸。”

这些小东西，虽不知道什么叫做骄傲，还老老实实听我所说的话。但当我问它听清白没有，只把头摇了摇就想跑。

“怎么，究竟见不见到呢?”——我赶着它追问。“我这灯笼照我自己全身还不够！先生，放我吧，不然，我会又要绊倒在那些不忠厚的蜘蛛设就的圈套里……虽然它也不能奈何我，但我不愿意同它麻烦。先生，你还是问别个吧，再扯着我会赶不上她们了。”——它跑去了。

我行步迟钝，不能同它们一起遍山遍野去找你——但凡是山上有月色流注到的地方我都到了，不见你底踪迹。

回过头去，听那边山下有歌声飘扬过来，这歌声出于日光只能在墙外徘徊的狱中。我跑去为他们祝福：你那些强健无知的公绵羊啊！

神给了你强健却吝了知识：每日和平守分地咀嚼主人给你们的窝窝头，疾病与忧愁永不凭附于身；你们是有福了——阿们！

你那些懦弱无知的母绵羊啊！

神给了你温柔却吝了知识：每日和平守分地咀嚼主人给你们的窝窝头，失望与忧愁永不凭附于身；你们也是有福了——阿们！

世界之霉一时侵不到你们身上，你们但和平守分底生息在圈牢里：能证明你主人底恩惠——同时证明了你主人底富有；你们都是有福了——阿们！

当我起身时，有两行眼泪挂在脸上。为别人流还是为自己流呢?我自己还要问他人。但这时除了中天那轮凉月外，没有能做证明的人。

我要在你眼波中去洗我的手，摩到你的眼睛，太冷了。

倘若你的眼睛真是这样冷，在你鉴照下，有个人的心会结成冰。

友　情

——［中国］毕淑敏

友情这棵树上只结一个果子，叫做信任。
红苹果只留给灌溉果树的人品尝。
别的人摘下来尝一口，很可能酸倒了牙。

现代人的友谊，很坚固又很脆弱。它是人间的宝藏，需我们珍爱。

友谊的不可传递性，决定了它是一部孤本的书。我们可以和不同的人有不同的友谊，但我们不会和同一个人有不同的友谊。友谊是一条越掘越深的巷道，没有回头路可以走的，刻骨铭心的友谊也如仇恨一样，没齿难忘。

友情这棵树上只结一个果子，叫做信任。红苹果只留给灌溉果树的人品尝。别的人摘下来尝一口，很可能酸倒了牙。

友谊之链不可继承，不可转让，不可贴上封条保存起来而不腐烂，不可冷冻在冰箱里永远新鲜。

友谊需要滋养。有的人用钱，有的人用汗，还有的人用血。友谊是很贪婪的，绝不会满足于餐风饮露。友谊是最简朴同时也是最奢侈的营养，需要用时间去灌溉。友谊必须述说，友谊必须倾听，友谊必须交谈的时刻双目凝视，友谊必须倾听的时分全神贯注。友谊有的时候是那样脆弱，一句不经意的言辞，就会使大厦顷刻倒塌。友谊有的时候是那样容易变质，一个未经证实的传言，就会让整盆牛奶变酸。

这个世界日新月异。在什么都是越现代越好的年代里，唯有友谊，人们保持着古老的准则。朋友就像文物，越老越珍贵。

礼物分两种，一种是实用的，一种是象征性的。

我喜欢送实用的礼物。

不单是因为它可为朋友提供立等可取的服务功能，更因为我的利己考虑。

此刻我们是朋友，十年以后不一定是朋友。

就算你耿耿忠心，对方也许早已淡忘。

速朽的礼物，既表达了我此时此刻的善意，又给予朋友可果腹可悦目可哈哈一笑或是凝神端详的价值，虽是一次性的，也留下美好的瞬间，我心足矣。

象征久远意义的礼物，若是人家不珍惜这份友谊了，留着就是尴尬。或丢或毁，都是物件的悲哀，我的心在远处也会颤抖。

若是给自己的礼物，还是具有象征意义的好。比如一块石子一片树叶，在别人眼里那样普通，其中的美妙含义只有自己知晓。

电话簿是一个储存朋友的魔盒，假如我遇到困难，就要向他们发出求救信号。一种畏惧孤独的潜意识，像冬眠的虫子蛰伏在心灵的旮旯。人生一世，消失的是岁月，收获的是朋友。虽然我有时会几天不同任何朋友联络，但我知道自己牢牢地粘附于友谊网络之中。

利害关系这件事，实在是交友的大敌。我不相信有永久的利益，我更珍视患难与共的友谊。长留史册的，不是锱铢必较的利益，而是肝胆相照的情分，和朋友坦诚的交往，会使我们留存着对真情的敏感，会使我们的眼睛抹去云翳，心境重新开朗。

尺素寸心

——［中国台湾］余光中

写信，是对人周到，
记日记，是对自己周到。

接读朋友的来信，尤其是远自海外犹带着异国风云的航空信，确是人生一大快事，如果无须回信的话。回信，是读信之乐的一大代价。久不回信，屡不回信，接信之乐必然就相对减少，以至于无，这时，友情便暂告中断了，直到有一天在赎罪的心情下，你毅然回起信来。蹉跎了这么久，接信之乐早变成欠信之苦，我便是这么一位累犯的罪人，交游千百，几乎每一位朋友都数得出我的前科来的。英国诗人奥登曾说，他常常搁下重要的信件不回，躲在家里看他的侦探小说。王尔德有一次对韩黎说："我认得不少人，满怀光明的远景来到伦敦，但是几个月后就整个崩溃了，因为他们有回信的习惯。"显然王尔德认为，要过好日子，就得戒除回信的恶习。可见怕回信的心，原不止我一个。

回信，固然可畏，不回信，也绝非什么乐事。书架上经常叠着百封未回之信，"债龄"或长或短，长的甚至在一年以上，那样的压力，也绝非一个普通的罪徒所能负担的。一叠未回的信，就像一群不散的阴魂，在我罪深孽重的心底憧憧作祟。理论上说来，这些信当然是要回的。我可以坦然向天发誓，在我清醒的时刻，我绝未存心不回人信。问题出在技术上。给我一整个夏夜的空间，我该先回一年半前的那封信呢，还是七个月前的这封？隔了这么久，恐怕连谢罪自遣的有效期也早过了吧？在朋友的心目中，我早已沦为不值得计较的妄人。"莫名其妙！"是你在江湖上一致的评语。

其实，即使终于鼓起全部的道德勇气，坐在桌前，准备偿付信债于万一，也不是轻易能如愿的。七零八落的新简旧信，漫无规则地弃塞在书架上，抽屉里，有的回过，有的未回，"只在此山中，云深不知处"，要找到你决心要回的那一封，耗费的时间和精力，往往数倍于回信本身。再想象朋友接信时的表情，不是喜出望外，而是余怒重炽，你那一点决心就整个崩溃了。你的债，永无清偿之日。不回信，绝不等于忘了朋友，正如世上绝无忘了债主的负债人。在你的惶恐的深处，恶魔的尽头，隐隐约约，永远潜伏着这位朋友的怒眉和冷眼，不，你永远忘不了他。你真正忘掉的，而且忘得那么心安理得，是那些已经得你回信的朋友。

有一次我对诗人周梦蝶大发议论，说什么“朋友寄赠新著，必须立刻奉复，道谢与庆贺之余，可以一句‘定当细细拜读’作结。如果拖上了一个星期或个把月，这封贺信就难写了，因为到那时候，你已经有义务把全书读完，书既读完，就不能只说些泛泛的美词。”梦蝶听了，为之绝倒，可惜这个理论，我从未付之行动，一定丧失了不少友情。倒是有一次自己的新书出版，兴冲冲地寄赠了一些朋友。其中一位过了两个月才来信致谢，并说他的太太、女儿、和太太的几位同事争读那本大作，直到现在还不曾轮到他自己，足见该书的魅力如何云云。这一番话是真是假，令我存疑至今。如果他是说谎，那真是一大天才。

据说胡适生前，不但有求必应，连中学生求教的信也亲自答复，还要记他有名的日记，从不间断。写信，是对人周到，记日记，是对自己周到。一代大师，在著书立说之余，待人待己，竟能那么的周密从容，实在令人钦佩。至于我自己，笔札一道已经招架无力，日记，就更是奢侈品了。相信前辈作家和学人之间，书翰往还，那种优游条畅的风范，应是我这一辈难以追摹的。梁实秋先生名满天下，尺牍相接，因缘自广，但是廿多年来，写信给他，没有一次不是很快就接到回信，而笔下总是那么诙谐，书法又是那么清雅，比起当面的谈笑风生，又别有一番境界。我素来怕写信，和梁先生通信也不算频。何况《雅舍小品》的作者声明过，有十一种信件不在他收藏之列，我的信，大概属于他所列的第八种吧。据我所知，和他通信最密的，该推陈之藩。陈之藩年轻时，和胡适、沈从文等现代作家书信往还，名家手迹收藏甚富。梁先生戏称他为 man of letters，到了今天，该轮到自己的书信被人收藏了吧。

朋友之间，以信取人，大约可以分成四派。第一派写信如拍电报，寥寥数行，草草三二十字，很有一种笔挟风雷之势。只是苦了收信人，惊疑端详所费的功夫，比起写信人纸上驰骋的时间恐怕还要多出数倍。彭歌、刘绍铭、白先勇可称代表。第二派写信如美女绣花，笔触纤细，字迹秀雅，极尽从容不迫之能事，至于内容，则除实用的功能之外，更兼抒情，娓娓说来，动人清听。宋淇、夏志清可称典型。尤其是夏志清，怎么大学者专描小楷，而且永远用廉便的国际邮简？第三派则介于两者之间，行乎中庸之道，不温不火，舒疾有致，而且字大墨饱，十分爽朗。颜元叔、王文兴、何怀硕、杨牧、罗门，都是“样版物人”。尤其是何怀硕，总是议论纵横，而杨牧则字稀行阔，偏又爱用重磅的信纸，那种不计邮费的气魄，真足以笑傲江湖。第四派毛笔作书，满纸烟云，体在行草之间，可谓反潮流名士，罗青属之。当然，气魄最大的应推刘国松、高信疆，他们根本不写信，只打越洋电话。

人　缘

——［中国台湾］王鼎钧

人在失意时候得罪了人，可以在得意的时候弥补；
在得意的时候得罪了人，却不能在失意的时候弥补。

我跟某公司董事长做了多年邻居。当他的公司财源茂盛的时候，他的汽车碾扁了别家小鸡；他的狼犬自由散步，对着邻家小孩露出可怕的白牙；他修房子把建材堆在邻家门口。坦白说，他在邻居中没有什么人缘。

后来，他的公司因资金周转不灵而歇业，我们经常在巷道中相遇，我步行，他也步行。他的脸上有笑容了，他的下巴收起来了，他的狼犬拴上链子，他也经常摸一摸邻家孩子的头顶。可是，坦白说，他仍然没有什么人缘。

一天，偶然跟他闲谈，谈到人间恩怨，我随口说："人在失意时候得罪了人，可以在得意的时候弥补；在得意的时候得罪了人，却不能在失意的时候弥补。"言者无心，听者有意，他若有所悟。

他暂时停止改善公共关系，专心改善公司的业务。终于，公司又"生意兴隆通四海"，他又有汽车可坐，不过他的座车从此不再喇叭叫门，并且在雨天减速慢行，小心防止车轮把积水溅到行人身上。他的下巴仍然收起来，仍然有时伸手摸一摸邻家孩子的头顶。后来，他搬家了，邻居们依依不舍送到公路边上，用非常真诚的声音对他喊："再见！"

获得合作

——［美国］戴尔·卡耐基

天底下，没有任何人心甘情愿受人支配、受人控制，
谁都希望自己做一切事，都能完完全全地操之在己，
尤其是希望自己的想法、观念，能够被他人采纳和尊重。

对于你自己独自创见的心得，是否觉得要比别人强迫推销的观点来得踏实一些？你是不是也觉得与其强迫别人接受自己的观点和心得倒不如只是提供一些建议、暗示，凡事让别人自己去理出一个结论，反而来得有效。

费城的亚道夫先生，眼见手下的业务人员组织散漫，效率差，士气日益低落，迫不得已召开公司紧急会议，并诚恳地要手下业务员谈谈自己真正的想法，一一记录在黑板上，然后对大家说："你们的要求，我将全力为大家做到，但是，在我做到之后，我希望你们现在就告诉我，你们将何以回报？"

这一提问在台下引起了热烈反响，有的表示愿更加积极乐观地推动业务，有的表示愿对工作更加忠诚敬业，有的表示愿更加发挥团队精神，争取业绩增长，甚至还有人主动要求每日工作 14 个小时，会议结束后，大伙儿果然是士气如虹，而公司的销售业绩，也立即出现了惊人的增长。

之所以取得这样的成功，在于亚道夫与他的业务员之间建立起一种道德默契，只要我信守诺言，他们也肯全力以赴，为自己的承诺付出心力，而真正造成这一事实的关键，仍是在于他能耐心地听取员工的心声，对他们的需求，表现出关怀。

天底下，没有任何人心甘情愿受人支配、受人控制，谁都希望自己做一切事，都能完完全全地操之在己，尤其是希望自己的想法、观念，能够被他人采纳和尊重。

住在新布鲁威克的一位先生，也曾以同样的方法，使我心甘情愿地变成了他的房客。

当时的情形是这样的，适逢休假，打算到新布鲁威克住几天，到附近的湖中划船钓鱼一番，于是我写信给当地的一些旅行社，向他们索取旅游观光资料。不

出几天，琳琅满目的观光资料、旅游指南，立即有如雪片般寄到我的住处。我看了又看，挑了又挑，一时真不知该住在哪一家旅馆好。

后来我注意到其中有家旅馆，非但将价目、简介寄来，而且还寄来了所有在他们那住过的旅客通讯录，并建议我向这些旅客询问有关他们在旅馆的情形，言下之意，对他们的口碑显然是信心十足，尤其出乎我意料之外的，是那份通讯录上，居然还有我朋友的名字，于是我当即拨了电话过去，后来的结果自然是向那家旅馆订了房间。

多少人竞相争取的生意，结果却让它轻轻松松地弄到手。说穿了无他，只不过是这家旅社勾起我主动购买的欲望，就可赢得竞争了。

所以，要想改变别人的想法，应该设法使对方相信，新的想法亦完全是出于他本身，并非你推销给他的。

品格与个性的力量

——［美国］奥里森·马登

个性是我们刻在事物上的标识，
正是这种无法涂抹的标记，决定了所有人、所有劳动的全部价值。

我们所处的是一个狂热追逐金钱的时代，然而一个奇怪的现象却是虽然身处这样的时代，那些衣衫褴褛、身无分文的作家、艺术家和衣着朴素的大学校长，他们在社会上反而更有声望，报纸也更愿意不惜篇幅来报导他们的行踪或活动。之所以有这种反差，也许要归因于追求知识和追求财富是两种不同性质的活动：前者有很多积极的影响，而后者存在着很大的负面作用。我们几乎可以肯定地说，在以金钱为标准的世界里，凡有一个人获得了成功就必定是以成百上千竞争者的失败为代价的；而在知识和品格的世界里，一个人的成功同时也是对社会的贡献，这几乎可以说是一种规律。

个性是我们刻在事物上的标识，正是这种无法涂抹的标记，决定了所有人、所有劳动的全部价值。我们都相信个性成熟的人。一个伟大的名字意味着怎样的一种魔力啊！西奥多·帕克过去常说的一句话是对于一个国家来说，苏格拉底的价值远远要超过像南卡罗来纳这样一个州的价值。

两度出任英国首相的政治家约翰·罗素说："在英国，所有的政党都有一种天然的倾向，他们都试图寻求天才人物的帮助，但他们只会接受那些具有伟大品格的人作指导。"

"通过培养品格与个性，最后我获得了真正的力量。"英国著名政治家坎宁在1801年写道，我并没有尝试过其他的途径。我也相信，这条路也许不是最便捷的，却是最稳妥的，对这点我十分乐观。

对一台机器，我们可以根据它所能够承受的最大压力来检测它的性能，但房间的温度也许就会决定它的性能。然而，对一种伟大的品格与个性来说，谁又能估价得出其内在的力量呢？谁又能够料到，一两个小孩可能会对一所学校品性产生影响呢？一所学校的传统、风俗和行为方式，可能正是因为这样几个具有非凡个性的学生，再经过几届学生的变动，就完全得以改变。这些学生就像日常生活中常常看到的那种力量，作用有些类似于拖拽着一长列货车的火车头，而他们正是以自己那微不足道的——却和那些风俗传统同样重要的——方式，改造了这一切，成为了校园英雄。几乎每一个学校的老师都可以告诉你一些诸如此类的故事：几个具有巨大感染力的学生，如何带动了学校的进步，或是破坏了它的发展。

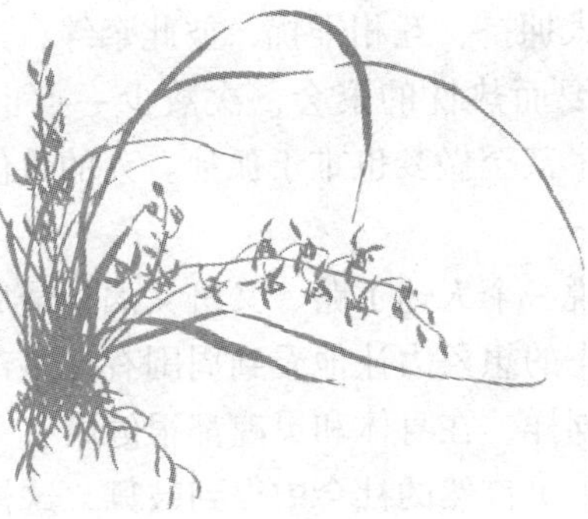

无聊的应酬

——［美国］亨利·梭罗

在身体和灵魂都很健康有力的时候，
我们可以不断地从类似的，但更正常、更自然的社会中得到鼓舞，
这样能使我们免于沉浸于寂寞中。

社交是不值得珍惜的，每次还来不及相互交流一下有用的信息聚会就结束了。我们在每日三餐的时间里相见，大家重新尝尝我们这种陈腐乳酪的味道。我们都必须遵守若干条规则，那就是所谓的礼节和礼貌，使得这种经常的聚会太平无事，聚会人和平相处，避免争吵发生。我们相会于邮局，于社交场所，于每晚的炉火边；我们生活得太拥挤，互相干扰，彼此牵绊，这就使得彼此之间少了那份尊重。当然，所有重要而热忱的聚会，次数少一点也够了。试想工厂中的女工，永远不能独自生活，甚至做梦也难于孤独。人的价值并不在他的皮肤上，所以我们没必要去碰皮肤。

有这么一个传言，说一个人迷了路，又饥又渴，最后支持不住倒在一棵大树下。由于体力不济，病态的想象力让他看到周围有许多奇怪的幻象，他误认为这一切都是实际存在的。同样，在身体和灵魂都很健康有力的时候，我们可以不断地从类似的，但更正常、更自然的社会中得到鼓舞，这样能使我们免于沉浸于寂寞中。

不觉寂寞

——［美国］亨利·梭罗

我从微明的早晨进入了漫长的黄昏，
其间有许多思想扎下了根，并茁壮成长起来。

即使一件最微不足道的自然事物，包括愤世嫉俗的可怜人和最悲观失望的忧郁之人，也可以在人生中找到最可信赖、最最幸福的伴侣，只要是生活在大自然之间并具有五官的人，就不可能有很阴郁的忧虑。对于健全而无邪的耳朵，暴风雨还真是伊奥勒斯的音乐呢。单纯而勇敢的人是绝不会产生庸俗的伤感的。当我享受着四季的友爱时，我相信，我生活中不会再有艰难险阻。

今天，好雨洒在我的豆子上，使我在屋里待了整天，这雨既不使我沮丧，也不使我抑郁，我却欢喜的很。虽然它使我不能够锄地，但它比锄地更有价值。如果雨下得太久，使地里的种子、地底的土豆烂掉，但它却使高地的草茁壮成长，既然高地的草可以茁壮成长，那对我也有着极大的好处。有时，我将自己和别人做比较，好像我比别人更得诸神的宠爱，比我应得的似乎还多；好像我有一张证书和保单在他们手上，别人却没有，因此我受到了特别的引导和保护。我并没因此而忘乎所以，我依旧在规规矩矩做人。我从不觉得寂寞，也感受不到寂寞感的压迫，只有一次，在我进了森林数星期后，我怀疑了一个小时，不知宁静而健康的生活中是否应当有些近邻，独处好像与高兴无缘。同时，我觉得我的情绪有些失常，但我似乎也预知自己会恢复正常。当我被这些思想所左右时，温和的雨丝飘洒下来，我突然感觉到能跟大自然做伴是如此甜蜜，如此受惠。就在这滴答滴答的雨声中，我屋子周围的每一处声响和每一件事物似乎都变得友爱和谐起来。一下子这支持我的气氛把我想象中的有邻居方便一点的思潮压下去了，从此之后，我就没有再想到过邻居这回事。每一支小小松针都富于同情心地胀大起来，成了我的朋友。突然感觉在这里面一定有我的同类，我不再寂寞。虽然我是处在一般人所谓凄惨荒凉的境况中，然而那最接近于我的血统，而且我发现最富于人性的并不是某个人或村民，从今后我不会对任何地方再说陌生了。

“……在生者的大地上，他们的日子很短，

托斯卡尔的美丽女儿啊。”

我在春秋两季的长时间暴风雨当中度过了我某些愉快时光，这弄得我上午下午都被禁闭在室内，只有不停止的大雨和咆哮给我解闷。我从微明的早晨进入了漫长的黄昏，其间有许多思想扎下了根，并茁壮成长起来。

女性的智慧

——［美国］亨·路·门肯

女人不仅聪明，
而且还几乎独占了某些比较含蓄、实用的聪明才智。

家庭中的女性们永远认为一家之主是个不中用的人，尽管她们表面上对他尊重至极。男人的言行纵然显得很漂亮，也难以骗得过她们，因为她们了解他真正的底细，知道他肤浅又可怜，换句话说，这足以说明女人自有女人的聪颖，或如常言所说，具有女性的直觉。这所谓的直觉就表现在对实际情况具有敏锐精确的洞察力，从来不为感情所动，始终能够把现象与本质区分得泾渭分明。在一般人的家庭圈子里，这里所谓的现象是位英雄、权贵、半个神人。而所谓的本质则是个四处行骗的人。

的确，做妻子的有时也会羡慕丈夫的某些使她比较平心静气的特权和情感。丈夫享有做男人的行动自由和选择职业的自由；他莫名其妙地洋洋自得；他像农民一样有些小小的不良嗜好；他有本事把真情的生硬面孔藏起来，装出一付风流多情的样子；平日里，他像孩子一般天真无邪。这一切做妻子的也会羡慕，但是她从不羡慕丈夫那不够充实、荒唐的心灵。

女性天生就具有男人所不能及的灵性，她们能够机敏地感觉到男人在装模做样，说大话，夸海口，心里真切地明白男人永远是可悲而又可笑的角色，但她们表面上流露出来的却是一番嘲弄式的怜爱，世人称此为“母性”。女人之所以要像做母亲那样地对待男人，只是因为她们看得透彻，知道男人窝囊，需要周围的人对他们和蔼可亲，同时又自欺欺人得十分可爱。女人这种嘲弄态度不仅在现实生活中随处可见，就是在女作家的作品里也是贯穿始终的基调。女小说家大凡手法高明值得认真一读的，从不以认真的笔调刻画男主人公。我想不起来女人笔下的男性角色有哪一个骨子里不是蠢材的。

以现代人类的发展水平来看已达到了成熟阶段，然而要论证妇女却仍需有得心应手的聪明才智。这有力地证明做丈夫的眼力很成问题，成见深得已不可救药，智力又普遍低下。其次，女人不仅聪明，而且还几乎独占了某些比较含蓄、实用的聪明才智。事实上，把这种聪明才智本身说成是女人特有的气质也未尝不可，因为其中不止一处流露出显著的女性特征，就像狠毒、自虐或喜好红妆粉黛也显然属于女性的特征一样。男人身心刚强，打架拼杀均毫无惧色。他们浪漫多情，钟爱自认为善与美的东西；崇尚情义，生性乐观，乐善好施；懂得苦干又能持久的诀窍；待人和蔼宽厚。

不过，说到男人具备最基本的聪明才智，说到他们似乎还能够透过妄想和幻觉的外壳发现并展示永恒真理的内核——至少从这方面说，他们还十分娇嫩，仍然还乳臭未干。男人的根本特点和品性，也就是说那些还没有堕落的男人的特征，在傻瓜身上也能找到。史前野人肌肉发达，臭气满身。如果没有女人管着，替他操心，他就十足一付可怜相：一个长了胡子的娃娃，一只身大如牛的兔子，简直是背叛上帝的初衷。

请不要误会，我这里并非说阳刚之气对生化反应复合物造就卓越才能的过程毫无作用。我只是说，这种复合物离开了女性的柔弱就不可能形成，它是两种成分交互作用的产物。在天才女性身上可以看到相反的情形，她们一般都有点男子气，不仅锋芒毕露，而且也刮刮脸什么的。比如，乔治·桑、叶卡捷琳娜大帝、英国的伊丽莎白女王、罗莎·博纳尔、科西玛·科西玛·瓦格纳等人就是如此。无论男性还是女性，不蕴涵一点异性的特征，就不可能取得登峰造极的成就。男人身上要是没有一点女人的气质做弥补，便会过分愚钝，过分的天真浪漫，太容易被想象哄得昏昏入睡，成不了大器，最多只能当个骑兵、神学家或是公司的经理之类的人物。而女人要是没有一点男人那奇妙的天真劲儿，便会过分的现实，不容想象力海阔天空任由驰骋，而所谓天才，它的核心就是想象力。男子汉气概十足的男人缺乏机智，无法如实表达自己心底里的远大梦想，而彻头彻尾的女人则往往把人生看得太透，根本不懂得梦想。

男人大多自命不凡，总以为女人天资不足，学不了男人那一大堆小聪明、那一套没有用的学问和枯燥乏味的陈词滥调。而一般男人用心思主要靠的就是这些，丈夫认为自己比妻子聪明，不是因为自己能把一系列数字加得准确无误，就是因为自己分得清政敌之间主张的异同，再者就是因为自己摸着了某种肮脏下流的买卖或行当的底细。当然，这种才能无聊得很，实在算不上才智的标志，实际上不过是一套小花招、小噱头而已。掌握这套东西跟狗宝宝学钻圈、跳越障碍差不多，并不怎么费心劳神。

经商的男人甚至专业人才的脑袋里装的那套过时的思想全都幼稚得出奇。世间日常的沿街叫卖，讨价还价或是按照一般常规开点蹩脚的药，胡乱办个案，同驾驶出租车、煎一盘鱼没什么两样，都不需要真正的精明。

实际上，同一般的商人和专业人才——我只说那些成功发迹的人，且不说那些明显失意潦倒的人——接触多了，谁都会纳闷这些人怎么都是呆头呆脑的，老实天真得不可救药，而且还不通常情，实在让人吃惊。已故的佛朗西斯·查尔斯·亚当斯的祖父和曾祖父都曾是美国总统，他本人一辈子与美国几位“天才”实业家交往甚密。晚年时，他曾透露说他从未听到其中任何一位说过什么值得一听的话。照理说，这些人可谓是人中骄子，超群之能士，可是论智力，一个个都是不中用的酒囊饭袋。

当然，话又说回来，这种禀性的男人要是真的聪明，就绝不会在粗俗平庸的小事上获得成功；而他们善于掌握并记住看家本领的那套胡言乱语，则恰恰证明他们的智力低下。这种说法不消说是有根据的。世人公认的一流人才往往对所谓的实际问题束手无策。要是让亚里士多德用3，472，701乘以99.999，很难想象他会不出错，也难以想象他能记住这条或那条铁路两年内运量比例的变化幅度、一百磅三寸大钉的数目或是猪油从加尔维斯顿运到鹿特丹的运费。同样也无法想像他会精通桥牌、高尔夫球或别的什么简单的游戏，即那些所谓事业成功的男人才借以消遣娱乐的游戏。

哈夫洛克·埃利斯对英国的天才作了了不起的研究，发现一流的男人几乎没有一位精于此等雕虫小技。他们不善系领带，理财记账让他们大伤脑筋，对党派政治一窍不通。总之，他们恰恰就是在一般男人最能充分发挥自己的活动领域里寸步难行，无能为力，很容易被实际智力像狗宝宝一样远在他们之下的人所超过。

若让理发师见到这种心不灵手不巧，不会小手艺、小诀窍的情况，一定会说笨，生意兴隆的男服店老板准会说傻透了。其实，这种特点是一流男人同一、二流甚至三流女人共有的特点。

做事要心灵或者手巧，在有些职业里显得很突出，比如在钢琴调音、当律师或是给报纸写社论等，尽管这些职业绝大部分都是妇女在体格上完全力所能及的，其中妇女因为有极其巨大的社会障碍而不能从事的职业也并不多，可是妇女在这些职业上成功的事例却少之甚少。她们当律师、编辑或厂长、搞批发、开旅馆毫无建树的原因不在外部。社会上种种禁忌的阻碍作用并不大。敢想敢干、抛去顾虑、闯入禁区而安然无恙的女人大有人在。一旦闯了进去，就不会再有什么特别的障碍。可是，众所周知，真正从事这些行当和职业的妇女为数很少，其中与男人竞争的过程中成名成家的更是寥寥无几。

其中原因我已说过，不在外部而在内部，在于她们也意识到天外有天，因而心思不定；她们也嫌小事微不足道，俗不可耐，但是又不善机械呆板的例行公事和空洞无聊的技艺。这种情况也存在于层次较高的男人中间。大多数男人办事循规蹈矩，可以达到有意无意的程度，并且因此而得意自夸。而女人即便从事按基督教国家习俗规定专属于她们的事情，也难得见到有这样熟练。常听人们说，饭做得很好的家庭主妇、自己会做衣服而活儿做得粗看不出是她自己做的家庭主妇、善于给孩子讲解为人处事及清洁个人卫生原理的家庭主妇，实属凤毛麟角，要是遇着个别，人们所敬重的却往往不是她的大才大智。

最典型的实例就是美国。在美国妇女的地位比别的文明国家或半文明国家都要高，认为妇女智力不如男人的旧观念遭到非常有力的否定。美国资产阶级家庭的餐桌突出地证明了美国家庭主妇的手艺有缺陷。应邀赴宴的宾客若能够找出合适理由绝不会受这份洋罪，实在躲不过时，就当自己遇着一个有手颤毛病的人给自己刮胡子一样，无可奈何地忍着点。世界上只有美国的妇女最有增进智力的闲暇和自由，智力水平最高。但是，家里饭菜最差的在美国，治理全部家政最欠妥当的在美国，请外人、而且由男人代劳、做按理说自己能够承担的事情最多的也在美国。难怪这个妇女获解放受尊崇的国家竟然是汤料罐头、猪肉罐头、套餐罐头以及其他一切现成食品的王国，而且世界上当以美国人最喜欢把培养儿童智力的任务全部塞给大多数是白痴的专职教师去承担，把儿童体格锻炼、健康护理的事情全部交给大多是江湖骗子的儿科医生、体育“专家”、性卫生专家等诸如此类的专业人才。

总而言之，为了生存许多人不得不固守乏味平淡的行业。妇女们厌恶这种机械枯燥的事情，不过往往是不自觉的，有时甚至还乖乖地逆来顺受。妇女们不愿意说明她们聪颖机敏。她们要是乐于从事这类手艺并引以为荣，而且还以勤勉娴熟的态度加以表示，那就把自己降到了与侍者领班、会计师、教师或者地毯掸灰工之流的男人同等的水平之上，还颇为得意。女人但凡不是愚顽至极的，生来就有完全逃避责任的倾向；如果实在无法逃避，就把要求降到最低。如果某个意外事件使女人暂时或永远打消结婚的念头，并投身到世间一般的事业中与男人较量，那么她们常常是摘取顶峰旗帜的那个人。妇女无论从事什么工作，凡是只需要反复不变的技巧、不很高明的骗人伎俩的，往往都失败；凡需要独立思考、随机应变的，却常常得手。所以，她们当律师十有八九不成功，因为当律师只需用空洞言辞、陈腔滥调作武器，惯于把这些言之无物的废话说得比常情、真理和正义还要动听。她们也不擅长经商，因为做生意大体上就是浅薄琐碎的交易活动加上坑蒙拐骗凑成的杂烩，而她们的正直感使她们厌恶这种东西。但是，女人当护士一般都很成功，因为病人需要善解人意、值得信任的护士。

凡是在技艺方面，尤其在那些只是需要思维敏捷、不需要天才妙招予以配合的次要层面上与男人展开竞争时，她从来就毫不逊色。就是在烟花巷里，人们也会发现足够的机智和勇气以及落难时能屈能伸的韧性。这些品质足以使任何由男人专门从事的职业所需的禀赋相形见绌。如果一般男人的工作需要的精明机灵只是干老鸨那个行当所需的一半，那么他们随时都可以摆脱挨饿的危机。

人人都知道，男人对女人智力胜过自己总是耿耿于怀，自负的心态驱使他们否认自己不如女人。不过他们也难得用心思索，进行逻辑分析和有证有据的分析，无法驳倒这种说法。再说他们的态度从表面上看似乎也有一定的来由。他们把一种人为制造的品格强加在女人头上，完全掩盖了她们真正的品格，而这种荒谬的态度却博得了女人的认同，因为女人们觉得这样有好处。但是，尽管每个正常的男人都自称比所有的女人、尤其比自己的妻子天分高，并且聊以自慰，可他们偏偏又不断地戳穿自己的牛皮，老是求助于他们所谓的女人的直觉，对女人言听计从。这就是说，男人切身体会到，女人对许多重大事情的判断比自己周密深刻。可是他们又不愿意承认女人之所以有这样深邃的洞察力是女人的才智胜出一筹的缘故，于是他搬出一种理论，说这是由于女人有某种无形而让人捉摸不透的天赋，有某种半神秘的超级敏感性，有某种实质上是近于人类而又非人类的本能。

其实，只要研究一下什么样的情况促使男人求助于所谓女人的本能，便能了解这种本能的实质是什么。男人需要由女人本能来解决的并不是纯技术问题，而是一些比较罕见、比较根本因而困难得多的问题。这种难题只是偶尔才遇到一个，因此考验他们不是在技巧上能否训练出来的问题，而是是否具有真正的逻辑推理能力。在我看来，男人里面除了自知不行而且怕老婆以外，没有一个会为了雇佣职员、贷款给某个小客户或是为了某个经常耍弄的骗钱花招去请教妻子。可是，事关找个做买卖的伙伴、候补公职或是千金出阁之类的大事，连极其自负的男人都会探探妻子的口风。因为这类事情至关紧要，涉及前程幸福之根本，需要当事的男人集思广益才好。决策失误，关系重大，连虚荣心也会为之收敛。正是在这种情况下，女人超群的领悟力，不言而喻地便得到了发挥的机会，而且还必须承认这一点。正是在这方面，女人不受男人那种所谓的情感、迷信思想和陈规陋习的影响，将自己区分现象与本质的独特天赋用之于工作，发挥那称之为直觉的东西的作用。

什么？直觉？胡说？女人是人类最卓越的现实主义者。她们表面上似乎不懂逻辑，实际上通晓一种罕见、隐晦的超级逻辑。她们表面上似乎反复无常，实际上执著坚持真理，尽管真理像云彩一样飘忽不定，她们却始终执著地追随真理。表面上她们似乎十分愚钝，容易上当受骗，实际上她们心明眼亮得很……男人身上有时也显示出同样无情的聪颖，这种男人比一般的男人来得冷漠沉着，天生具有特殊的逻辑头脑，深知世态炎凉，喜欢冷嘲热讽。男人偶尔也很有头脑，但是，男人中间像年已四十八岁、儿女成群的妇女那样的头脑冷静聪颖、判断一贯正确、很少为表面现象所迷惑的，恕我直言还真是少得可怜。

严以律己

——［美国］弗洛姆

如果我们的言行受我们理智的支配，
那我们就可以避免不健康理智对我们行动的影响。

只有自然界的弱肉强食不在人类身上上演，人类相食相残的悲剧才会谢幕，真正的人的历史才会开始，为了促成这样的变化，我们必须充分意识到我们同类相食的方法和习惯是多么的罪大恶极。即使充分意识到了，但如果不同时进行公平全面的自责，也仍然是于事无补。

自责绝不是抱歉所能代替的，它要远远超出抱歉所能表达的内涵。真正的自责和随之而来的耻辱感是可以防止旧的罪行一次次重复的唯一的人的情感。哪里缺少了自责，哪里就会出现没有犯罪的幻觉。但是，人类历史上有哪些地方出现过这种自责呢？以色列人为他们对迦南部落施行的灭绝种族的屠杀自责了吗？美国人为几乎彻底地消灭了印第安人自责了吗？几千年以来人们生活在这样的体制中，它准许取得胜利的人无须自责，因为权力有时是可以取代权利的。事实上，我们每个人都应该坦白承认，由我们的祖先、我们的同代人或我们自己所犯下的罪行，无论是我们直接去干的，还是其他人干的，我们都曾对这些罪行冷眼旁观。

这些罪行应该在公开的典礼上宣告出来。罗马天主教堂给个人提供一个机会，让他忏悔自己的过错，以便听到良心的呼唤。但我们应该明白，个人的忏悔是远远达不到效果的，因为它不需讲出由一个团体、一个阶级、一个民族，或最为重要的是一个不听从于个人良心指示的主权国家所犯下的罪行，只要我们不愿作“民族罪行的忏悔”，我们依然采用我们的老办法，敏锐地注视着我们的敌人所犯的罪行，而对我们自己的人民所犯的罪行视而不见。当一些自称道德卫士的民族丝毫不考虑到良心时，个人怎么能认真地开始遵从良心的指示呢？这样唯一的结局是：每个人心中的良知都被长期尘封起来，因为良心并不比真理更难被分割。

如果我们的言行受我们理智的支配，那我们就可以避免不健康理智对我们行动的影响。智力仍然是智力，即使它被用于罪恶的目的。然而，我们对本来面目的现实而不是对我们想要看到以便能为了自己的目的而加以利用的现实的认识——在这种意义上，理智能够发挥这样的作用，它可以驱除我们不理智的情感，也就是说可以使作为人的我们成为真正的人，并把以往驱动我们的不理智动力替代掉。

目的地

——［美国］弗洛姆

我们把我们的能量全部发挥出来会使我们得到快乐，
而这种奋斗是不带目的性的。

我们把我们的能量全部发挥出来会使我们得到快乐，而这种奋斗是不带目的性的。拿爱情作个例子，爱情是无目的的。尽管许多人会说爱情肯定是有目的的，他们之所以需要爱情是因为它满足我们性的需求、结婚、生儿育女、过正常的生活，但是实际上这也是没有目的的爱情。在这种爱情中，存在而非毁灭起着主导作用。它是人的自我表现，是人的能力的充分发挥。但在我们这样的文化中，在这样一种由成功、生产、消费等外在目的决定一切的文化中，这类爱情已变得越来越少。它消失得这样遥远，以致我们已经忽略淡忘了。

谈话已经成为一种特殊的商品或一种特殊方式的战斗。如果谈话战斗是在大批观众面前进行，那就形成了一种辩论比赛。参加者互相下毒手，都想将对手置于死地。有的人谈话只是为了显示他是多么博学、超群出众。还有的人是为了证明他自己又一次正确了。谈话确是他们证明自己正确的一种方式。他们进行谈话时坚持己见，毫不退让，虽然每个人都知道对方将说些什么，但他们所显示的是谁都不能动摇对方的立场。

谈话的目的应该是交流而非战斗，因此输赢不应成为计较的问题。甚至谈话者所说的话是否有深意和令人信服，也没有关系。有关系的是他们所说的话的真实性。下面这个例子可以证明这一观点。假如我的两个精神分析学的同事一起走在回家的路上，其中一个说："我很疲乏。"另一个答道："我也有点。"这种交谈听起来像是很平庸的交流。但实质上不一定平庸，因为这两个人做同样的工作，他们了解对方的累。他们是在进行真实的有人性的交流："我们身体都很疲乏，我们都知道对方是如何的疲乏。"这样的谈话要比两个知识分子用庄严的词句滔滔不绝地讨论关于某种最新理论的谈论更像是谈话。因为他们只是分别地进行独白，交流的成份很小。

谈话的艺术和谈话的乐趣，这些将再度成为可能，但是只有在我们的文化发生了重大变化，即只有当我们自己从偏执狂中，从受目的支配的生活方式中解脱出来的时候，这种可能才有可能实现。我们应该培养这样的态度，即努力对人类潜力的充分认识和表现。

信任的感觉

——［美国］戴维·威斯格特

信任是一种有生命的感觉，
信任也是一种高尚的情感，
信任更是一种连接人与人之间的纽带。

信任是需要一个过程，一段时间的。假如你所信任的人全是奉承你的人，那你的生活将会变得空虚；假如你信任你所见到的每一个人，那你就是一个傻瓜；假如你毫不犹疑、匆匆忙忙地去信任一个人，那你就可能也会那么快地被你所信任的那个人背弃；假如你怀着利用人的心理去信任，那么随之而来的可能就是恼人的猜忌和背叛；但假如你迟迟不敢去信任一个值得你信任的人，那就永远不能获得爱的甘甜和人间的温暖，而你的一辈子也将在平淡苍白中度过。

信任是一种有生命的感觉，信任也是一种高尚的情感，信任更是一种连接人与人之间的纽带。信任别人是你的义务，除非你已发现那个人根本不配让人信任。你也有权受到别人的信任，除非他认为你不配受他信任。

与真理的关系

——［俄国］托尔斯泰

一个人尽管在情欲的影响下做了与真理的意识相反的行为，
但在承认或不承认这条真理上仍是自由的。

在自己的行为中没有自由的人，当他以什么作为行为的原因时，即当他承认或者不承认真理时，始终感到自己是自由的。而他的自由感觉，不依赖于外在的发生在他身外的事情，甚至不依赖于他自己的行为。

因此，一个人尽管在情欲的影响下做了与真理的意识相反的行为，但在承认或不承认这条真理上仍是自由的。就是说他可以不承认这条真理，而认为自己的行为是必需的，自己做了它是无可非议的；他也可以承认这条真理，认为自己的行为是不好的，自己做了这种行为应受到指责。

比如一个赌棍，或者一个酒鬼，无法抑制诱惑而深陷在欲海之中，但他们在判断赌博和嗜酒是一种恶还是一种无所谓的游戏的问题上仍然是自由的。当他选择了第一种判断时，即使他不能立刻脱离欲海，但他越是真诚地承认真理，就越能得到解脱；当他选择第二种判断时，他就会不断增强自己的欲望，从而消除了获得解脱的任何可能性。

这就像一个人经不起炎热，不去搭救自己的同伴而从失火的房子里逃掉时，他仍然可以自由地（承认人冒着危险而服务于他人的生命是真理）认为自己的行为是不好的，然后为此责备自己；或者（不承认这个真理）认为自己的行为是自然的、正当的，并认为自己的行为是无可非议的。处于第一种状况的人，在他承认真理的时候，尽管自己没有遵守它，但他还是准备去做一系列从这个认识中必然产生的自我牺牲的行为。处于第二种状况的人，却要准备去做一系列与第一种人相反的自私自利的行为。

但是，人们对任何真理承认与否并不都是自由的。也有这样的真理，在很久以前它就被人承认了，或者通过教育、传说使人接受并信仰它。遵行这些真理，对人来说已经成为人的第二天性。也有这样的真理，人们对它的感觉不甚清楚，觉得遥远。人既不能自由地否定第一种真理，也不能自由地肯定后一种真理。然而还存在着第三种真理，对人来说，它们还没有成为活动的下意识动机，然而却也清楚地展示在人的面前，以至于人不能绕开它，不可避免地要这样或那样地对待它，承认它或者不承认它。只有在对待这种真理时，人才有自由。

人一生中与真理之间的关系，很像一个在黑夜赶路而前面有灯光照着的人，他无法看见那些没被灯光照亮的地方，没有看见，也没有能力改变自己与灯光和与黑暗的关系。但是他无论站在道路的哪一点，都能看见那被灯光照亮的地方。他永远有权选择这条道路之上的这一边还是那一边。

听从理智

——［俄国］托尔斯泰

我们坚信：理智是我们大家、我们这些活着的人结合在一起的唯一基础。
对人来说，人的理智是人的生命必须按照它才能实现的规律，
这一点同其他事物的规律完全一样。

理智不能被判断，我们也无需判断它，因为我们大家不仅知道它，而且我们所能知道的只有理智。在我们的相互交往中，我们越来越坚信，这种普遍的理智，对于我们所有人来说都同样是必须的，对它的信心要大于一切方面的信心。我们坚信：理智是我们大家、我们这些活着的人结合在一起的唯一基础。我们从一开始就知道理智是第一可靠的，因此，我们之所以知道我们在世界上所知道的一切，正是因为这些为我们所知的东西同已被我们确切知晓了的理智规律相一致。我们知道，而且不可能不知道理智。的确不可能不知道它，因为它正是理性的生命——人不可避免地要遵照它的生活的规律。对人来说，人的理智是人的生命必须按照它才能实现的规律，这一点同其他事物的规律完全一样。动物按其自身规律生养繁殖，草木按其规律成长开花，地球与其他天体按自身规律旋转运行。而人们从自我之中知晓的规律，作为人的生命规律，同世界上所有外在事物的运动规律完全一样，它们之间只有一点差别：我们在自我之中知晓的规律，是我们自身应当去实行的东西，而外在现象中只有不受我们影响的、按规律自然实现的东西。我们对世界所知道的一切只是被我们看到的，在我们外部的天体、动物、植物、全世界中的一切，都是遵从着理智的。在外部世界中，我们看见了这种对理性规律的服从，我们从自身中知晓的这个规律，就是我们需要实现的东西。

关于生命，最常见的谬误就是把动物性肉体对自己规律的服从看成了人类的生命，这种服从不是我们进行的，而是被我们看见的。同我们的理性意识相联系的动物性肉体的规律，是无意识地在我们动物性躯体中实行的，就像它在树木、晶体、天体中实行的情形一样。但是，我们人的生命规律，即动物性肉体对理智的服从却是我们看不见，也不可能看见的规律，因为它还没有结束，而只是在我

们的生命中不断被我们实现。遵守这个规律，是为了获得幸福，让动物性肉体服从理智的规律，这就是我们的生命。不理解人的幸福和生命只在于让动物性肉体服从理性的规律，把动物性肉体的幸福和存在当做我们的整个生命，拒绝做人的生命注定要做的工作，那么，我们就会失去真正的人的幸福和真正的人的生命，而将我们所看见的我们动物性活动的存在去代替真正的生命和幸福的位置，这种存在是不依赖于我们而实行的，因此它不可能是我们的生命。

事情的法则

——［俄国］托尔斯泰

只有当我们完全摒弃在某个人的意志中寻找原因的时候，
才可能发现这些法则，正如人们要摒弃那些有关地球的一切成见，
才可能发现行星运动的法则一样。

各种现象的原因总合，不是人的智力所能理解的。但是人却一心要寻找这些原因。人不深入了解为数众多和复杂的各种条件（其中每个条件单独地看来都好像是原因），只抓住一个首先碰到的容易理解的近似条件，于是说：这就是原因。

在历史事件中（这里观察的对象是人的行动），最原始的近似条件是神的意志，然后是站在最显著的历史地位的人的意志，也就是历史中的英雄人物的意志。但是，只要一深入了解每个历史事件的实质，也就是深入了解参加事件的全部人群的活动，就会相信，历史人物的意志不仅不支配人群的行动，而且他们的意志经常处在被支配的地位。不管怎样理解历史事件的意义似乎都一样。但是，一种人说，西方人向东方进军，是因为拿破仑要这样做；另一种人说，这件事的发生是因为它必然要发生。这两种人说法的差别正如另外两种人说法的差别一样，一种人说，地球是不动的，行星都围绕着地球转；另一种人说，他们不知道是什么东西支持着地球，但是他们知道地球和其他行星的运动是受一些法则支配的。一个历史事件没有也不可能有各种原因，除了只有各种原因中的一种原因。但是存在着支配各种事件的各种法则，其中有些是未知的，有些是已经被我们摸索出来的。只有当我们完全摒弃在某个人的意志中寻找原因的时候，才可能发现这些法则，正如人们要摒弃那些有关地球的一切成见，才可能发现行星运动的法则一样。

通向友人之路

——［前苏联］普里什文

你极需要从心里开通与另一个人心灵的路，而在这个夜晚使你心绪不宁的，就正是要从你这里开辟一条通向另一个人的路径，为的是让你们能在一起聚会。

追 随

生活中经常有这样的情形发生：某人辛辛苦苦地在很深的雪地里走过，另一个人怀着感激之情顺着他的脚印走过去，然后是第三个、第四个……于是那里渐渐形成一条老少皆可通行的新路。就这样，由于一个人，整整一冬就有一条冬季的道路。

但也有这样的情形发生，那人走过之后，脚印白白留在那里，再没有人跟着走，于是紧贴地面吹过的暴风雪掩盖了它，很快雪地恢复原样。

大地上我们所有的人命运都是这样的：往往是同样劳动，运气却各不相同。

美的诞生

世人都知道玫瑰需要粪的滋养，但世人看到的只是娇艳的玫瑰而看不见粪，也就是肥料。应当展示玫瑰本身，也稍许留下一点儿腐臭变质的粪，为的是指出美的近旁是粪，紧挨着自由的是它从中挣脱出来的必需。

通向友人之路

亲爱的朋友，不要理会，更不要惧怕那些使你不得安宁，不得入睡的思想。不要睡去，就让这思想钻透你的心灵，你要忍耐些，这烦忧是会有个尽头的。

你不久就能感觉到，你极需要从心里开通与另一个人心灵的路，而在这个夜晚使你心绪不宁的，就正是要从你这里开辟一条通向另一个人的路径，为的是让你们能在一起聚会。

人的思考

——［前苏联］巴甫洛夫

生命是不断斗争着的，
是我们的基本的倾向、愿望和嗜好与
一般的自然条件和社会条件之间的一种冲突。

生命是不断斗争着的，是我们的基本的倾向、愿望和嗜好与一般的自然条件和社会条件之间的一种冲突。

广义的生理学与其他实证科学一道，逐渐使人成为强壮的实体，这一实体在征服了大地上的自然力，并使其有效地服务于人类的同时也慢慢地掌握了他本身的自然力，使其愈益坚强，愈来愈能摆脱开那种盲目偶然性的命运。

人的思考永不停息，这就是对于被许多尚未解决的问题所包围着的人来说最有利的东西。人力求把整个世界囊括在他的视线以内，而不是只局限于世界的一个角落。这是理智生活和有意义生活的必要条件，是关于物的最正确的概念。一个鼠目寸光的人常被生活的琐事打击着、折磨着，但它们以及世界性的问题又是怎样无力烦扰那些具有广阔视野的人们！

推己及人

——［英国］毛　姆

人性混合着伟大与渺小，
善与恶，崇高与卑微，大家都是如此相差无几。
也许有些人性格较强，机会较多，
因此可以更自由地表现天性，但骨子里的人性是相同的。

很奇怪，我们在看待自己的过错时要比看待别人的过错时态度宽容得多。我想，大概是因为我们对自己犯过错的背景了解得很清楚。我们常过于专注别人的过错，即使有时不得不正视自己的过错，也总觉得是可以宽恕的。这是因为无论我们自己是好是坏，我们必须容忍自己。

可是，我们在评判他人时的态度就完全不同了。我们用另外一副眼光，往往使旁人体无完肤，一点不留情面。且举一个小小的例子：假使我们发现了旁人说谎，我们的谴责会何等严酷！可是哪一个人能说自己从没说过一次谎？也许还不止一百次呢！

人性混合着伟大与渺小，善与恶，崇高与卑微，大家都是如此相差无几。也许有些人性格较强，机会较多，因此可以更自由地表现天性，但骨子里的人性是相同的。就以我来说，我也不会比大多数人更好或更坏，假使要我把外在的行动、内在的思想及脑海中的意念都记录下来，则世人一定说我是品格堕落败坏的魔鬼。明白这个道理，会使我们变得宽容。

同时，责己固然不必太严，对于他人的过错，即使是名闻天下的贤达之人，是不是也应该宽容一些呢？

令人得益的社交

——［英国］休　谟

交谈必须要借助到诗歌、政论、历史及哲学中的道理，
因为如果不借助这些，
将不会有什么交谈的题目能适合于有理性的人的交谈。

社交界是由一帮有着种种兴趣爱好喜欢交际的人汇聚而成。愉快的鉴赏，轻松优雅的理智，对各种人类生活事务深浅不一的思考，对公共生活的责任感，对具体事物的缺陷或完美的观察，把人们从四面八方各个阶层聚拢在一起。思考这样的一些问题，如果只靠一个人孤寂地进行是缺乏力度的，也是行不通的，需要与他一样的人参与进来，需要与同类的人谈话交流，以获得心智上应有的训练。这样一来人们自然会形成社会团体，其中的每个人都能够以他力所能及的最好方式发表他对种种问题的见解，交流信息，彼此获得愉快。

但是，这种聚会交谈必须要借助到诗歌、政论、历史及哲学中的道理，因为如果不借助这些，将不会有什么交谈的题目能适合于有理性的人的交谈。如果没有这类话题，我们的全部交谈岂不都成了无聊乏味的哼哼唧唧了吗？那样我们的心智还能有什么增益，除了老是那一套：

没完没了的胡吹瞎说和无聊之谈。

闲言碎语，家长里短。

搞得糊里糊涂，意乱心烦。

这样消磨时间在同伴间是最不受欢迎的，也是最耗损我们情趣和意志的。

友　谊

——［英国］培　根

如果你把快乐告诉一个朋友，
你将得到两个快乐；
如果你把忧愁向一个朋友倾吐，
你将被分掉一半忧愁。

古人有一句话说得很富有哲理，也很直接，这句话就是与孤独为伴的人不是神灵便是野兽。这句话一语道破了真理与谬误混为一谈的事实。如果说当一个人脱离了社会，甘愿遁入山林与野兽为伴，那他也只能算野兽而非神灵。尽管有人这样做的目的好像是要到社会之外去寻找一种更高尚的生活，古代的诺曼、埃辟门笛斯、埃辟克拉斯、阿波罗尼斯就是那种人。

一些人选择了孤独，并不是他天生愿意过这种生活，而是他从未在充满友谊和仁爱的群体中生活过，那种苦闷正如一句古代拉丁谚语所说："一座城市如同一片旷野。"人们的面目淡如一张图案，人们的语言则不过是一片噪音，这就使得人们选择了孤独。

由此不难看出，友情在人生中所占的比重有多大。得不到友谊的人将是终身可怜的孤独者。没有友情的社会则只是一片繁华的沙漠。因此那种乐于孤独的人，其本性也许更接近于野兽。

在你遇到不如意不顺心而抑郁彷徨之时，如把你的忧伤向你的好友倾诉，那你的不良情绪就会得到缓解，否则这种积郁会使人致病。医学上这样讲："沙沙帕拉"可以理通肝气；磁铁粉可以理通脾气；硫磺粉可以理通肺气；海狸胶可以治疗头昏。但是除了一个知心挚友以外，却没有任何一种药物是可以舒通心灵之郁闷的。在挚友面前你才可以尽情倾诉你的忧愁与欢乐、恐惧与希望、猜疑与劝慰。总之，那沉重地压在你心头的一切，通过友谊的肩头而被分担了。

正是出于这个原因，甚至连许多高高在上的君王也不能没有友谊。以致许多人竟宁愿降低自己的身份去追求它。

按照友谊要求平等原则来看，君王是享受不到友谊的，因为君王与臣民的地位悬殊太大了。于是许多君王便不得不把他所宠爱的人推升为“宠臣”或“近侍”，这样做的目的便是寻求友谊，罗马人称这种人为“君王的分忧者”。这种称呼恰如其分地道出了他们的作用。实际上不仅那些性格脆弱敏感的君王曾这样做，就连许多性格坚毅、智勇过人的君王也采取了类似的办法。为了结成这种关系，他们需要尽量忘记自己是个国君。

罗马的大独裁者苏拉曾与部下庞培结交，以致为此有一次竟容忍了庞培言语上的冒犯。庞培曾当面自夸：“崇拜朝阳的人自然多于崇拜落日的人。”伟大的恺撒大帝也曾经与布鲁图斯结为密友，并把他立为继承人之一，结果这人恰好成为诱使恺撒堕入圈套而被谋杀的人。难怪安东尼后来把布鲁图斯称为“恶魔”，仿佛他诱惑恺撒的魅力是来自一种妖术似的……

毕达哥拉斯说过这样一句意味深长的话：“不要损伤自己的心”。的确如此，如果一个人有心事却无法向朋友诉说，那么他必然使自己的心受伤。实际上友谊的一大奇特作用是如果你把快乐告诉一个朋友，你将得到两个快乐；如果你把忧愁向一个朋友倾吐，你将被分掉一半忧愁。所以友谊对于人生，真像炼金术士所要寻找的那种“点金石”。它能使黄金加倍，又能使黑铁成金。实际上这也是一种很自然的规律。在自然界中，物质通过结合可以得到增强。这规律用在友谊上同样起作用。

事实上友谊不单可以调剂感情，因为友谊不但能使人走出暴风骤雨的感情世界而进入和风细雨的春天，而且能使人摆脱黑暗混乱的胡思乱想而走入光明与理性的思考。这不仅是因为一个朋友能给你提出忠告，而且任何一种平心静气的讨论都能把搅扰着你心头的一团乱麻整理得井然有序。当人把一种设想用语言表达的时候，他也就渐渐看到它们可能招来的后果。有人曾对波斯王说：“思想是卷着的绣毯，而语言则是张开的绣毯。”所以有时与朋友作一小时的促膝交谈可以比一整天的沉思默想更能令人聪明。

假如你的朋友不能给你一份忠告，但是也可以通过与其的交流增长你的见识，给你启迪。讨论犹如砺石，思想好比锋刃，两相砥砺将使思想更加锐利。对一个人来说，与其把一种想法紧锁在心头，倒不如哪怕把它倾吐给一座雕像，这也是有好处的。

赫拉克利特曾说过：“初始之光最亮。”但实际上一个人自身所发生的理智之光是往往受到感情、习惯、偏见的影响而不那么明亮的。俗话说：“人总是乐于把最大的奉承留给自己。”而友人的逆耳忠言却是医治这个毛病的最好良方。朋友之间可以从两个方面提出忠告，品行是一方面，事业是另一方面。

就前者而言，朋友的良言劝诫是一味最好的药。历史上的许多伟人，往往由于在紧要关头听不到朋友的忠告，而做出后悔莫及的错事。你固然可以提醒自己应注意哪些问题，但毕竟如圣雅各所说：“虽然照过镜子，可终究是忘了原形。”

有这样几个论调很盛行，一种论调认为一双眼睛未必比两双眼睛看得要少，第二种论调以为一个发怒的人未必没有一个沉默的人聪明，或者以为毛瑟枪不论托在自己肩上放，还是支在一个支架上放会打得一样准。总之，认为有没有别人的帮助结果都一样。但这些话实际上是十分骄傲而愚蠢的说法。在听取意见的时候，有人喜欢一会儿问问这个人，一会儿又问问那个人。这当然比不问任何人好。但也要注意，在这种情况下得到的意见或建议有两个弊端。一是这种零敲碎打来的意见可能是一些不负责任的看法。因为最好的忠告只能来自诚实而公正的友人。二是这些不同源泉的意见还可能会互相矛盾，使你左右为难，不知该遵照哪个建议执行。比如你有病求医，这位医生虽会治这种病却不了解你的身体情况，结果服了他的药这种病虽然好了，却又使你得了另一种新病。所以最可靠的忠告，也还是只能来自最了解你事业情况的友人。

事实上，友谊的好处绝不止这些，比那要多出好多倍，可以说多得如同一个石榴上的果仁，难以一一细数。如果一定要说的话，那么只能这样来说：只要你想想一个人一生中有多少事务是不能靠自己去做的，就可以知道友谊有多少种益处了。所以古人说：朋友是人的第二个“我”。实际上还不够准确，因为第二个“我”的作用要比朋友们的作用低许多。

人一生所能干的事是极其有限的，有许多人还没有完成自认为应该做的事就死去了，留下了遗憾。而这个遗憾是可以由朋友来替其完成，因此一个好朋友实际上使你获得了又一次生命。人生中又有多少事，是一个人由自己出面所不便去办的。比如人为了避免自夸之嫌，因此很难由自己讲述自己的功绩。人的自尊心又使人无法放下架子去恳求别人，但是如果有一个可靠而忠实的朋友，这些事就多数可以迎刃而解。又比如在儿子面前，你要保持父亲的身份，在妻子面前，你要考虑作为男子汉的脸面；在仇敌面前，你要维护自己的尊严，但一个作为第三者的朋友就可以全然不计较这一切，而就事论事，实事求是地替你出面主持公道。

从上面的论述中不难看出，友谊在人的一生中占着何等重要的地位，它的好处简直是无穷无尽的。总而言之，当一个人面临危难的时候，如果他平生没有任何可信托的朋友，那么他的一生将是无法快乐的也是快乐不起来的。

怨　歌

——［英国］乔　叟

不论我前途是光明还是黑暗，
我从来就是且永远是你的躬顺真实的侍者。
你是我生命之源，也是我生命的终局，
是光辉的维纳斯的太阳。

此刻的我悲惨至极，并且对此种惨景竟束手无策，我唯有向控制着我的生命的她高声呼吁，可是她对一个真心人竟毫无怜悯。我虽忠诚相待，她仍不惜置我丁死地。

难道我一切言行都不能博得你的一点儿欢心吗？啊，完了！我的苦命呀！见我悲叹你反欢笑，把我的幸福剥夺殆尽。我好比被抛在一座无情的海岛上，再也无从逃生。甜心呀，我爱你最真切，可是我竟受到了这样的待遇。

我总结出一条真理：如果你的美色与仁德是可以估价的话，由你叫我如何愁苦，我也甘心情愿；原来我是世途上最渺小的一个行客，竟而妄自尊大，敢于高攀绝顶，遭你的冷眼也便不足为奇了。

啊，我的生命已到达了尽头，我知道死亡就是我的终结。我唯有悲唱一支令人生厌的歌曲：在苦难中我度过这一生。

我虽苦恼已极，但你当初的恩遇和我的深情促使我不顾一切，爱更甚于命。

如是，我绝望了，我在爱中求生——岂能求生，我在绝望中只有死亡！你既叫我无辜受难，以至于死，难道我就此放过不问？是呀，诚然我因她而不免一死，但我为她颠倒，却是我自作自受；是我自愿听她使唤，这岂是她的罪？

那么，我的烦恼既由自己造成，且自己甘心承受，她并未加以可否，可我该一言道破：即使我不幸而死，却无损于她的德性。我是一条可怜虫，一怨她天生丽质，二怨我对她中意。

如此看来，我苦恼而死，仍是起因于她。此刻只消她愿意讲出一句好话，我便得救。难道她竟眼见我愁痛而自鸣得意吗？啊，人们供她使唤乃至丧命，想必她已司空见惯，且引以为乐了。

可是，她既是我心目中的绝代佳人，是自然界所塑造的空前绝后的完善成品，却为何竟然把慈悲弃若粪土呢？这显然是自然界中的莫大缺陷，对于这一点我无法理解。

然而，天呀，这一切又不是我意中人的差错，我唯有痛责造物主与自然之神。她虽对我缺乏怜悯，我仍不应藐视她心中所好，因为她一贯如此。见人们嗟叹，她便要笑，这原是她的一时高兴。而对她的一切好恶，我只有唯命是从，毫无异议。

尽管如此，我仍将鼓起十二分的勇气，埋下一颗愁苦的心，向你恳求，望你施展大恩，倾听我冒昧呈辞，表达我的沉痛，至少求你一读我这首诉歌。我一面胆战心惊，唯恐于不知不觉中一言不慎，反而使你心生厌恶。

愿上帝拯救我的灵魂！天下恨事莫过于因我的失言而惹起了你的怒火。其实，直到我葬于黄土，你也难遇见一个更为真情的侍者。我只顾向你诉怨，还望你宽恕我，啊，我心头的爱人儿！

不论我前途是光明还是黑暗，我从来就是且永远是你的躬顺真实的侍者。你是我生命之源，也是我生命的终局，是光辉的维纳斯的太阳。自有上帝和我的真心为证，我对你的爱永远如初恋一般真诚，这是我的唯一意愿。我对生死毫无怨言。

在百鸟择配的圣发楞泰因的节日，我作了这首诉歌，这首伤心曲，现在我献给她，我的一切已归她所有，永远由她支配。虽然她还未垂青于我，我仍将为她效劳到底，即使她置我于死地，我也依然对她钟情。

握　手

——［英国］莱·亨特

不善与人握手常被视作稳重谨慎，
可是实际情况却不是这样，除非那种稳重是源于傲气。
对不愿握手的最合理的解释是缺乏殷勤灵动，细究起来它仍源于傲气。
生硬刻板本身就意味着某人的傲慢或对他人缺乏信任。

有两种握手情形是值得一提的：一是无论亲疏，不分场合，见手即握，一脸殷勤，笑容可掬，让人觉得他们仿佛是天下最密不可分的挚友。若你的手有幸也被握及，对方一副久别重逢倍感亲切的样子，而实际上你们仅是一面之交或关系一般。其他接受过握手的荣幸者（握手者肯定已忘了其尊姓大名）抬眼相看，见握手者与他人交会时的热情较之先前有增无减。一声“幸会”，诚意欣然，似为肺腑之言，好像对方是刚自遥远沙漠归来的老友。彼此仅为萍水相逢之人。

二是在某些社交场合，一些人畏首畏尾，手欲伸欲缩，游移不定，好像是手指发炎溃烂，羞于现丑。遇到这种谨言慎行之人，你就应该采取主动，握手时要积极热情。因为别人将你们双方作了礼貌的介绍，而且接下来，你还得同这个场合的其他人一一握手。所以，哪怕仅是出于礼貌，你也应当同他有一番热情相握。但他那副唯唯诺诺的样子，好像害怕上了你的当似的，使得你不得不采取主动，但握手的动作仅出自于你自己。对方的手不知为何只有矜持，甚至显得忧郁。手既已握住，那无论尴尬也好拙笨也好，都只有机械地履行完成这个过程。这情形与挽着一位陌生的淑女就座一般。握手时是否要摇动一番，何时宜与对方松开，这也要掌握好。执手相摇易被疑为对人施暴，松手时机不当难免又讨回些尴尬。接下来的聚会中，你对自己是否因握手而见嫌于对方始终把握不定。到分手时你才发现，他的言行举止与其他与之握过手的人同样格格不人。

我的观点是这两种握手情形均不易取。但若非要在两者中择其一，我勉为其难取后者。诚然，握手时的热情并非全然出自真诚，但它至少创造了和睦的气氛。如果要将真诚与和睦区分得泾渭分明（这种区分并非明智），那么，和睦总要比使对方不高兴要强出许多（如因厌恶某人而拒绝与之握手）。同时，要辨清某人的举止是否出于真诚，远比同人友善相处难办许多。况且就接人待物而言，热情友善应是一条恒定的准则。肯定这一点，便算悟出了令人愉快的处世立身之道。无论接人待物，还是修生养性，择此应属最明智之举，也最符合生活逻辑。不善与人握手常被视作稳重谨慎，可是实际情况却不是这样，除非那种稳重是源于傲气。对不愿握手的最合理的解释是缺乏殷勤灵动，细究起来它仍源于傲气。生硬刻板本身就意味着某人的傲慢或对他人缺乏信任。

有两位自称心胸宽广、傲气十足的人，一副可拯救苍生模样，把自己的手视为御手。两人虽乐观自信，谈笑风生，但却极少与人握手，即使与人相握亦无热情可言。人们为了表示对他们这种态度的不满，有人欲对其中一位施计，用鱼肉敷手与其相握，但终因心有惧意而放弃。许是此君对这件事有所风闻，自此之后，他与人相见时的姿态有了较大改观，握手频频，热情亲切。但他的那位同伴虽热心与政治家们为伍，但其举止丝毫未改。眼见同仁的变迁，他颇不以为然又为其所激，姿态更是冷傲，言谈举止更见独特，一副目中无人的样子，但因此也得到主人始终如一的评价。

宠辱不惊

——［法国］卢　梭

在这种屈从中，我找到了心灵的宁静，
它补偿了我经历的一切苦难，
这是既痛苦又无效的持续反抗所不能给予我的。

很多时候，我都在生活的命运中挣扎。我这个人缺乏技巧和手段，短于城府和谨慎，坦白直爽，焦躁易怒，挣扎的结果是使我更加被动，并且不断地向我的敌人提供他们绝对不会放过的可乘之机。直至最后我才发现，我所有的努力都是徒劳的，只是在白白地折磨自己。我很愤慨，但这又有什么用呢？我决定放弃服从命运的安排，放弃对这种必然性的反抗。在这种屈从中，我找到了心灵的宁静，它补偿了我经历的一切苦难，这是既痛苦又无效的持续反抗所不能给予我的。

促成这宁静的还有一个重要的因素。在对我的刻骨仇恨中，迫害我的人反而因为他们的敌意而忽略了一计。他们错误地以为只有一下子把最厉害的迫害加到我的头上，才能给我致命地打击。如果他们狡猾地给我留点希望，那么我就会依然在他们的掌握之中，他们还可以设个圈套，使我成为他们的掌中玩物，并且随后使我的希望落空而再次折磨我，这才能达到刺痛、折磨我的目的。但是，他们提前施展了所有的计谋。他们一旦把我逼得无路可退，那他们迫害我的招法也就中止了。他们对我劈头盖脸地诽谤、贬低、嘲笑和污辱是不会有所缓和的，但也无法再有所增加。他们如此急切地要将我推向苦难的顶峰。于是，人间的全部力量在地狱的一切诡计的助威下，使我遭受的苦难达到了极致，但也到了尽头，肉体的痛苦不仅不能增加我的苦楚，反而使我得到了消遣。它们使我在高声叫喊时，把呻吟忘却。肉体的痛苦或许会暂时平息我的心碎。

既然已无力再改变这一切，那我就能泰然面对了，已不再惧怕什么。既然他们已不能再左右我的处境，他们就不能再引起我的恐慌。他们已使我永远脱离了不安和恐惧，这我得感谢他们。现实的痛苦对我的作用已不大。我轻松地忍受我感觉到的痛苦，而不必担心会有新的苦难再降临到我的头上。我受了惊吓的想象力将这样的痛苦交织起来，反复端详，推而广之，扩而大之。期待痛苦比感受痛苦使我更加惶恐不安，而且对我来说，威胁比打击更可怕。期待的痛苦一旦来临，事实就失去了笼罩在它们身上的想象成分，暴露了它们的最后面目。于是，我发现它们比我想象的要轻得多，我禁不住长吁一口气，放下心来，享受这已经到来的痛楚。在这种情况下，我超脱了所有新的恐惧和对希望的焦虑，单凭习惯的力量就足以使我能日益忍受不能变得更糟的处境，随着这一次次迫害的到来，我的感觉已渐渐变得麻木、迟钝，对此他们已无办法应对。这就是我的迫害者在毫无节制地施展他们的充满敌意的招数时给我带来的好处。现在他们的支配权已对我毫无意义，我可以傲然面对他们了。

牛奶女和牛奶桶

——［法国］拉·封丹

谁不想过上好日子？
谁又能放弃幻想和希望？
总之，大家都是一样，智愚不分。

牛奶女将一满桶牛奶小心地放在头顶的垫子上，满以为自己可以安然无事地走到城里。她轻装短服，正跨着大步而行。原来为了走路比较轻快，她只穿一条裙子，鞋子又是平底。我们这位牛奶女穿得这样简便，眼睛放出慧光，她正在心里盘算：使用卖得的钱，购买鸡蛋一百个；孵小鸡三窝。由于她聪明能干，管理得当，一切也就顺利。

“这很容易，”她说，“在我房子周围养鸡；狐狸尽管来偷吃，如果吃到连一头猪我都买不成，那算它有本事了。费不了几个钱，等猪长得又肥又胖，卖掉它，我的腰囊鼓得要爆炸。请问，猪价这样好，谁来禁止我在咱们牛栏里养上头肥母牛和它的小牛，看它们在牛群中间跳跃呢？”

正当牛奶女得意之时，她的牛奶桶不知何时跳到了地上。这下糟了，再会吧，小牛、母牛、猪、孵卵！这些财产的女主人，带着懊丧的眼睛，离开自己这样倒泻地上的财富，去向丈夫赔罪，也许大有挨打的危险。这个故事编成了民间笑剧，名字叫做《牛奶桶》。

谁不想过上好日子？谁又能放弃幻想和希望？总之，大家都是一样，智愚不分。每个人醒着做梦，没有什么更甜蜜的，一种愉快的妄想迷住了我们的灵魂：世界上的金银珠宝，全部殊荣，全部美女都是我们的；当我是一个人的时候，我向最勇敢者挑战；我在想象中跑到遥远的异邦，我去推翻波斯王朝；人们选我为王，臣民拥戴我，王冠纷纷落在我头上。偶尔发生了一件意外的事，使我回头猛省，原来我依然是一个靠出卖体力生存的人。

莎士比亚纪念日的讲话

——［德国］歌　德

我读到他的第一页，就使我这一生都属于了他；
当我首次读完他的一部作品时，我觉得好像原来是一个先天的盲人，
这时的一瞬间有一只神奇的手赋予了我双目的视力。

我觉得我们最高尚的情操是当命运看来已经把我们带向正常的消亡时，我们仍希望生存下去。先生们，对我们的心灵来说这一生是太短促了，理由是每一个人无论是最低贱或最高尚，无论是最无能或最尊贵，只有在他厌烦了一切之后，才对人生产生厌倦。同时没有一个人能达到他自己的目的，尽管他渴望着这样做。因为他虽然在自己的旅途上一直很幸运，往往能够看到自己所向往的目标，但终于还要掉入只有上帝才知道是谁替他挖好的坑穴，并且被看成一文钱不值。

一文钱不值啊！我自己却不然！我就是我自己的一切，因为我只有通过我自己才了解一切！每个有所体会的人都这样喊着，他高视阔步走过这个人生，为踏入彼岸无尽头的道路做好准备。当然，各人都按照自己的尺度来做。这一个带着最结实的旅杖动身，而另一个却穿上了七里靴，并赶过前面的人，后者的两步就等于前者一天的进程。不管怎样，这位勤奋不倦的步行者仍是我们的朋友和伙伴，尽管我们对那一位的高视阔步表示惊讶与钦佩，尽管我们跟随着他的脚印并以我们的步伐去衡量着他的步伐。

先生们，请踏上这一征途！对这样的一个脚印的观察，比起呆视那国王入城时带来的千百个驾从的脚步更会激动我们的心灵，更会开阔我们的胸怀。

今天，我们来纪念这位最伟大的旅行者，同时也为自己增添荣誉。因为在我们身上也蕴藏着我们所公认的那些功绩的因素。

您们不要期望我写许多像样的东西！心灵的平静不适合作为节日的盛装，同时现在我对莎士比亚还想得很少。在我的热情被激发起来之后，我才能臆测出，并感受出最高尚的东西。我读到他的第一页，就使我这一生都属于了他；当我首次读完他的一部作品时，我觉得好像原来是一个先天的盲人，这时的一瞬间有一只神奇的手赋予了我双目的视力。我认识到，我很清楚地体会到我的生活是被无

限地扩大了；一切对于我都是新鲜的、陌生的，还未习惯的光明刺痛着我的眼睛。我慢慢学会看东西，这要感谢天资使我具有了识别能力。我现在还能清楚地体会到我所获得的是什么东西。

我没有踌躇过一刹那，去放弃那遵循格律的戏剧。地点的一致对我犹同牢狱般可怕，情节的统一和时间的一致是我们想象力的沉重桎梏。我跳进了自由的空气里，这才感到自己生长了手和脚。现在当我认识到那些讲究规格的先生们从他们的巢穴里给我硬加上了多少障碍以及看到有多少自由的心灵还被围困在里面时，如果我再不向他们宣战，再不每天寻找机会击碎他们的堡垒的话，那么我的心就会愤怒得碎裂。

法国人用作典范的希腊戏剧，按其内在的性质和外表的状况来说，就是这样的：让一个法国侯爵效仿那位亚尔西巴德，却比高乃依追随索福克勒斯要容易得多。

开始是一段敬神的插曲，然后悲剧庄严隆重地以完美的单纯朴素的风格，向人民大众展示出先辈们的各个惊魂动魄的故事情节，在各个心灵里激发起完整的、伟大的情操。因为悲剧本身就是完整的，伟大的。

在什么样的心灵里啊！

希腊的！我不能说明这意味着什么，但我能感觉出这点。为简明起见，我在这里根据的是荷马、索福克勒斯及忒俄克里托斯，他们教我去感觉。

同时，我还要连忙接着说：小小的法国人，你要拿希腊的盔甲来做什么？它对你来说是太大了，而且太重了。

因此，所有的法国悲剧本身就变成了一些摹仿的滑稽诗篇。不过，那些先生们已从经验里知道，这些悲剧如同鞋子一样，只是大同小异，它们中间也有一些乏味的东西，特别是经常都在第四幕里，同时他们也知道这些又是如何按照格律进行的。这方面我就无需多花笔墨了。

我不知道是谁首先想出把这类政治历史大事题材搬上舞台的。对这方面有兴趣的人，可以借此机会写一篇论文，加以评论。这发明权的荣誉是否属于莎士比亚，我表示怀疑。总而言之，他把这类题材提高到至今似乎还是最高的程度，眼睛向上看的人是很少的，因此也很难设想会有一个人能比他看得更远，或者甚至能比他攀登得更高。

莎士比亚，我的朋友啊！如果你还活在我们当中的话，那我只会和你生活在一起。我是多么想扮演配角匹拉德斯，假如你是俄来特斯的话，而不愿在德尔福斯庙宇里做一个受人尊敬的司祭长。

先生们，我想停笔，明天再继续写下去，因为现在滋长在我内心里的这种心情，您们也许不容易体会到。

莎士比亚的戏剧是个美妙的万花镜，在这里面世界的历史由一根无形的时间线索串连在一起，从我们眼前掠过。他的构思并不是通常所谈的构思，但他的作品都围绕着一个神妙的点（还没有一个哲学家看见过这个点并给予解释）。在这里我们个人所独有的本性，我们从愿望出发所想象的自由，同在整体中的必然进程发生冲突。可是我们败坏了的嗜好是这样迷住了我们的眼睛，我们几乎需要一种新的创作来使我们从暗影中走出来。

所有的法国人及受其传染的德国人，甚至于维兰也在这件事情上和其他一些更多的事情一样做得不大体面。连向来以攻击一切崇高的权威为职业的伏尔泰在这里也证实了自己是个十足的台尔西特。如果我是尤利西斯的话，那他的背脊定要被我的狂妄打得稀烂。

这些先生当中的大多数人对莎士比亚的人物性格表示特别反感。

我却高呼：要自然的真实，自然的真实！没有比莎士比亚的人物更自然的了！

这样一来，于是乎他们一起来扭住我的脖子。

松开手，让我说话！

他与普罗米修斯竞争着，以对手作榜样，一点一滴地刻划着他的人物形象，所不同的是赋予了巨人般的伟大性格——正因为如此，我们才认不出他们是我们的兄弟——然后以他的智力吹醒了他们的生命。他的智力从各个人物身上表现出来，因此大家看出他们之间的亲属关系。

我们这一代凭什么敢于对自然加以评断？我们又能从什么地方来了解它？我们从幼年起在自己身上所感到的，以及在别人身上所看到的，这一切都是被束缚住的和矫揉造作的东西。我常常站在莎士比亚面前而内心感到惭愧。因为有时发生这样的情形：在我看了一眼之后，我就想到，要是我的话，一定会把这些处理成另外一个样子！接着我便认识到自己是个可怜虫，从莎士比亚的笔下描绘出的是自然的真实，而我所塑造的人物却都是肥皂泡，是由虚构狂所吹起的。

虽然我还没有开过头，可是我现在却要结束了。

那些伟大的哲学家们关于世界所讲的一切，也适用于莎士比亚。我们所称之为恶的东西只是善的另外一个面，对善的存在是不可缺少的，与之构成一个整体，如同热带要炎热，拉伯兰要上冻，以致产生一个温暖的地带一样。莎士比亚带着我们去周游世界，而我们这些娇生惯养、无所见识的人遇到每个没见过的飞蝗却都惊叫起来：先生，它要吃我们呀！

先生们，行动起来吧！请您们替我从那所谓高尚嗜好的乐园里唤醒所有的纯洁心灵，在那里他们饱受着无聊的愚昧，处于半睡半醒的状态；他们内心里虽充满激情，可是骨头里却缺少勇气；他们还未厌世到死的地步，但是又懒到无所作为。所以他们就躺在桃金娘和月桂树丛中，过着他们的萎靡生活，虚度光阴。

穿衣打扮

——[德国]康　德

好的、端庄的、举止得体的衣着是一种引起别人敬重的外部假象，
也是一种欲望的自我压抑。

在与人交往前，注重自己的形象是十分有必要的，但这种必要不应在交往中体现出来，因为那样会产生难堪，或者是装腔作势而应追求的是自然大方：对于自己在举止得体方面、在衣着方面不会被别人指责的某种自信。

好的、端庄的、举止得体的衣着是一种引起别人敬重的外部假象，也是一种欲望的自我压抑。

对比是把不相关的感官表象在同一概念之下加以引人注意的对置。正是由于对比，一块沙漠中的绿地才显得引人惊奇。一间茅草盖顶的房子配上内部装饰考究的舒适房间，这都使人的观念活跃，感官由此加强。反之，穷困而盛气凌人，一位身着华丽外衣的贵妇人内衣却很脏，或者像从前某个波兰贵族那样，宴饮时挥霍无度，侍从成群，平时却穿着树皮做的鞋，而这却不是对比。为不错的事物辅之以更能表现其美的因素，才称之为对比。美的、质优的、款式新颖的服装是人的衬托。

新颖，甚至那种怪诞和内容诡秘的新颖，都活跃了注意力。因为这是一种收获，感性表象由此获得了加强。单调（诸感觉完全一模一样）最终使感觉松弛，主要表现在环境观察力的降低，而感官则被削弱。变化则使感官更新。

拿诵读布道词来说，如诵读腔调从始至终都不变。无论是大声喊叫的还是温言细语的，用千篇一律的声音来诵读，最后的结局都是使听诵读的人进入梦乡。工作加休息，城市生活加乡村生活，在交往中谈话加游戏，在独自消遣时一会读历史，一会读诗歌，搞哲学又搞数学，在不同社交场合穿着不同的服饰，这些都可以强化心灵。这是同一生命力在激动感觉的意识，不同的感觉器官在它们的活动中相互更替。生活单调无色彩，会使懒惰之人的生活变得更加空虚，目标更加模糊缥缈。

衣服的颜色能使面庞看起来更加娇艳，这是幻象，但脂粉却是欺骗。前者吸

引人，后者则愚弄人。于是有这样的情况：人们几乎不能忍受在人或动物的雕像上画上自然的颜色，因为这会使他们错误的把雕像看成活的，常常就这样猝然撞入他们的眼帘。一般来说，所有人们称之为得体的东西都是形式，也就是吸引人的外在形象。

勇者无畏

——［德国］康　德

不惊慌的人可称之为有胆识的人；而临危不惧的人则称之为勇者。

不惊慌的人可称之为有胆识的人；而临危不惧的人则称之为勇者。在危险中仍能保持勇气的人是勇敢的，轻率的人则是莽撞的，他敢于去冒险是因为他不知道危险。知道危险而敢于去冒险的人是胆大的；在成功率不到一半时去冒最大的风险，这是胆大包天。土耳其人把勇士与亡命鬼等同起来，而怯懦则是不名誉的气馁。

惊慌并不代表容易陷入恐惧，导致容易陷入恐惧的是胆怯，胆怯是一种状态、一种偶然因素，多半是由于依附于身体上的原因，在一个突然遇到的危险面前觉得不够镇定。当一位统帅身穿睡衣仓猝之间得知敌人已经逼近时，他也许会在刹那间让血液凝在心房里；但假若医生查出某位将军胃里存有酸水，则将军会被认定为胆怯之人。但是，胆识总是一种气质特点，而勇气是建立在原则上，并且是一种美德。这样理性可以给一个坚毅的人连大自然都没有能力所给予的力量。战斗中的惊慌甚至让人产生有益的排便，这使一个讽刺性的西方成语得以产生。然而应当引起注意的是在战斗口令发出时慌忙跑进厕所的那些水手，后来在战斗中却是勇敢的。这一情况甚至在苍鹭迎战猎鹰时也能够表现出来。

忍耐绝不是勇敢。忍耐属于女人的美德，因为它拿不出力量反抗，而是希望通过习惯来使受苦变得不明显。因此在外科手术刀下或在痛风病和胆结石发作时呻吟的人，在这种情况下并不是怯懦或软弱，这就好像人们行走时磕碰到一块当街横着的路石一样，人们对它的咒骂仅仅是一种情感的宣泄而已，自然本能在这种发泄中尽力用喊叫将堵在心头的血液分散开来。但美洲的印第安人表现出的忍耐却别具风格。当他们被包围的时候，他们扔下手中的武器，平静地任人宰割，而不请求饶恕。在这里，比起欧洲人在这种情况下一直抵抗到最后一个人死去，勇气是不是得到更多的体现？而我认为，这只不过是一种野蛮人的虚荣，据说因为他们的敌人不能强迫他们以啼哭或叹息来表明他们的失败，他们便把保全自己的种族荣誉通过此种忍耐表现出来。

海利根施苔特遗嘱

——［德国］贝多芬

美德，只有她而不是金钱能带来幸福。我是以切身体验来说此话的。在困苦中是美德支撑着我，我之所以没有以自杀来结束我的生命，除了艺术之外，我要感谢她。

此遗嘱留给我的兄弟卡尔和……

噢，你们人哪，我在你们心中的形象是敌视一切，执拗倔强，要不就是说我悲观厌世。你们实在是冤枉我了，你们并不知道你们得到这种印象的隐秘之原因。我的心灵、我的思想自幼就怀着这样一个友善的温存感，要亲自成就丰功伟业。我一直抱有这样的使命感。但是你们只要想一想，六年以来一种不可救药的状况侵袭着我，这种状况又因庸医误诊而更趋恶化。年复一年，我怀着痊愈的希望，却一再受骗上当，终于不得不看清了这是一种长久持续的疾病（治愈它大概需要经年累月，或许根本就是不可能的）。

生就一个热情似火的性格，甚至会为社交场合的消遣娱乐所动，我却过早地享受孤寂，过着与世隔绝的生活。有时我也想超越所有这一切，啊，可我却被听觉已坏的这个双重的惨痛经验无情地推回来，但是我还不能告诉人们说：请说得再大声一点，请放开嗓子吼吧，因为我聋了！啊，怎么可能呢？这样一来，等于是要我宣布我丧失了听觉，而对于我来说这个器官本来应当比别人的更加完美。过去我的这个器官是最出色的，其完美的程度过去和现在我的同人中都鲜有人能及——啊，我不能这样做。假如你们看到我抽身离开你们，就请原谅我吧！本来我是想置身于你们当中的。不幸的双重痛苦使我备受煎熬，因为我一则必然被误解，二则不能享受人们在社交中得到的休闲、高雅的交谈，不能互诉衷肠。我几乎只能参加实在无法推托的社交活动，不得不像一个被放逐者一样活着。我一走近一个谈话圈子，一阵恐惧就袭上心头，生怕陷入让别人看出我的状况的危险。这半年里，我的处境也并无二致。我的主治医生要求我尽量保护我的听觉，我目前的状况与我现在的自我感觉几乎相同。虽然在交际冲动的驱使下，我也禁不住诱惑，参加了一些社交活动。但是每当站在我身边的人听见远处传来的笛声，而我却对此无动于衷，或是有人听见牧人在歌唱，而我还是什么也听不见，这对于我是何等的耻辱！诸如此类的事件使我近乎绝望，只差一步之遥，我便会亲手结束自己的生命——只有她，只有艺术在支撑着我。啊，我感觉到，在创造出全部我觉得有兴趣要做的一切之前，我是不会轻生的，所以我才姑且苟延这可悲的生命——实在是可悲啊，躯体是如此的敏感，任何稍快一点的变化，就可以把我从最佳状态带入最糟糕的状态——忍耐——只有忍耐。我现在不得不选择你作为我的引路人，我必须——我时刻企望，这就是我作出的决定——坚持到底，直到铁面无私的命运女神无情地将这条线扯断，这样也许更好，也许不好，但我都会从容应对。

我才二十八岁就被迫成为哲人，这并不容易啊，对于一个艺术家比起对于其他任何人都更难——神性啊，你向下看，看看我的内心吧，你了解我的内心，你知道博爱及行善的冲动就居住在我的心中。世人啊，如果你们读到这里，就想一想你们待我的不公平；而这个不幸之人，他在想人世间是否能找到一个跟他相似的人，尽管也为自然的障碍所阻，却竭尽全力以被接纳进入伟大的艺术家和伟人之列，他只有以此来安慰自己。卡尔和……我的兄弟们，一旦我死去而施密特教授还活着的话，你们立即以我的名义请他将我真实的病况描述出来，并且请你们把这里这张写了遗嘱的纸附到我的病史中，至少让世人在我死后尽量同我和解。同时我在此宣布：你们两人为我那点小小的财产（如果还可以把它叫做财产的话）的继承人。你们公平地分配，融洽相处，互相帮助是我最希望看到的。过去你们所做的使我不快的事，我已原谅你们了。卡尔弟弟，我尤其感谢你在这最后的时日里对我表示的亲近。我希望你们过上衣食无忧、快乐的生活，让你们的儿女品德高尚。美德，只有她而不是金钱能带来幸福。我是以切身体验来说此话的。在困苦中是美德支撑着我，我之所以没有以自杀来结束我的生命，除了艺术之外，我要感谢她。永别了，你们相互珍重吧——我向所有的朋友表示感谢，对于利希诺夫斯基侯爵和施密特教授。我更要特别感谢。利希诺夫斯基侯爵的那些乐器，我希望你们当中有一人来保管它们，但是不要因此在你们当中引起争端。如果这些乐器不能体现其存在的价值，你们就把它们卖掉。如果我在坟墓里还能对你们有用，我是多么高兴——就这样办吧——我怀着欢乐奔向死亡——要是它来早了，使我还来不及施展我的全部艺术能力，那么就让它早些来同我艰辛的命运相对抗吧。我还是希望它晚一点来——不过我也满足了，难道这不是最好的解脱痛苦的方式吗——你想什么时候来，就什么时候来吧，我勇敢地迎接你。永别了，不要完全忘记死去的我，我有权受到你们这样对待，因为我这一生中常常想到你们，想使你们幸福。

路德维希·凡·贝多芬于海利根施塔特

立此遗嘱，一八〇二年十月六日

良心的微笑

——［德国］黑　塞

良心在我们烦恼和对死亡的不安之中，
在残酷和罪恶之中引导我们，
把我们从寂寞、无情的世界中带出来。

人生除了有烦恼、丑恶、无奈等外，还有人类使自己面对上帝的能力和良心。良心在我们烦恼和对死亡的不安之中，在残酷和罪恶之中引导我们，把我们从寂寞、无情的世界中带出来。良心和道德或法律之间是不存在任何关系的。良心比怠惰、利己心、虚荣心更强，即使在悲惨的谷底、迷妄的尽头，也能显示出内在巨大的力量，那不是回返死的世界，而是超越它，从而与上帝相会。

无论是谁，常在烦恼和绝望的对岸开辟一条让生有意义，死也容易的静谧之道。有人把自己的良心尘封，恶事做绝，全身沾满血迹。结果深深叹息悔悟自己的迷误，而体验了蜕变之期。但也有一些人开始就和自己的良心保持亲密的关系而成长，他们是少数幸福的圣人。不管发生什么事，对他们来说只是外部受到侵袭，内心却一直完好无损，经常保持清明，他们脸上带着永恒的微笑。

给五千年后子孙的信

——［德国］爱因斯坦

所有这一切都是由于世人的才智和品格，
而且较之那些对社会真正产生价值的
少数人的才智和品格来说是无比的低下。

在我们这个时代出现了许多天才人物，他们有许多发明，从而使我们生活得非常舒适。我们早已利用机器的力量横渡海洋，并且利用机械的力量可以使人类从各种辛苦繁重的体力劳动中最后解放出来。我们掌握了飞行技术，我们用电磁波从东半球的一个角落方便地同西半球的一角落互通讯息。

但是，颇令人堪忧的是商品的生产和分配却完全是无组织的。人人都生活在恐惧的阴影里生怕失业，遭受悲惨的贫困，而且，生活在不同的国家里的人民还不时互相残杀。由于这种种原因，所有的人一想到将来非旦没有一点儿欢娱之色，反而都提心吊胆和极端痛苦。所有这一切都是由于世人的才智和品格，而且较之那些对社会真正产生价值的少数人的才智和品格来说是无比的低下。

我愿意相信当五千年后的子孙看到这封信时，一定充满自豪之情和正当的优越感。

知耻不行

——［古希腊］亚里士多德

出于羞耻我们对耻辱本身畏缩不前，
而不是害怕其后果。

羞耻是耻辱的一种心理体现。出于羞耻我们对耻辱本身畏缩不前，而不是害怕其后果。由于形成意见的人的缘故，我们关心他们对我们的看法，因而，我们在其面前感到羞耻的那些人是那些对我们有某种看法，并且其看法对我们至关重要的人。

这些人是赞扬我们的人、我们赞扬的人、我们希望被其赞扬的人、我们与其竞争的人、我们期待对我们有看法的人。我们赞扬的人或想被其赞扬的人，他们具有令人尊敬的品质或者是我们渴望从他们那得到他们能够给我们的某种东西——像一个情人感受到的那样。我们与我们地位相等的人竞争。我们确实尊重明智者的见解，诸如我们的长辈和受过良好教育的人。如果在许多人眼前公开做不当的事，我们就越加对其感到羞耻。格言说：“羞耻在眼睛里”。因此，我们在总是与我们在一起的人面前和在注视着我们所作所为的人的面前最感到羞耻，因为这两类人的眼睛盯着我们。

只要有爱

——［智利］聂鲁达

只要有爱就值得去战斗和歌唱；
就值得活在世上。

我在许久以前曾受祖国发祥地的召唤顺着朗科湖往内地走，在那里找到了既受大自然攻击又受大自然爱护的诗歌的天生摇篮。

高高的柏树密密成林，空气飘逸着密林的芳香，一切都有响声，又都寂静无声。隐匿的鸟儿在低低交谈，果实和树枝落下时擦响树叶，在神秘而又庄严的瞬间 切都停止了，大森林里的一切似乎都在期待着什么。那时候有一条河流就要诞生了。我不知道这条河叫什么，但是它最初涌出的纯洁的、暗色的水流几乎令人察觉不出，涓细而且悄然无声，正在枯死的大树干和巨石之间寻觅出路。

枯藤老叶堆满了它的源头，过去的一切都要阻挡它的去路，却只能使它的道路溢满芳香。新生的河流把烂根朽叶一路冲刷，满载着新鲜的养分在自己行进的路上散发。

在我看来，诗歌的产生与此大同小异。它来自目力所不及的高处，它的源头神秘而又模糊，荒凉而又芳香，像河流那样把流入的小溪纳入自己的怀抱，在群山中间寻觅出路，在草原上发出悦耳的歌声。

它使干枯的田野受到滋润，为挨饿的人解决粮食。它在谷穗里寻路前进，赶路的人靠它解渴；当人们战斗或休息的时候，它就来歌唱。

它把人们联结起来，而且在他们中建立起村庄。它带着繁衍生命的根穿过山谷。

歌唱和繁殖就是诗。

它从地下喷薄而出，不断壮大，热情洋溢。它以不断增长的运动产生出能量，去磨粉、锯木，给城市以光明。黎明时岸边彩旗飞扬，总要在会唱歌的河边欢庆节日。

我曾在佛罗伦萨一家工厂参观过，并当场给一些工人朗诵我的诗。朗诵时我极其羞怯，这是任何一个来自年轻大陆的人在仍然活在那里的神圣幽灵近旁说话时都会有的心情。随后，该厂工人送我一件纪念品，那是一本彼特拉克诗集，1484 版的，我会一直珍藏。

诗已随河水流过，在那家工厂里歌唱过，几个世纪以来一直伴随着工人们。我心目中的那位永远穿着修士罩袍的彼特拉克，是那些纯朴的意大利人中的一员，而我满怀敬意捧在手里、对我具有一种新的意义的那本书，对于一个普通人而言只是一件绝妙工具。

我知道前来参加这个庆祝会的有我的许多同胞，还有一些别国的男女知名人士，他们绝不是来祝贺我个人的，而是来赞扬诗人们的责任和诗的普遍发展。

这类聚会使我非常激动，也非常自豪，我感到我的诗还是有一定社会价值的。确保全体人类相互认识和了解，是人道主义者的首要责任和知识界的基本任务。只要有爱就值得去战斗和歌唱；就值得活在世上。

我很清楚在我们这个被大海和茫茫雪山隔绝的国度里，你们不是在为我，而是在为人类的胜利而举行庆祝。其中的原因很简单，假如说这些海拔几百米、几千米的高山和波澜起伏、神秘莫测的太平洋曾经想把我们祖国的心声摒弃在全世界之外，曾经企图阻止我们的祖国向全世界发出自己的声音，曾经反对各国人民的斗争和世界文化的统一，现在这些高山被征服了，大洋也被战胜了。

在我们这个地处偏远的国家里，我的人民和我的诗歌为增进交往和友谊进行了不屈不挠的战斗。

这所大学履行其学术职责，接待我们大家，从而确立了人类社会的胜利和智利这颗星辰的荣耀。

我们不曾孤单，来自美洲热带地区的鲁文·达里奥支援我们来了。他大概是在一个跟今天一样的天空澄碧、白雪皑皑的冬日来到瓦尔帕莱索的，来重建西班牙语的诗歌。

今天，我把我最诚挚的敬意和最深沉的思念奉献给他那星星般的壮丽。

昨夜，我收到了劳拉·罗迪格等人送给我的礼物。我十分激动地把劳拉·罗迪格带给我的礼物打开。这是加夫列拉·米斯特拉尔的《十四行诗》的手稿，是用铅笔写的，而且通篇是修改的字迹。这份手稿写于 1914 年，但依然可以领略到她那笔力雄健的书法特色。

在我看来这些十四行诗意境有如永恒雪山一样高远，而且具有克维多那样的潜在的震撼力。

此刻，我把加夫列拉·米斯特拉尔和鲁文·达里奥都当作智利诗人来怀念，在我年满五十周岁之际，我非常想对他们表达我内心的敬意与感激。

真的，我对他们充满了敬意，是对所有在我之前用各种文字从事笔耕的人。他们的名字举不胜举，他们有如繁星布满整个天空。

论友谊

——［黎巴嫩］纪伯伦

在友谊里不用言语，
一切的思想、一切的愿望、
一切的希冀都在无声的喜乐中发生而共享了。

于是一个青年说：请给我们谈友谊。

他回答说：

你的朋友是你的有回应的需求。

他是你用爱播种，用感谢收获的田地。

他是你的饮食，也是你的火炉。

因为你饥渴地奔向他，你向他寻求平安。

当你的朋友向你倾吐胸臆的时候，你不要怕说出心中的“否”，也不要瞒住你心中的“可”。

当他静默的时候，你的心仍要倾听他的心；

因为在友谊里不用言语，一切的思想、一切的愿望、一切的希冀都在无声的喜乐中发生而共享了。

当你与朋友别离的时候，不要忧伤。

因为你觉得他最可爱之点，当他不在时愈见清晰，正如登山者在平原上眺望山峰加倍地分明。

但愿除了寻求心灵的加深之外，友谊没有别的目的。

因为那只寻求着要显露自身的神秘的爱，不算是爱，只算是一张撒下的网，只网住一些无益的东西。

让你的最佳美的事物，都给你的朋友。

假如他必须知道你潮水的下退，也让他知道你潮水的高涨。

你找他只为消磨光阴的人，还能算作你的朋友么？

你要在生长的时间中去找他。
因为他的时间是满足你的需要，不是填满你的空虚。
在友谊的温柔中，要有欢笑和共同的喜悦。
因为在那微末事物的甘露中，你的心能寻到他的友情而焕发了精神。

孩童之道

——［印度］泰戈尔

虽然他用了可爱的脸儿上的微笑，
引逗得他妈妈的热切的心向着他，
然而他同样有目的的哭声，
却编成了怜与爱的双重约束的带子。

只要能讨得孩子的欢心，他愿意此刻飞上天。

他所以不离开我们，是有着一定原因的。

他爱把他的头偎在妈妈的胸前，他即使是一刻不见她，也是不行的。

孩子知道的聪明话非常之多，虽然世间的人很少懂得这些话的意义。

他所以永不想说，也是有一定原因的。

他所要做的一件事就是要学习从妈妈的嘴唇里说出来的话，这就使得他看上去天真浪漫。

孩子虽有为数可观的财宝，但他到这个世界上来却像一个乞丐。

他所以这样假装着来，是有一定原因的。

这个可爱的小小的裸着身体的乞丐，所以假装着完全无助的样子其目的便是想获取妈妈的爱。

孩子在纤小的新月的世界里是全无牵挂的。

他所以放弃了他的自由是有一定原因的。

他知道有无穷的快乐藏在妈妈的心里的小小一隅，被妈妈亲爱的手臂拥抱着，其甜美要胜过任何形式的自由。

孩子永不知道如何哭泣，他所住的是完全的乐土。

他所以要流泪是有一定原因的。

虽然他用了可爱的脸儿上的微笑，引逗得他妈妈的热切的心向着他，然而他同样有目的的哭声，却编成了怜与爱的双重约束的带子。

成功的秘诀

要爱惜自己的青春，
世界上没有什么再比青春更美好的了，
再没有比青春更珍贵的了，
青春就像黄金，
你想做成什么就能成为什么。

——高尔基

想　飞

——［中国］徐志摩

是人没有不想飞的。
凌空去看一个明白——这才是做人的趣味，
做人的权威，做人的交代。

假如这时候窗子外有雪——街上，城墙上，屋脊上，都是雪，胡同口一家屋檐下偎着一个戴黑兜帽的巡警，半拢着睡眼，看棉团似的雪花在半空中跳着玩……假如这夜是一个深极了的夜，不是壁上挂钟的时针指示给我们看的深夜，这深就好比是一个山洞的深，一个往下钻螺旋形的山洞的深……

假如我能有这样一个深夜，它那无底的阴森捻起我遍体的毫管；再能有窗子外不住往下筛的雪，筛淡了远近间扬动的市谣，筛泯了在泥道上挣扎的车轮，筛灭了脑壳中不妥协的潜流……

我要那深，我要那静。那在树前浓密处躲着的夜鹰，轻易不敢在天光还在照亮时出来睁眼。思想，它也得等。

青天里有一点子黑的，正冲着太阳耀眼，望不真。你把手遮着眼，对着那两株树缝里瞧，黑的，有橙子来大，不，有桃子来大——嘿，又移着往西了！

我们吃了中饭出来到海边去。（这是英国康槐尔极南的一角，三面是大西洋。）勖丽丽的叫响从我们的脚底下匀匀的往上颤，齐着腰，到了肩高，过了头顶，高入了云，高出了云。啊！你能不能把一种急震的乐音想成一阵光明的细雨，从蓝天里冲着这平铺着青绿的地面不住的下？不，那雨点都是跳舞的小脚，安琪儿的。云雀们也吃过了饭，离开了它们卑微的地巢飞往高处做工去。上帝给它们的工作，替上帝做的工作。瞧着，这儿一只，那边又起了两只！一起就冲着天顶飞，小翅膀活动的多快活，圆圆的，不踌躇的飞，——它们就认识青天。一起就开口唱，小嗓子活动的多快活，一颗颗小精圆珠子直往外唾，亮亮的唾，脆脆的唾，——它们赞美的是青天。瞧着，这飞得多高，有豆子大，有芝麻大，黑刺刺的一屑，直顶着无底的天顶细细的摇，——这全看不见了，影子都没了！但这光明的细雨还是不住的下着……

飞，“其翼若垂天之云……背负苍天，而莫之夭阏者”，那不容易见着。我们镇上东关厢外有一座黄泥山，山顶上有一座七层的塔，塔尖顶着天。塔院里常常打钟，钟声响动时，那在太阳西晒的时候多，一枝艳艳的大红花贴在西山的鬓边回照着塔山上的云彩，——钟声响动时，绕着塔顶尖，摩着塔顶天，穿着塔顶云，有一只两只，有时三只四只有时五只六只蜷着爪往地面瞧的“饿老鹰”，撑开了它们灰苍苍的大翅膀没挂恋似的在盘旋，在半空中浮着，在晚风中泅着，仿佛是按着塔院钟的波荡来练习圆舞似的。那是我做孩子时的“大鹏”。有时好天抬头不见一瓣云的时候听着猇忧忧的叫响，我们就知道那是宝塔上的饿老鹰寻食吃来了，这一想象半天里秃顶圆睛的英雄，我们背上的小翅膀骨上就豁出了一挫挫铁刷似的羽毛，摇起来呼呼响的，只一摆就冲出了书房门，钻入了玳瑁镶边的白云里玩儿去，谁耐烦站在先生书桌前晃着身子背早上上的多难背的书！啊，飞！不是那在树枝上矮矮的跳着的麻雀儿的飞；不是那凑天黑从堂匾后背冲出来赶蚊子吃的蝙蝠的飞；也不是那软尾巴软嗓子做窠在堂檐上的燕子的飞。要飞就得满天飞，风拦不住云挡不住的飞，一展翅膀就跳过一座山头，影子下来遮得前二十亩稻田的飞，到天晚飞倦了就来绕着那塔顶尖顺着风向打圆圈做梦……听说饿老鹰会抓小鸡！

飞，人们原来都是会飞的。天使们有翅膀，会飞，我们初来时也有翅膀，会飞。我们最初来就是飞来的，有的做完了事还是飞了去，他们是可羡慕的。但大多数人是忘了飞的，有的翅膀上掉了毛不长再也飞不起来，有的翅膀叫胶水给胶住了，再也拉不开，有的羽毛叫人给修短了像鸽子似的只会在地上跳，有的拿背上一对翅膀上当铺去典钱使过了期再也赎不回……真的，我们一过了做孩子的日子就掉了飞的本领。但没了翅膀或是翅膀坏了不能用是一件可怕的事。因为你再也飞不回去，你蹲在地上呆望着飞不上去的天，看旁人有福气的一程一程的在青云里逍遥，那多可怜。而且翅膀又不比是你脚上的鞋，穿烂了可以再问妈要一双去，翅膀可不成，折了一根毛就是一根，没法给补的。还有，单顾着你翅膀也还不定规到时候能飞，你这身子要是不谨慎养太肥了。翅膀力量小再也拖不起，也是一样难不是？一对小翅膀驮不起一个胖肚子，那情形多可笑！到时候你听人家高声的招呼说，朋友，回去罢，趁这天还有紫色的光，你听他们的翅膀在半空中沙沙的摇响，朵朵的春云跳过来推着他们的肩背，望着最光明的来处翩翩的，冉冉的，轻烟似的化出了你的视域，像云雀似的只留下一泻光明的骤雨“——Thou art unseen, but yet I hear thy shrill delight”——那你，独自在泥土里淹着，够多难受，够多懊恼，够多寒伧！趁早留神你的翅膀，朋友。

是人没有不想飞的。老是在这地面上爬着够多厌烦，不说别的。飞出这圈子，飞出这圈子！到云端里去，到云端里去！哪个心里不成天千百遍的这么想！

飞上天空去浮着，看地球这弹丸在太空里滚着，从陆地看到海，从海再看回陆地。凌空去看一个明白——这才是做人的趣味，做人的权威，做人的交代。这皮囊要是太重挪不动，就掷了它，可能的话，飞出这圈子，飞出这圈子！

人类初发明用石器的时候，已经想长翅膀，想飞。原人洞壁上画的四不像，它的背上掮着翅膀；拿着弓箭赶野兽的，他那肩背上也给安了翅膀。小爱神是有一对粉嫩的肉翅的。挨开拉斯（Icarus）是人类飞行史里第一个英雄，第一次牺牲，安琪儿（那是理想化的人）第一个标记是帮助他们飞行的翅膀。那也有沿革——你看西洋画上的表现。最初像是一对小精致的令旗，蝴蝶似的贴在安琪儿们的背上，像真的，不灵动的。渐渐的翅膀长大了，地位安准了，毛羽丰满了。画图上的天使们长上了真的可能的翅膀。人类初次实现了翅膀的观念，彻悟了飞行的意义。挨开拉斯闪不死的灵魂，回来投生又投生。人类最大的使命，是制造翅膀；最大的成功是飞！理想的极度，想象的止境，从人到神！诗是翅膀上出世的；哲理是在空中盘旋的。飞：超脱一切，笼盖一切，扫荡一切，吞吐一切。

你上那边山峰顶上试去，要是度不到这边山峰上，你就得到这万丈的深渊里去找你的葬身之地！“这人形的鸟会有一天试他第一次的飞行，给这世界惊骇，使所有的著作赞美，给他所从来的栖息处永久的光荣。”啊达文謇！

但是飞？自从挨开拉斯以来，人类的工作是制造翅膀，还是束缚翅膀？这翅膀，承上了文明的重量，还能飞吗？都是飞了来的，还都能飞了去吗？钳住了，烙住了，压住了，——这人形的鸟会有试他第一次飞行的一天吗？……

同时天上那一点子黑的已经迫近在我头顶，形成了一架鸟形的机器，忽的机沿一侧，一球光直往下注，硼的一声炸响——炸碎了我在飞行中的幻想，青天里平添了几堆破碎的浮云。

赠　言

——［中国］朱自清

在这国家多难之期，更该沉着地挺身前进，
决无躲避徘徊之理。他或做自己职务，或做救国工作，
或从小处下手，或从大处着眼，只要卖力气干都好。

一个大学生的毕业之感是和中小学生不同的。他若不入研究院或留学，这便是学校生活的最后了。他高兴，为的已满足了家庭的愿望而成为堂堂的一个人。但也发愁，为的此后生活要大大地改变了，而且往往是不能预料的改变。在现下的中国尤其如此。一面想到就要走出天真的和平的园地而踏进五花八门的新世界去，也不免有些依恋彷徨。这种甜里带着苦味，或说苦里带着甜味，大学毕业诸君也许多多少少感染着吧。

然而这种欣慰与感伤都是因袭的，无谓的。“堂堂的一个人”若只知道“仰足以事父母，俯足以蓄妻子”，或只知道自得其乐，那是没有大意义的。至于低徊留连于不能倒流的年光，更是白费工夫。我们要冷静地看清自己前面的路。毕业对大学生是个献身的好机会。他大学里造成了自己，这时候该活泼活泼地跳进社会里去，施展起他的身手。在这国家多难之期，更该沉着地挺身前进，决无躲避徘徊之理。他或做自己职务，或做救国工作，或从小处下手，或从大处着眼，只要卖力气干都好。但单枪匹马也许只能守成；而且旧势力好像大漩涡，一个不小心便会滚下去。真正的力量还得大伙儿。

清华毕业的人渐渐多起来了，大伙儿同心协力，也许能开些新风气。有人说清华大学毕业生犯两种毛病：一是率真，二是瞧不起人，率真决不是毛病。所谓世故，实在太繁碎。处处顾忌，只能敷敷衍衍过日子；整日兜圈儿，别想向前走一步。这样最糟蹋人的精神力，社会之所以老朽昏庸者为此。现在我们正需要一班率真的青年人，生力军，打开这个僵局。至于瞧不起人，也有几等。年轻人学了些本事，不觉沾沾自喜是一等。看见别人做事不认真，不切实，忍不住现点颜色，说点话，是一等。这些似乎都还情有可原。若单凭了“清华”的名字，那却不行；但相信这是不会有的。

跟着自己的兴趣走

——［中国］胡　适

依着“性之所近，力之所能”学下去，
其未来对国家的贡献也许比现在盲目所选的或被动选择的学科会大得多，
将来前途也是无可限量的。

……目前很多学生选择科系时，从师长的眼光看，都不免带有短见，倾向于功利主义方面。天才比较高的都跑到医工科去，而且只走入实用方面，而又不选择基本学科，譬如学医的，内科、外科、产科、妇科，有很多人选，而基本学科譬如生物化学、病理学，很少青年人去选读，这使我感到今日的青年不免短视，带着近视眼镜去看自己的前途与将来。我今天头一项要讲的，就是根据我们老一辈的对选科系的经验，贡献给各位。我讲一段故事。

记得四十八年前，我考取了官费出洋，我的哥哥特地从东三省赶到上海为我送行，临行时对我说，我们的家早已破坏中落了，你出国要学些有用之学，帮助复兴家业，重振门楣，他要我学开矿或造铁路，因为这是比较容易找到工作的，千万不要学些没用的文学、哲学之类没饭吃的东西。我说好的，船就要开了，那时我和一起去美国的留学生共有七十人，分别进入各大学。在船上我就想，开矿没兴趣，造铁路也不感兴趣，于是只好采取调和折衷的办法，要学有用之学，当时康奈尔大学有全美国最好的农学院，于是就决定进去学科学的农学，也许对国家社会有点贡献吧！那时进康大的原因有二：一是康大有当时最好的农学院，且不收学费，而每个月又可获得八十元的津贴；我刚才说过，我家破了产，母亲待养，那时我还没结婚，一切从命，所以可将部分的钱拿回养家。另一是我国有百分之八十的人是农民，将来学会了科学的农业，也许可以有益于国家。

入校后头一星期就突然接到农场实习部的信，叫我去报到。那时教授便问我：“你有什么农场经验？”我答：“没有。”“难道一点都没有吗？”“要有嘛，我的外公和外婆，都是道地的农夫。”教授说：“这与你不相干。”我又说：“就是因为没有，才要来学呀！”后来他又问：“你洗过马没有？”我说：“没有。”我就告诉他中国人种田不是用马的。于是老师就先教我洗马，他洗一面，我洗另一面。他又问我会套车吗，我说也不会。于是他又教我套车，老师套一边，我套一边，套好跳上去。兜一圈子。接着就到农场做选种的实习工作，手起了泡，但仍继续的忍耐下去。农复会的沈宗瀚先生写一本《克难苦学记》，要我和他作一篇序，我也就替他做一篇很长的序。我们那时学农的人很多，但只有沈宗瀚先生赤过脚下过田，是唯一确实有农场经验的人。学了一年，成绩还不错，功课都在八十五分以上。第二年我就可以多选两个学分，于是我选种果学，即种苹果学。分上午讲课与下午实习。上课倒没有什么，还甚感兴趣；下午实验，走入实习室，桌上有各色各样的苹果三十个，颜色有红的、有黄的、有青的……形状有圆的、有长的、有椭圆的、有四方的……要照着一本手册上的标准，去定每一苹果的学名，蒂有多长？花是什么颜色？肉是甜是酸？是软是硬？弄了两个小时。弄了半个小时一个都弄不了，满头大汗，真是冬天出大汗。抬头一看，呀！不对头，那些美国同学都做完跑光了，把苹果拿回去吃了。他们不需剖开，因为他们比较熟悉，查查册子后面的普通名词就可以定学名，在他们是很简单。我只弄了一半，一半又是错的。回去就自己问自己学这个有什么用？要是靠当时的活力与记性，用上一个晚上来强记，四百多个名字都可以记下来应付考试。但试想有什么用呢？那些苹果在我国烟台也没有，青岛也没有，安徽也没有……我认为科学的农学无用了，于是决定改行，那时正是民国元年，国内正在革命的时候，也许学别的东西更有好处。

那么，转系要以什么为标准呢？你自己的兴趣呢？还是看社会的需要？我年轻时候《留学日记》有一首诗，现在我也背不出来了。我选课用什么做标准？听哥哥的话？看国家的需要？还是凭自己？只有两个标准：一个是“我”；一个是“社会”，看看社会需要什么？国家需要什么？中国现代需要什么？但这个标准——社会上三百六十行，行行都需要，现在可以说三千六百行，从诺贝尔得奖人到修理马桶的，社会都需要，所以社会的标准并不重要。因此，在定主意的时候；便要依着自我的兴趣了——即性之所近，力之所能。我的兴趣在什么地方？与我性质相近的是什么？问我能做什么？对什么感兴趣？我便照着这个标准转到文学院了。但又有一个困难，文科要缴费，而从康大中途退出，要赔出以前二年的学费，我也顾不得这些。经过四位朋友的帮忙，由八十元减到三十五元，终于达成愿望。在文学院以哲学为主，英国文学、经济、政治学之门为副。后又以哲学为主，经济理论、英国文学为副科。到哥伦比亚大学后，仍以哲学为主，以政治理论、英国文学为副。我现在六十八岁了，人家问我学什么？我自己也不知道学些什么？我对文学也感兴趣，白话文方面也曾经有过一点小贡献。在北大，我曾作过哲学系主任，外国文学系主任、国文学系主任，中国文学系也做过四年的系主任，在北大学院六个学系中，五系全做过主任。现在我自己也不知道学些什么，我刚才讲过现在的青年太倾向于现实了。不凭性之所近，力之所能去选课。譬如一位有作诗天才的人，不进中文系学做诗，而偏要去医学院学外科，那么文学院便失去了一个一流的诗人，而国内却添了一个三四流甚至五流的饭桶外科医生，这是国家的损失，也是你们自己的损失。

在一个头等第一流的大学，当初日本筹划帝大的时候，真的计划远大，规模宏伟，单就医学院就比当初日本总督府还要大。科学的书籍都是从第一号编起。基础良好，我们接收已有十余年了，总算没有辜负当初的计划。今日台大可说是台湾唯一最完善的大学，各位一不要有成见，带着近视眼镜来看自己的前途，看自己的将来，听说入学考试时有七十一个志愿可填，这样七十二变，变到最后不知变成了什么。当初所填的志愿，不要当做最后的决定，只当做暂时的方向。要在大学一、二年的时候，东摸摸西摸摸的瞎摸。不要有短见，十八九岁的青年仍没有能力决定自己的前途、职业。进大学后第一年到处去摸、去看，探险去，不知道的我偏要去学。如在中学时候的数学不好，现在我偏要去学，中学时不感兴趣，也许是老师不好。现在去听听最好的教授的讲课，也许会提起你的兴趣。好的先生会指导你走上一个好的方向，第一、二年甚至于第三年还来得及，只要依着自己“性之所近，力之所能”的做去，这是清代大儒章学诚的话。

现在我再说一个故事，不是我自己的，而是近代科学的开山大师——伽利略(Galileo)。他是意大利人，父亲是一个有名的数学家，他的父亲叫他不要学他这一行，学这一行是没饭吃的，要他学医。他奉命而去。当时意大利正是文艺复兴的时候，他到大学以后曾被教授和同学捧誉为“天才的画家”，他也很得意，父亲要他学医，他却发现了美术的天才。他读书的佛劳伦斯地方是一工业区，当地的工业界首领希望在这大学多造就些科学的人才，鼓励学生研究几何，于是在这大学里特为官儿们开设了几何学一科，聘请一位叫 Ricci 氏当教授。有一天，他打从那个地方过，偶然的定脚在听讲，有的官儿们在打瞌睡，而这位年轻的伽利略却非常感兴趣，于是不断地一直继续下去，趣味横生，便改学数学，由于浓厚的兴趣与天才，就决心去东摸摸西摸摸，摸出一条兴趣之路，创造了新的天文学、新的物理学，终于成为一位近代科学的开山大师。

大学生选择学科就是选择职业。我现在六十八岁了，我也不知道所学的是什么。希望各位不要学我这样老不成器的人。勿以七十二志愿中所填的一愿就定了终身，还没有的，就是大学二、三年也还没定。各位在此完备的大学里，目前更有这么多好的教授人才来指导，趁此机会加以利用。社会上需要什么，不要管它，家里的爸爸、妈妈、哥哥、朋友等，要你做律师、做医生，你也不要管他们，不要听他们的话，只要跟着自己的兴趣走。想起当初我哥哥要我学开矿、造铁路，我也没听他的话，自己变来变去变成一个老不成器的人。后来我哥哥也没说什么，只管我自己，别人不要管他。依着“性之所近，力之所能”学下去，其未来对国家的贡献也许比现在盲目所选的或被动选择的学科会大得多，将来前途也是无可限量的。……

成功与失败

——［中国］冯友兰

就一个人说，他做事应该只问其是否应该做，
而不计较其个人的利害，亦不必计较其事的可能底成败。
此即是无所为而为。

就一个人说，他做事应该只问其是否应该做，而不计较其个人的利害，亦不必计较其事的可能底成败。此即是无所为而为。若做事常计较个人的利害，计较其事的可能底成败，即是有所为而为。有所为而为者，于其所为未得到之时，常恐怕其得不到；恐怕是痛苦底。于其所为决定不能得到之时，他感觉失望；失望是痛苦底。于其所为既得到之后，他又常忧虑其失去；忧虑亦是痛苦底。所谓患得患失，正是说这种痛苦。但对于事无所为而为者，则可免去这种痛苦。孔子说："君子坦荡荡，小人常戚戚。"君子对于事无所为而为，没有患得患失的痛苦，所以坦荡荡；小人有所为而为，有患得患失的痛苦，所以常戚戚。

坦荡荡有直率空阔的意味。君子做事，乃因其应该做而做之，成败利害，均所不计较。所以他的气概是一往直前底；他的心境是空阔无沾滞底。所谓胸怀洒落者，即是指此种心境说。就其一往直前及其心境空阔无沾滞说，他的为是无为。戚戚有畏缩，勉强，委曲不舒展的意味。小人做事，专注意于计较成败利害，所以他的气概是畏缩勉强底，他的心境是委曲不舒展底。就其畏缩勉强及其心境委曲不舒展说，他的为是有为。

我们说：一个人对于做某事不必计较成败，并不包涵说，一个人对于做某事，并不必细心计划，认真去做，对于做某事，一个人仍须细心计划，认真去做，不过对于成功，不必预为期望，对于失败，不必预为忧虑而已。事实上对于成功预期过甚者，往往反不能成功。对于失败忧虑过甚者，往往反致失败。不常写字底人，若送一把扇子叫他写，他写得一定比平常坏。这就是因为预期成功，忧虑失败，过甚的缘故。《庄子·达生》篇说："以瓦注者巧，以钩注者惮，以黄金注者昏。其巧一也，而有所矜，则重外也。凡外重得内拙。"有所为而为者，所重正是在外。无所为而为者，所重正是在内。

一个人一生中所做底事，大概可以分为两部分。一部分是他所愿意做者，一部分是他所应该做者。合乎他的兴趣者，是他所愿意做者；由于他的义务者，是他所应该做者。道家讲无所为而为，是就一个人所愿意做底事说。儒家讲无所为而为，是就一个人所应该做底事说。道家以为，人只须做他所愿意做底事，这在事实上是不可能底。儒家以为，人只应该做他所应该做底事，这在心理上是过于严肃底。我们必须将道家在这一方面所讲底道理，及儒家在这一方面所讲底道理，合而行之，然后可以得一个整个底无所为而为底人生，一个在这方面是无为底人生。

题一个人的照像

——［中国］萧　乾

他在绝对清醒时，便知道生是一件无可奈何的事。
然而他的手脚总在为生存忙着。

当他喜欢孤独时，躲开他，愈远愈好。当他闹脾气时，低下头去，答应他的一切，等那阵暴风雨过去了，尽可取消一切不可能的答应，反要他答应。

除了牙痛外，他恨的，还有噪声。眉毛一皱是他生气的标志。他不忌报复，但若对方知罪时，这报复会落在他自己身上。

他讨厌客套，但又憎恶无尺寸的亲近。他的心最脆薄，人事上小小的折磨就会受伤。伤了以后，若是叫他自己去养，会疗好。若伤了再伤，再伤，以至无可治疗时，那时，人的影子也跟着在他心上熄灭了。

他常虚假。看见了个生人连姓名都模棱地道出，但只要这人给他情爪抓着，他肯把心挖给他。

他常恨人。但恨的多半是被他深深爱着的人。他最怕人骂的，是“讨厌的!”因为那是褫夺了人味的宣告。恨，在他是一个饼子，翻过另一面来就是爱。

他爱作些裨益大众的事，但却不甘心作人的爪牙。他最宝贝的东西是自由，为那个他甘心把铁饭碗打碎。若是当了打倒资本家的共产党，被捕时而在法官面前发誓痛骂马克思的事，他干不出。

他永作不成坦荡荡的君子。一个眼色，一声语调，一条死狗，皆会叫他戚戚终日。他自己常想:“这是我的量窄。”但不是量窄啊!他忘记的事也多着!

自己知道不是天才，所以也不打算夭寿。他懂得凡是一个人，不拘谁都想这样活下去的。于是，病了吃药，倦了打球。说打球，他也不懂什么艺术。只要伸伸胳臂腿，出出汗就知足了。

在女人面前，他比女人还容易害羞。但只要一熟，他就粗得待她们和男人一样。

他最讨厌的是白的讣闻和红的请帖，他讨厌形式。他只爱拉上一两个朋友，溜到一间快塌了的酒家吃一盅玫瑰露。

孩子他爱，但对孩子他也一样地闹脾气。他爱鸽子，墨猴，松鼠，和小狗。但他怕极了长大的狗。因为猛吠在他是声音中最凶暴的。

有时他天真极了，甚至想把自己最小的短处也显示出来。但这只是在被他深深爱着的人的面前。他憎恶的人将永看不见他的长处或短处。

他爱漂泊，爱冒险，却又怕黑暗。他常把自己看成顶天立地的“好汉”——这据说是小时他妈早上给他穿衣时拍着他胸脯说的。但，年纪二十挂零了，每天起床以前，蜷在被窝里还有咦咦的声音——他记得那是吃奶的要求。

他迷信透了。有时是传说，有时是自己造作的。某次宴会，他骤然离席，谁也摸不清原因，事后，自己说是为了酒壶嘴正对着他的鼻尖。

他在绝对清醒时，便知道生是一件无可奈何的事。然而他的手脚总在为生存忙着。

他爱皱眉。眉一皱，心就往怀里钻，他虑事常悲观，作起事来却比许多人乐观。他常在梦寐中，摹想自己会变成一个挽回危局的民族英雄，但醒来才发见这壮志投的是这么个凡胎。

害他最厉害的便是生里带来的伤感和多疑，为了这个，他时常推测他的结局不是自尽就是疯癫。

第二次考试

——［中国］何 为

要做一个真正为人民所爱戴的艺术家，
首先要做一个各方面都能成为表率的人，
一个高尚的人！

著名的声乐专家苏林教授发现了一件奇怪的事情：在这次参加考试的二百多名合唱训练班学生中间，有一个二十岁的女生陈伊玲，初试时的成绩十分优异：声乐、视唱、练耳和乐理等课目都列入优等，尤其是她的音色美丽和音域宽广令人赞叹；而复试时却使人大失所望。苏林教授一生桃李满天下，他的学生中间不少是有国际声誉的，但这样年轻而又有才华的学生却还是第一个，这样的事情也还是第一次碰到。

那次公开的考试是在那间古色古香的大厅里举行的，当陈伊玲镇静地站在考试委员会里几位有名的声乐专家面前，唱完了冼星海的那支有名的《二月里来》，门外窗外挤挤挨挨的都站满了人，甚至连不带任何表情的教授们也不免暗暗递了个眼色。按照规定，应试者还要唱一支外国歌曲，她演唱了意大利歌剧《蝴蝶夫人》中的咏叹调“有一个良辰佳日”，以她灿烂的音色和深沉的理解惊动四座，一向以要求严格闻名的苏林教授也不由颔首表示赞许，在他严峻的眼光下，隐藏着一丝微笑。大家都默无一言地注视陈伊玲：嫩绿色的绒线上衣，一条贴身的咖啡色西裤，宛如春天早晨一株亭亭玉立的小树。众目睽睽下，这个本来笑容自若的姑娘也不禁微微困惑了。

复试是在一星期后举行的，录取与否都取决于此。这时将决定一个人终生的事业。经过初试这一关，剩下的人现在已是寥寥无几；而复试将是各方面更其严格的要求下进行的。本市有名的音乐界人士都到了。这些考试委员和旁听者在评选时几乎都带着苛刻的挑剔神气。但是全体对陈伊玲都留下了这样一个印象：如果合乎录取条件的只有一个人，那么这唯一的一个人无疑应该是陈伊玲。

谁知道事实却出乎意料之外。陈伊玲是参加复试的最后一个人，唱的还是那两支歌，可是声音发涩，毫无光彩，听起来前后判若两人。是因为怯场，心慌，还是由于身体不适，影响声音？人们甚至怀疑到她的生活作风上是否有不够慎重的地方！在座的人面面相觑，大家带着询问和疑惑的眼光举目望她，虽然她掩饰不住自己脸上的困倦，一双聪颖的眼睛显得黯然无神，那顽皮的嘴角也流露出一种无可诉说的焦急，可是就整个看来，她通体是明朗的，坦率的，可以使人信任的；仅仅只因为一点意外的事故使她遭受挫折，而这正是人们感到不解之处。她抱歉地对大家笑笑，于是飘然走了。

苏林教授显然是大为生气了。他从来认为，要做一个真正为人民所爱戴的艺术家，首先要做一个各方面都能成为表率的人，一个高尚的人！歌唱家又何尝能例外！可是这样一个自暴自弃的女孩子，永远也不能成为一个有成就的歌唱家！他生气地侧过头去望向窗外。这个城市刚刚受到一次今年最严重的台风的袭击，窗外断枝残叶狼藉满地，整排竹篱委身在满是积水的地上，一片惨淡的景象。

考试委员会对陈伊玲有两种意见：一种认为从两次考试可以看出陈伊玲的声音极不稳固，不扎实，很难造就；另一种则认为给她机会，让她再试一次。苏林教授有他自己的看法，他觉得重要的是为什么造成她先后两次声音悬殊的根本原因，如果问题在于她对事业和生活的态度，尽管声音的禀赋再好，也不能录取她！这是一切条件中的首要条件！

可是究竟是什么原因呢？

苏林教授从秘书那里取来了陈伊玲的报名单，在填着地址的那一栏上，他用红铅笔划了一条粗线。表格上的那张报名照片是一张叫人喜欢的脸，小而好看的嘴，明快单纯的眼睛，笑起来鼻翼稍稍皱起的鼻子，这一切都像是在提醒那位有名的声乐专家，不能用任何简单的方式对待一个人——一个有生命有思想有感情的人。至少眼前这个姑娘的某些具体情况是这张简单的表格上所看不到的。如果这一次落选了，也许这个人终其一生就和音乐分手了，她的天才可能从此就被埋没。而作为一个以培养学生为责任的音乐教授，情况如果是这样，那他是绝对不能原谅自己的。

第二天，苏林教授乘早上第一班电车出发，根据报名单上的地址，好容易找到了在杨树浦的那条僻静的马路，进了弄堂，蓦地不由吃了一惊。

那弄堂里有些墙垣都已倾塌，烧焦的栋梁呈现一片可怕的黑色，断瓦残垣中间时或露出枯黄的破布碎片，所有这些说明了这条弄堂不仅受到台风破坏，而且显然发生过火灾。就在这灾区的瓦砾场上，有些人大清早就在忙碌着张罗。

苏林教授手持纸条，不知从何处找起，忽然听见对屋的楼窗上，有一个孩子有事没事地张口叫着：

“咪——咿——咿——咿——，吗——啊——啊——啊——”仿佛歌唱家在练声的样子。苏林教授不禁为之微笑，他猜对了，那孩子敢情就是陈伊玲的弟弟，正在若有其事地学着他姐姐练声的姿势呢。

从孩子口里知道：他的姐姐是个转业军人，从文工团回来的，到上海后就被分配到工厂里担任行政工作。她是个青年团员——一个积极而热心的人，不管厂里也好，里弄也好，有事找陈伊玲准没有错！还是在两三天前，这里附近因为台风而造成电线走火，好多人家流离失所，陈伊玲就为了安置灾民，忙得整夜没有睡，终于影响了嗓子。第二天刚好是她去复试的日子，她说声“糟糕”，还要去参加考试。

这就是全部经过。

“瞧，她还在那儿忙着哪！”孩子向窗外扬了扬手说，“我叫她！我去叫她！”

“不，只要告诉你姐姐：她的第二次考试已经录取了！她完全有条件成为一个优秀的歌唱家，不是吗？我几乎犯了一个错误！”

苏林教授从陈伊玲家里出来，走得很快。是的，这天早晨有什么使人感动的东西充溢在他胸口，他想赶紧回去把他发现的这个音乐学生和她的故事告诉每一个人。

高处何处有

——［中国台湾］张晓风

真英雄何所遇？
他遇到的是全身的伤痕，是孤单的长途，
以及愈来愈真切的渺小感。

很久很久以前，在一个很远很远的地方，一位老酋长病危了。

他找来村中最优秀的三个年轻人，对他们说："这是我要离开你们的时候了，我要你们为我做最后一件事。你们三个都是身强体壮而又智慧过人的好孩子，现在请你们尽其可能地去攀登那座我们一向奉为神圣的大山。你们要尽其可能爬到最高的地方，然后，折回头来告诉我你们的见闻。"

三天后，第一个年轻人回来了，他笑生双靥，衣履光鲜：

"酋长，我到达山顶了，我看到繁花夹道，流泉淙淙、鸟语花香，那地方真不坏啊！"

老酋长笑笑说：

"孩子，那条路我当年也走过，你说的鸟语花香的地方不是山顶，而是山麓。你回去吧！"

一周以后，第二个年轻人也回来了，他神情疲倦，满脸风霜：

"酋长，我到达山顶了。我看到高大肃穆的松树林，我看到秃鹰盘旋，那是一个好地方。"

"可惜啊！孩子，那不是山顶，那是山腰。不过，也难为你了，你回去吧！"

一个月过去了，大家都开始为第三位年轻人的安危担心，他却一步一蹭，衣不蔽体地回来了。他发枯唇燥，只剩下清炯的眼神：

"酋长，我终于到达山顶。但是，我该怎么说明？那里只有高风悲旋，蓝天四垂。"

"你难道在那里一无所见吗？难道连蝴蝶也没有一只吗？"

"是的，酋长，高处一无所有。你所能看到的，只有你自己，只有'个人'被放在天地间的渺小感，只有想起千古英雄的悲激心情。"

“孩子，你到的是真正的山顶。按照我们的传统，天意要立你做新酋长，祝福你。”

真英雄何所遇？他遇到的是全身的伤痕，是孤单的长途，以及愈来愈真切的渺小感。

工　作

——［美国］罗斯福

自然规律告诉我们，
这种结束工作的做法必然导致人类死于饥荒。

随着知识积累的不断增加，我们应当意识到全然免除工作的义务不只是违反自然的，而且是非法的，因为我们逃避了本分，并且仅能把工作抛在别人的肩上。

自然规律告诉我们，这种结束工作的做法必然导致人类死于饥荒。这种虐政是我们无法逃避的，我们必须解决的问题是我们能给我们自己多少闲暇。

我们要工作多久才能觉得我们已尽到我们的职责，可以悠闲直到明天呢？像古代战船上的奴隶一样工作吗？这是从未得到解答的问题，而且在我们目前的制度下也不能得到解答，因为还有许多人在干不仅无益而且有害的勾当。或许我们可以借助于公平的分派和平分收入而获得解答，那样我们就可以摆脱金钱的束缚而把工作作为我们自由自在的收获了。

直到成功

——［美国］奥格·曼狄诺

只要我一息尚存，就要坚持到底，
因为我已深知成功的秘诀：坚持不懈，终会成功。

坚持不懈，直到成功。

在古老的东方，挑选小公牛到竞技场格斗有一定的程序。它们被带进场地，向手持长矛的斗牛士攻击，裁判以它受戳后再向斗牛士进攻的次数多寡来评定这只公牛的勇敢程度。从今往后，我须承认我的生命每天都在接受类似的考验。如果我坚韧不拔，勇往直前，迎接挑战，那么我一定会成功。

坚持不懈，直到成功。

我不是为了失败才来到这个世界上的，我的血管里也没有失败的血液在流动。我不是任人鞭打的羔羊，我是猛狮，不与羊群为伍。我不想听失意者的哭泣，抱怨者的牢骚，这是羊群中的瘟疫，我不能被它传染。失败者的屠宰场不是我命运的归宿。

坚持不懈，直到成功。

生命的奖赏远在旅途终点，而非起点附近。我不知道要走多少步才能达到目标。踏上第一千步的时候，仍然可能遭到失败。但成功就藏在拐角后面，除非拐了弯，我永远不知道还有多远。

再前进一步，如果没有用，就再向前一步。事实上每次进步一点点并不太难。

坚持不懈，直到成功。

从今往后，我承认每天的奋斗就像对参天大树的一次砍击，头几刀可能了无痕迹。每一击看似微不足道，然而，累积起来，巨树终会倒下。这恰如我今天的努力。就像冲洗高山的雨滴，吞噬猛虎的蚂蚁，照亮大地的星辰，建起金字塔的奴隶，我也要一砖一瓦地建造起自己的城堡，因为我深知水滴石穿的道理，只要持之以恒，什么都可以做到。

坚持不懈，直到成功。

我决不考虑失败，我的字典里不再有放弃、不可能、办不到、没法子、成问题、失败、行不通、退缩……这类愚蠢的字眼。我要尽量避免绝望，一旦受到它的威胁，立即想方设法向它挑战。我要辛勤耕耘，忍受苦楚。我放眼未来，勇往直前，不再理会脚下的障碍。我坚信，沙漠尽头必是绿洲。

坚持不懈，直到成功。

我要牢牢记住古老的平衡法则，鼓励自己坚持下去，因为每一次的失败都会增加下一次成功的机会。这一次的拒绝就是下一次的赞同，这一次皱起的眉头就是下一次舒展的笑容。今天的不幸，往往预示着明天的好运。夜幕降临，回想一天的遭遇，我总是心存感激。我深知，只有失败多次，才能成功。

坚持不懈，直到成功。

我要尝试，尝试，再尝试。障碍是我成功路上的弯路，我迎接这项挑战。我要像水手一样，乘风破浪。

坚持不懈，直到成功。

从今往后，我要借鉴别人成功的秘诀。过去是否成败，我全不计较，只要抱定信念，明天会更好。当我精疲力竭时，我要抵制回家的诱惑，再试一次。我一试再试，争取每一天的成功，避免以失败收场。我要为明天的成功播种，超过那些按部就班的人。在别人停滞不前时我应继续拼搏，终有一天我会丰收。

坚持不懈，直到成功。

我不因昨日的成功而满足，因为这是失败的先兆。我要忘却昨日的一切，是好是坏都让它随风而去。我信心百倍，迎接新的太阳，相信“今天是此生最好的一天”。

只要我一息尚存，就要坚持到底，因为我已深知成功的秘诀：坚持不懈，终会成功。

积极的进取

——［美国］拿破仑·希尔

个人进取已是一种要求甚多的特质，
它的实践需要许多心理资源作为后盾。

卡耐基曾经告诉过我："有两种人绝不会成大器：一种是除非别人要他做，否则绝不主动做事的人；另一种人则是即使别人要他做，也做不好事情的人。那些不需要别人催促，就会主动去做应做的事，而且不会半途而废的人必将成功。"

创造非凡成就的人都有一些共同的特质，包括：有明确目标；不断追求明确目标的动机；成立智囊团以期获得达到目标的力量；独立；自律；以"赢的意志"为基础所建立起来的坚毅精神；有所节制和具有丰富想象力；迅速且明确地决策的习惯；以事实为根据发表意见而非猜测；要求自己多付出一点点的习惯；激发热忱和控制热忱的能力；要求细节的习惯；听取批评而不动怒的能力；熟悉十项基本的行为动机；一次致力于一项工作的能力；为自己的行为负更多责任的能力；为属下的过失承担所有责任的意愿；对属下和朋友付出耐心；随时保持积极心态；运用信心的能力；贯彻到底的习惯；强调彻底而非强调速度的习惯；可信赖性。

当你明确目标之时，就是你开始运用个人进取心的时候了，开始执行你的计划，组织你的智囊团。尽管你会发现在执行计划的过程中你的目标发生一些变化，但最重要的是"马上展开"你的计划。

别让外在力量影响你的行动，虽然你必须对他人的惊讶和你所面对的竞争做出反应，但你必须每天以你的即定计划为基础向前迈进。用你对成功的想象来滋养你的强烈的欲望；让你的欲望和热情燃烧，最好能烧到你的屁股，随时提醒你不可在应该行动时仍然坐待机会。

每当你完成一件工作时就应做一番反省，这是你所能做到的最好的成绩吗？如何能做得更好？何不现在就使自己更进一步？是否能够发挥个人进取心，应视你对于每次机会的觉醒程度，以及你是否能在发现机会时立即行动而定。

很明显的，个人进取已是一种要求甚多的特质，它的实践需要许多心理资源作为后盾。当你的进取处于低潮时，不妨求助于可在其他所有成功原则中注入新的生命力，并且使它们再度发挥作用的一项原理：积极心态。

创造成功的机会

——［美国］奥里森·马登

不要等待非同寻常的机会在你的面前出现，
而要抓住每一个普通的机会，
让它在你的手中变得非同寻常。

不要等待非同寻常的机会在你的面前出现，而要抓住每一个普通的机会，让它在你的手中变得非同寻常。

1838年9月6日早晨，在英格兰与苏格兰之间的兰斯顿灯塔里，一位年轻的女子被外面恐惧的呼叫声惊醒了。外面正狂风大作，暴雨倾盆如注，海浪在怒吼翻滚，一阵凄厉的呼叫声穿越呼啸的风声与咆哮的波涛声传来。而她的父母却什么也没有听见。通过望远镜，她看见九个人，他们正拼命地抓住一艘失事船只的漂浮木板，而船头却悬挂在了半英里之外的岩石上。

“我们对此无能为力。”灯塔的看守人威廉姆·达琳无可奈何地摇摇头说。“不，一定会有办法的，想想办法吧。我们必须把他们救出来。”女儿含泪苦苦地恳求着父母。父亲终于动摇了：“好吧，格雷思，我就按你的要求去试一试，但我知道这样有悖常理，不合我的判断。”

随后，一叶小舟如同狂风中飘零的一片羽毛一样，在汹涌澎湃的大海上颠簸起伏，穿过疾风骤雨，钻过惊涛骇浪，驶向失事的船只。那些船员们的尖声呼叫将这位孱弱女子的柔弱身躯挤压成了钢筋铁骨。不知道从哪儿来的一股勇气和力量，这个勇敢的姑娘与父亲一道，奋力地划着桨在暴风雨中穿行。九个船员最终得救了，他们安全地到了船上。

“愿上帝保佑你，亲爱的姑娘。没想到您这么一位如此单薄瘦弱的姑娘，却在惊涛骇浪中救了这么多的人。”一位船员难以置信地看着这位女英雄，不禁脱口称赞道。她的所作所为让全英国的人都感到无比光荣。她的英雄气概让高贵的君王在她面前也黯然失色。

弱者等待机会，而强者创造机会。

夏宾说过：“优秀的人不会等待机会的到来，而是寻找并抓住机会，把握机会，征服机会，让机会成为服务于他的奴仆。”

你一生中能获得特殊机会的可能性还不到百万分之一；然而，机会却常常出现在你面前，你可以把握住机会，将它变为有利的条件。而你所需要做的事情只有一件：行动起来。

软弱的人和犹豫不决的人总是借口说没有机会，他们总是喊：机会！请给我机会！其实，每个人生活中的每时每刻都充满了机会。你在学校或是大学里的每一堂课是一次机会；每一次考试是你生命中的一次机会；每一个病人对于医生都是一个机会；每一篇发表在报纸上的报道是一次机会；每一个客户是一个机会；每一次布道是一次机会；每一次商业买卖是一次机会，是一次展示你的优雅与礼貌、果断与勇气的机会，是一次表现你诚实品质的机会，也是一次交朋友的好机会；每一次对你自信心的考验都是一次机会。

在这个世界上，生存本身就意味着上帝赋予了你奋斗进取的特权，你要利用这个机会，充分施展自己的才华，去追求成功，那么这个机会所能给予你的东西要远远大于它本身。想一想吧，像弗莱德·道格拉斯这样一个连身体都不曾属于自己的奴隶，尚且能够通过自身的努力最终成为一位杰出的演说家、作家和政治家，那么，当今的年轻人，与道格拉斯相比拥有无限机会的年轻人，是不是应该做得更好些呢？

只有懒惰的人才总是抱怨自己没有机会，抱怨自己没有时间；而勤劳的人永远在孜孜不倦地工作着、努力着。有头脑的人能够从琐碎的小事中寻找出机会，而粗心大意的人却轻易地让机会从眼前飞走了。有的人在其有生之年处处都在寻找机会。他们就像辛劳的蜜蜂一样，从每一朵花中汲取琼浆。对于有心人而言，每一个他们遇到的人，每一天生活的场景都是一个机会，都会在他们的知识宝库里增添一些有用的知识，都会给他们的个人能力注入新的能量。

创造性天才

——［美国］爱迪生

伟大的天才人物并不是全部为世界所欣赏，
这是因为他们那些令人惊叹、喜爱的作品，
并不是凭借于技巧和学识，
而是由于他们的天赋才情而创作出来的。

伟大的天才人物并不是全部为世界所欣赏，这是因为他们那些令人惊叹、喜爱的作品，并不是凭借于技巧和学识，而是由于他们的天赋才情而创作出来的。在这些伟大的天才人物身上似乎有些伟大的品质，这些东西的美是法国人称之为文人才子的所有品格和修饰的美所远远不能比拟的，他们靠这些东西表现出一种天才，而这种天才是在交际、思考和阅读最高雅的作品的过程中培育成的。那些伟大的天才可以在涉猎高尚艺术和科学中捕捉信息，进而陷于模仿的境地。

在人类的历史中，许多伟大的天才人物，在其成功的道路上从未受过艺术规律的限制和束缚。在荷马的作品中，想象的奔放是维吉尔力所不及的，而在《旧约全书》中我们看到，有些章节又比荷马作品中的任何章节都更为庄严和崇高。在认为古代人是更伟大和更富于魅力的天才的同时，我们必须承认，他们中间最伟大的人物可以说远远不能超过现代人的精细与恰切。在他们的暗喻或明喻的创作中，只要某种相似性的存在与否而对比喻的合宜不加考虑。例如，所罗门把他爱人的鼻子比做面朝大马士革的黎巴嫩塔楼，就像夜间盗贼进宅。在《新约全书》中也有类似的比喻。古人描写中个别的过失，为那些庸才俗子的讥讽嘲笑敞开了广阔的言路。荷马用麦田中一头被全村孩子痛打而无法移动一步的驴子，来比喻他的一位被敌人包围的英雄。而把另一位在床上翻来滚去并且怒不可遏的英雄，比做一块在煤火上烘烤的鲜肉。他们根本体味不到描写伟大作品的崇高美，只知道嘲笑作品中的某种不合礼仪。

当代的波斯皇帝遵奉东方人的这种思维方式，在许许多多自命不凡的头衔之中，选取了光辉的太阳和快乐的树种。简单地说，要放弃那种对古人创作中微小瑕疵的探究。特别是热带的那些古人，他们的想象最热烈也最生动，因此我们必须以一丝不苟的精雕细刻的创作精神来弥补我们气魄和力量的不足。我们的同胞莎士比亚就是这种第一流伟大天才的卓越典范。

胜 利 者

——［美国］穆丽尔·詹姆斯

胜利者所具有的能力有着不同的表现形式，
但居于第一位的并不是事业的成就，
而是要有真实的生活。

胜利者所具有的能力有着不同的表现形式，但居于第一位的并不是事业的成就，而是要有真实的生活。一个真实的人通过认识他自己，走他自己的路来经历他自己的生活，从而成为一个可以信赖的、对外界反应敏捷的人；他既保持他固有的个性，又能欣赏别人的个性。

胜利者对待知识及思考有着独到见解，运用自己的知识从不放弃自己的思考。他能从别人的意见中分辨出真实的东西，他从不装着什么都懂；他听取别人的建议，并进行评价，然后做出自己的决定；他也尊敬甚至钦佩别人，但不是受人支配，五体投地的听从。

胜利者总是热爱生活，他能从工作、娱乐、美食、人际交往、性生活和大自然中得到无穷的乐趣；他既心安理得地欣赏自己的成就，又能毫无醋意地赞赏别人的成果。

胜利者在享受生活的愉悦中懂得控制自己，去获得更大的愉悦。他从不害怕追求他所希望的，但知道使用适当的方法；他从不依靠控制别人来得到安全感，更不高踞在失败者之上。

胜利者处事顺其自然，而不是从僵硬的框框出发，如果需要，他可以修改自己的计划。胜利者懂得人是社会生活中的一分子，不能与所生存的社会分离开，而对世界和人类非常关切。他充满热情地关注着生活，尽他所能加以改进；即使在民族危机、世界冲突面前，他也从不自认毫无作为，而是尽力使这个世界变得更加美好。

抉　择

——［英国］休　谟

我们应该怎样选择我们的生活目的，
而不是达到这些目的的手段。
因为我们不知道选择什么志向能使我们满意，
什么情感我们应当依从，什么嗜好我们应当迷恋。

一个人在选择他的生活道路时，可以根据他的兴趣爱好进行选择；为确保比另一个追求相同目标的人更加成功，却可以采取许多办法。

如果你追求的主要目标是财富，那你就要专心你那一行，以获得熟练技能；要勤勉地实际练习它，要扩大你的朋友和熟人的范围，要避免享乐和花销；决不要做无谓的慷慨大方，而要想到你必须节俭才能得到更多的钱。

如果你想得到公众的好评，你就要避免过谦和狂妄这两种极端，显出你是自尊的，但也没有轻视别人。如果你陷入这两种极端之一，那你就会由于你胆小如鼠的谦卑和你似乎喜欢说些低声下气的话让别人看不起你，就会由于你的傲慢而激起人们对你的傲慢或者态度。

你可能认为这些不过是教人遇事斟酌，小心谨慎罢了，每个孩子都受过这方面的教育。每个头脑健全的人在他选定的生活道路上都是这样做的。可是你还想得到的更多东西又是什么呢？——是的，我们应该怎样选择我们的生活目的，而不是达到这些目的的手段。因为我们不知道选择什么志向能使我们满意，什么情感我们应当依从，什么嗜好我们应当迷恋。

求 知

——［英国］培 根

读史使人明智，读诗使人聪慧，
演算使人精密，哲理使人深刻，道德使人高尚，
逻辑修辞使人善辩。总之，知识能塑造人的性格。

求知可以作为消遣，可以作为装饰，也可以增长才干。

当孤独寂寞时，阅读可以消遣。当高谈阔论时，知识可供装饰。当处世行事时，知识能增进才干。有实际经验的人虽能够处理个别性的事务，但若要综观整体，运筹全局，却唯有掌握知识方能办到。

读书太慢会弛惰，为装潢而读书是自欺欺人，只按照书本办事是呆子。

求知可以改进人的天性，而经验又可以改进知识本身。人的天性犹如野生的花草，求知学习好比修剪移栽。学问虽能指引方向，但往往过于泛泛，还要靠经验来赋予形式。

狡诈者轻鄙学问，愚鲁者羡慕学问，聪明者则运用学问。知识本身并没有告诉人怎样运用它，运用的智慧乃在书本之外。这是技艺，不体验就学不到。

不可专为挑剔辩驳去读书，但也不可轻易相信书本。求知的目的不是为了吹嘘炫耀，而应该是为了寻找真理，启迪智慧。

书籍好比食品。有些只需浅尝，有些可以吞咽。只有少数需要仔细咀嚼，慢慢品味。所以，有的书只要读其中一部分，有的书只需知其中梗概，而对于少数好书，则要读通，细读，反复地读。

有的书可以请人代读，然后看他的笔记摘要就行了，但这只限于不太重要的议论和质量粗劣的书。否则一本书将像已被蒸馏过的水，变得淡而无味了！

读书使人充实，讨论使人机敏，写作则能使人精确。

因此，如果一个人懒于动笔，他的记忆力就必须强而可靠。如果一个人要孤独探索，他的头脑必须锐利。如果有人不读书又想冒充博学多知，他就必须很狡黠，才能掩饰无知。

读史使人明智，读诗使人聪慧，演算使人精密，哲理使人深刻，道德使人高

尚，逻辑修辞使人善辩。总之，知识能塑造人的性格。

不仅如此，精神上的各种缺陷，都可以通过求知来改善——正如身体上的缺陷，可以通过适当的运动来改善一样。例如，打球有利于腰肾，射箭可扩胸利肺，散步则有助于消化，骑术使人反应敏捷，等等。同样，一个思维不集中的人，他可以研习数学，因为数学稍不仔细就会出错。缺乏分析判断力的人，他可以研习经院哲学，因为这门学问最讲究繁琐辩证。不善于推理的人，可以研习法律案例，如此等等。这种种头脑上的缺陷，都可以通过求知来疗治。

路

——［英国］劳伦斯

世上有两条路和一条没有路的路。
我们不会注意那不是路的路，
没有人愿意去走那条没有路的路。
但也许会有一种人会坐在他那没有路的路的尽头，
像一颗长在花梗盲肠上的卷心菜。

世上的自由意志有很多。我们可以交出意志从而成为大趋势中的一朵火花，或者扣留意志，蜷缩在意志之内，从而逗留在大趋势之外，豁免生或死。可死神最终是要来临的。即便到了那时也无法改变这样一个事实，我们能够生存，在虚无中豁免死，将否定施加给我们的自由意志。

我们唯一可以做的就是在孤独中认出哪条是我们应该走的路，然后迈出脚步，坚定地向着目的走去。笔直的死亡路上有其壮丽和英勇的色彩；热情和冒险妆扮着它，浑身跃动着奔跑的豹、钢铁和创伤，长着水淋淋的水莲，它们在自我牺牲的腐泥里发出冰冷而迷人的光。生之路上的植物又是另一番景象，一路上野鸟啼鸣，歌唱着美妙的春天，歌唱梦中创造的神奇的建筑。我踏上了充满敌意的敏感之路，为了我们高贵的不朽的荣耀，为了一些娇小的贵夫人，为了无瑕的、由血浇灌的百合花，我们冲破迷人的血的炫耀。或者从我的静脉中生出一朵高雅的、无人知晓的玫瑰，一朵娇艳挺拔的玫瑰。这玫瑰是世界上独一无二的。对虚无来说，我这闪光的、超然存在的玫瑰只是一颗小小的卷心菜，当羊群走进花园时，它们会冷淡地对待玫瑰，但吃卷心菜时却贪婪无比。对虚无来说，我壮丽的死就像江湖骗子的表演，如果我在消极的嗅觉下稍稍使我的矛倾斜一下那就是可怕的、非人道的罪行，必须用“正确”的统一的回声压倒和制止窒息。

世上有两条路和一条没有路的路。我们不会注意那不是路的路。没有人愿意去走那条没有路的路。但也许会有一种人会坐在他那没有路的路的尽头，像一颗长在花梗盲肠上的卷心菜。

那条路，那条没有路的路往往被人忘却。有条路有炽热的阳光洒落下来，使大地的种子尽情呼吸。有红色的火在它回去的路上，在即将来临的分裂中向上升腾。火从太阳那儿下来投入种子，扑通一声跳入生命的小水库。绿色的泡沫和细流向上喷射，一棵树、一口玫瑰的喷泉、一片梨花般的云朵。火又返了回来，树叶枯萎，玫瑰凋谢。火又返回到太阳，暗淡的水流消逝了。

这一切就是生，就是死——懒汉般的羊群也不过如此。有迅速的死，也有缓慢的死。我投一束光线在多花的灌木上，平衡倒塌变成了火焰路，在死亡的翅膀上，灌木丛向上冲去，在烟雾中暗淡的水在流逝。

成功的代价

——［英国］罗　素

成功只能是构成幸福的一个因素，
如果为了成功而不惜牺牲幸福的其他一切因素，那么这种牺牲实在是太不值得了。

美国人在进行投资时几乎所有人都会选择利润率高的风险投资，而会毫不犹豫地放弃4%的安全投资。结果又如何呢？金钱不断地丧失，人们为之担忧烦恼不已。就我来说我希望从金钱中得到安逸快活的闲暇时光。但是典型的现代人，他们希望得到的则是更多的用来炫耀自己的金钱，以便胜过同自己地位一样的人们。这是因为美国的社会等级是不确定的，且处于不断的变化中，所有的势利意识，较之那些社会等级固定的地方更显得波动不已。其次，虽然为使自己声名显赫，只有金钱是不行的，但没有金钱则是万万不行的。再者，一个人挣钱多少已成了公认的衡量智商水平的尺度。大款一定是聪明人，反之，穷光蛋就肯定不怎么聪明。在利益的驱使下，没有人愿意被看成傻瓜，纷纷选择高利润率的风险投资。于是，当市场处于不景气局面时人就会像年轻时代在考场上一样惶惶不安。

在这种投资中，破产所带来的真正的、非理性的恐惧感远远大于破产本身。这种恐惧感常常会进入商人焦虑的意识里。我毫不怀疑地相信，那些童年时饱受贫穷折磨的人常常被一种担心自己的孩子遭受同样命运的恐惧所困扰，他们还常常产生这种想法，即很难积聚百万钱财来抵挡这一灾难。阿诺德·贝奈特笔下的克莱汉格，无论他变得多么富有，却总在担心自己会死在工场里。在创业者当中，这种恐惧很可能是不可避免的，但对于从来不知一贫如洗为何物的人来说却很可能没有什么影响。

这种恐惧的根源是人们对竞争成功的过分期待，期待它成为幸福的主要源泉。我不否认成功意识更容易使人热爱生活。比方说，一个在整个青年时期一直默默无闻的画家，一旦他的才华得到公认，他多半会变得快乐幸福起来。我也不否认在一定意义上金钱能大大地有助于增进幸福，而一旦超出这种意义事情就不一样了。因此我认为成功只能是构成幸福的一个因素，如果为了成功而不惜牺牲幸福的其他一切因素，那么这种牺牲实在是太不值得了。

培养独立的人

——［德国］爱因斯坦

言辞永远是空的，
而且通向毁灭的道路总是和奢谈理想联系在一起的。

在教育学的研究中，我只是一个半外行，我的意见除了个人信念和经验外并没有其他的基础。那么我究竟是凭着什么而有胆量发表这些意见呢？如果这真是一个科学的问题，人们也许就因为这样一些考虑而不想讲话了。

针对人类事务的能动性而言单靠真理的知识是不够的，相反如果要不失掉知识，人们必须以不断的努力来使它经常更新。它像一座矗立在沙漠上的大理石像，随时都有被流沙掩埋的危险。为了使它永远在阳光照耀之下，必须不间断地加以维护。我愿为此而奋斗。

学校向来是将传统的财富从一代传到下一代的最重要机构，同过去相比今天更是这样。由于现代经济生活的发展，家庭作为传统和教育的承担者已经削弱了。因此，人类社会的延续和健全比以往更加依赖于学校。

人们对学校存有一种错误的看法：学校是一种工具，靠它来把知识传授给成长中的一代。这是因为知识是死的，学校也是死的，二者都要为活人服务。它应当在青年人中发展那些有益于公共福利的品质和才能。但这并不意味着应当消灭个性，使个人变成社会的工具，像一只蜜蜂或蚂蚁那样。如果一个社会由没有个人独创性和个人志愿的统一规格的人所组成这个社会是不幸的，因为它毫无发展的可能。相反，学校的目标应当是培养独立工作和独立思考的人，这些人把为社会服务看做自己最崇高的人生目的。人们应当向这种理想迈进。

但是人们应当怎样努力才能达到这种理想呢？讲道理是否能实现这个目标呢？完全不是。言辞永远是空的，而且通向毁灭的道路总是和奢谈理想联系在一起的。但是人格绝不是靠所听到的和所说出来的言语形成的，而是靠劳动和行动形成的。

因此，鼓励学生去实践是最重要的教育方法。如刚入学的儿童第一次学写字是这样，大学毕业写论文也是如此，简单地默记一首诗，解一道数学题，写一篇作文，解释和翻译一段课文，或在体育运动的实践中都是这样。

成功的秘诀

——［英国］塞克斯

成功是发现你最佳的才能、技巧和能力，
并且是把它们应用在能对旁人做最有效的贡献的地方。

成功没有秘诀。成功是做你应做的事情。若想成功就应该做你应该做的事情，而不做你不应该做的事情。

成功并未将你限于你生活中的某一个范围，而是包括你与旁人之间关系的所有方面：作为一个父亲或母亲，作为一个丈夫或妻子，作为一个公民、工人、邻居，以及所有其他种种。

成功并非指你的人格的某一部分，而是同所有各部分——身体、精神、心理、感情的发展相连的。它使整个人得到了利用。

成功是发现你最佳的才能、技巧和能力，并且是把它们应用在能对旁人做最有效的贡献的地方。正如朗费罗所说："做你做得到的事情，并且做好你所做的任何事情。"

成功是将全部的精力在你所爱做的工作上面的运用。换句话说，一个人要热爱自己的工作，它需要你把自己的心力运用于你生活中的主要目标。

成功是你现在的全部力量集中在你所热望完成的事情上。

天　才

——［法国］雨　果

天才与凡人的不同之处，在于所有的天才都具有双重性，
恰如意大利哲学家杰洛墨·卡尔当所说：
“红宝石与水晶玻璃之别就在于红宝石具有双重折射。”

天才与凡人的不同之处，在于所有的天才都具有双重性，恰如意大利哲学家杰洛墨·卡尔当所说：“红宝石与水晶玻璃之别就在于红宝石具有双重折射”。

天才与红宝石一样都有着双重返光，双重折射。在精神与物质领域此种现象彼此相同。

我不知红宝石这种钻石中的极品是否真的存在，这尚有待于论证。但古时的炼金术对此作了肯定，于是，化学家们便开始了艰难的寻求。天才确确实实地存在于我们周围。只要读过埃斯库罗斯和尤维纳尔的第一行诗，我们便可以发现这种人类的“红宝石”。

天才身上的双重返光现象，把修辞学家所称作的对称法上升到了最高境界，这便是从正反面去观察事物的至高无上的才能。

莎士比亚孜孜不倦地追求诗句的对偶，所以只透过他的某一特点来评价他整个的人，而且是像他这样一个人是不公正的。事实上莎士比亚就像所有真正伟大的诗人一样，无可争辩地应当获得“酷似创造”这个赞语。而何谓创造呢？这便是善与恶、欢乐与忧伤、男人与女人、怒吼与歌唱、雄鹰与秃鹫、闪电与光辉、蜜蜂与黄蜂、高山与深谷、爱情与仇恨、勋章与耻辱、规矩与变形、星辰与庸俗、高尚与卑下。世界上永恒的对称就是大自然。从其中所产生的反义语的对称，充满在人的一切活动中——即存在于寓言与历史，也存在于哲学与语言。你成为复仇女神，人们便称你为欧墨尼德斯；你弑杀生父，人们便称你为菲罗帕特尔；你成为一名功勋卓著的将军，人们便将你昵称为“小小的班长”。莎士比亚的对称遍存于他的作品，无处不有，俯拾皆是。这种反衬普遍存在，生与死、冷与热、公正与偏斜、天使与魔鬼、苍穹与大地、鲜花与雷电、音乐与和声、灵魂与肉体、伟大与渺小、宽广与狭隘、浪花与泡沫、风暴与口哨、灵魂与鬼影等，

正是基于这些人世间遍存的冲突，这种循环交替的反复，这种永存不变的正反，这种最为基本的对照，这种普遍而永恒的矛盾，画家伦勃朗才构成了他的明暗，雕塑家比拉内斯才创造了他的曲线。若要想将对称从艺术中除去，那你就先将它从大自然中剔除干净吧。

论坚毅

——[法国]蒙田

所谓坚毅，主要指耐心忍受无法补救的不测。
但坚毅并不意味着不要尽我们所能地避开威胁我们的麻烦和不测，
不要担心它们的突然降临。
相反，任何预防不测的诚实做法不仅允许，而且值得赞扬。

所谓坚毅，主要指耐心忍受无法补救的不测。但坚毅并不意味着不要尽我们所能地避开威胁我们的麻烦和不测，不要担心它们的突然降临。相反，任何预防不测的诚实做法不仅允许，而且值得赞扬。因此，如果能够利用身体的灵活或手中的武器避开别人的突然袭击都是好的办法。

古时候许多好战的民族将逃跑作为他们的主要武器，经验证明这种背对敌人的做法比面向敌人更危险。

土耳其人比较习惯这样做。

在柏拉图的人物传记中，苏格拉底嘲讽拉凯斯（苏格拉底密友）把勇敢定义为在对敌作战中坚守阵地。苏格拉底说："怎么？难道把阵地让给敌人再反击他们就是怯懦吗？"他还引证荷马如何称颂埃涅阿斯的逃跑战术。后来，拉凯斯改变了看法，承认斯基泰人和骑兵也采用逃跑的战术。这时苏格拉底又举斯巴达的步兵为例，这个民族比任何民族都英勇善战，攻克布拉的城。那天，由于冲不破波斯部队的方阵，斯巴达军队制造后退的假象，引诱波斯人追击，就这样斯巴达人打破和瓦解波斯人的方阵，取得了胜利。

至于斯基泰人，有人说当大流士皇帝率兵去征服他们的时候，强烈谴责他们的国王见到他时总是后退，对此，斯基泰人的国王安达蒂斯回答说，他后退既非怕大流士，也非怕其他什么人，而是他的民族行走的方式。因为他们既无耕地，也无城池和家园要保卫，不必担心敌人从中捞到好处。但是，如果说这位国王为什么要这样做，那么主要是因为他想靠近他们祖宗的墓地，在那里他就会找到对话者。

当进行炮战时，正如打仗时常有的那样，一旦被瞄准是不能怕被击中而躲开的，因为炮弹的威力之大，速度之快，让人防不胜防。但还是有人试图举手或低头来躲避炮弹，这至少会让同伴们嗤笑。

查理五世入侵普罗旺斯时，在风车的掩护下，居阿斯特侯爵去侦察阿尔城。当他离开掩护时，被正在竞技场上视察的德·博纳瓦尔和塞内夏尔·德·阿热诺阿两位老爷发现。他们将侯爵指给炮兵指挥官德·维利埃，后者用轻型长炮瞄准侯爵，侯爵看见开火，便扑向一旁，可是未及躲开便中了弹。

几年前，洛朗一世在维卡利亚一带围困意大利要塞蒙多尔夫。他看见瞄准他的一门大炮正在点火，便赶紧趴下，否则，炮弹可能会击中他的腹部，可现在仅仅从他的头顶擦过。说实话，我不认为他们的举动是经过思考的，因为在瞬间你怎么能判断得出对方是朝上还是朝下瞄准呢？人们更愿意相信能躲过炮弹那是侥幸，下次恐怕就难躲及，反而是飞蛾扑火，自取灭亡。

如果在我未防备的地方，突如其来的枪声传入我的耳朵，我可能也会发颤。这种情况在比我勇敢的人身上也发生过。

斯多葛派认为，他们哲人的心灵不能够抵挡突如其来的幻觉和想象。但是，他们一致认为这似乎是本能所致。比方说智者听到晴天霹雳，或是看到突降灾祸会大惊失色，浑身颤抖，对于其他的痛苦只要哲人的理智是健全的，他们的判断能力尚未受到损害，他们都会镇定自若。而对于非哲人来说，前一种反应是与智者一样的，而第二种就截然不同了。因为对于后者来说，痛苦的感受不是表面的，他的理智已经受到腐蚀和毒害。这种人只根据痛苦进行判断，并与其妥协。不妨好好瞧一瞧这位斯多葛哲人的心境：

> 他的心坚定不移，他的泪枉然流淌。

逍遥学派的哲人并不排斥烦恼，但他们善于抑制。

持续的力量

——［法国］罗曼·罗兰

拥有持续力量的所有杰出作品是人类每日的精神食粮。

永生不死的作品就是完美的作品吗？

要说完美《唐·吉诃德》谈不上完美，莎士比亚的戏剧当中也没有一部可以称得上是完美的作品，莫里哀的诸多喜剧作品，其书写方式也经常是不完整的，伊里亚特也迷迷糊糊地沉睡着。

天才，是有必要在处处留下痕迹的。的确如此，但是极度完美也有在天才身上体现的时候，这是无需明说的。然而，天才总是前进得太快，并给道路制造了裂缝。所以，让道路发挥作用，是跟在天才后面行走的人们的工作。

美不美、是不是天才，都不是问题的根源所在，问题的实质是持续的问题。持续就是生命。

在自己的心里有着生命中最大的总成绩——为了活着的人取得的最大总成绩，这样的人或这样的作品，应该可以活得最长久吧？

拥有持续力量的所有杰出作品是人类每日的精神食粮。

充满选择的人生

——［法国］罗曼·罗兰

在那些苦闷的日子里，
一个人自以为一切都完了，
殊不知一切才刚刚开始呢。

人生中常常有许多决定命运的时刻，永恒的火焰在昏黑的灵魂中燃着了，好似电灯在都市的夜里突然亮起来一样。只要一颗灵魂中蹦出一点火星，那个期待着的灵魂就能借此灵火燃烧。

如果人们的眼睛已经想不起阳光就要在自己心中重新找到阳光的热力，你先得使周围变成漆黑，闭着眼睛，往下走到矿穴里，走到梦中的地道里。在那儿，你才能看到往日的太阳。

当一个人在人生中更换躯壳的时候，同时也换了一颗心。而这种蜕变并非老是一天一天、慢慢儿来的，往往在几小时的剧变中一切都立刻更新了，老的躯壳蜕下来了。在那些苦闷的日子里，一个人自以为一切都完了，殊不知一切才刚刚开始呢。一个生命死了，另外一个已经诞生了。

一点不能再浪费光阴了

——［法国］卢　梭

一个人到了二十五岁还是一无所知，
就必须下决心很好地利用时间，学到一切。

读书要讲究方法。我的读书方法不仅不能使我得到益处，而且只能增加我的疲劳。因为我对读书没有正确的理解，竟认为要从读一本书得到好处，必须具有书中所涉及到的一切知识，丝毫没考虑到就是作者本人也没有那么多的知识，他写那本书所需要的知识也是随时从其他书汲取来的。由于方法的不当，我读书的时候就不时地停下来，从这本书跳到那本书，甚至有时我所要读的书自己看了不到十页，就得查遍好几所图书馆。在很长一段时间里，我顽固地死抱着这种极端费力的办法，脑子里越来越混乱不堪，几乎到了什么也看不下去、什么也不能领会的程度。幸好我觉悟早，发现自己置身于一个漫无边际的迷宫里，走在一条错误的道路上。因此，在我还没有完全迷失在里面以前就回头了。

一个真正对学问有着爱好的人，在钻研学问的时候就一定会发觉各门科学之间有相互联系。这种联系使它们互相牵制、互相补充、互相阐明，哪一门也不能独立存在。虽然人的智力不能把所有的学问都掌握，而只能选择一门，但如果对其他科学一窍不通，那他对所研究的那门学问也就往往不会有透彻的了解。我觉得我的思路是好的和有用的，只是在方法上需要改变一下。我首先看的就是百科全书，我把它分成几个部分加以研究。不久，我又认为应当采取完全相反的方法：先就每一个门类单独加以研究，一个一个分别研究下去，一直研究到使它们汇合到一起的那个点上。这样，我又回到前面的综合方法上来了，但这次我不是盲从的，我是有意识这样做的，而且是正确的方法。在这方面我的深思弥补了知识的不足，合乎情理的思考帮助我走上了正确的方向。不论我是活在世上还是行将死去，我都一点不能再浪费光阴了。

一个人到了二十五岁还是一无所知，就必须下决心很好地利用时间学到一切。由于不知道什么时候命运或死亡可能打断我这种勤奋治学的精神，所以我无论如何也要先对一切东西获得一个概念，目的是试探一下我的天资，进而可以亲自来判断一下最好研究哪一门科学。

这个计划在执行的过程中我发现了一个意想不到的好处，那就是很多时间都利用上了。应当承认，我本不是一个生来适于研究学问的人，因为我用功的时间稍长一些就会感到疲倦，甚至我不能保持半小时始终集中精力在一个问题上，尤其在顺着别人的思路进行思考时更是这样。当我顺着自己的思路进行思考时可能要用较长的时间，但还能有相当的成果。如果我必须用心去读一位作家的著作，刚读几页我的精力就会涣散，并且立即陷入迷惘状态。即使我坚持下去也是白费，结果是头昏眼花，什么也看不懂了。但是，如果我连续研究几个不同的问题，即使毫不间断，我也能轻松愉快、一个一个地思考下去，这一问题可以消除另一问题所带来的疲劳，用不着休息一下脑筋。于是我就开始对一些问题交替进行研究，这样即使我整天用功也不觉得疲倦了。当然，田园里和家里的那些零星活计也是一种有益的消遣，但是，在我的求知欲日益高涨的时候，我便积极寻找能从工作中匀出学习时间的办法，并且能同时从事两件事，而不担心会有哪一件进行的稍差一些。

我感到极为欣慰的是我在时间分配上进行的种种实验已经尽可能做到既轻松愉快，又得到益处。对我来说我的努力仿佛已经取得了结果，甚至还要超过许多，因为学习的乐趣在我的幸福中占据了主要成分。

智慧把我们带回童年

——［法国］帕斯卡

好的恐惧出自信仰，坏的恐惧出自怀疑。
好的恐惧和希望结合在一起，因为它产生于信仰，
并且我们把希望寄托在我们所信仰的上帝身上；
而坏的恐惧则和绝望结合在一起，
因为我们恐惧着我们对之根本就没有信仰的上帝。

人们对上帝的存在有所怀疑，并不是一味地信仰。好的恐惧出自信仰，坏的恐惧出自怀疑。好的恐惧和希望结合在一起，因为它产生于信仰，并且我们把希望寄托在我们所信仰的上帝身上；而坏的恐惧则和绝望结合在一起，因为我们恐惧着我们对之根本就没有信仰的上帝。前一种是恐惧失去上帝，后一种则是恐惧找到上帝。

有人说："奇迹会坚定我的信心。"他们在没有看到奇迹时会这样说，理智从远处看来好像是限制了我们的眼界，然而当我们达到那里的时候我们就又开始看到更远的了。没有任何东西可以阻止我们精神的流转。可以说任何一种准则都有例外存在，也没有一种真理是如此之普遍，在某些方面它是会失效的。只要它不是绝对的普遍，而可以让我们对当前的题目有援引例外的余地，并且说："它并不永远是真的，因而就有些情况并非如此。"——这样就够了。另外还要指出一点，它本身也是如此，而这就是为什么假如有一天我们并没有发现例外，我们就会非常之尴尬或者非常之不幸的缘故了。

我们从不会对每天要饮食和睡眠感到无聊，因为饥饿是反复出现的，困倦也是的，如若不然我们就要对它们感到无聊了。同样没有对于精神事物的饥渴，我们也会感到无聊的。

要承认有无限的事物是超于理智之外的，是理智的最后一步，假如它没有能达到认识这一点，那它就只能是脆弱的。

假如自然的事物是超于理智之外的，那么我们对超自然的事物又该如何评说呢？

我们的怀疑在某些方面是必要的，在必要的地方肯定，在必要的地方顺从。不这样做的人就不理解理智的力量。有些人是反对这三项原则的，或由于未能认识证明而肯定一切都是可证明的，或由于不懂得在什么地方必须顺从而怀疑一切，或由于不懂得在什么地方必须下判断而对一切都顺从。

智慧把我们带回到童年。最符合理智的莫过于这种对理智的否认。

如果我们无条件地顺从理智，我们的宗教就不会有什么神秘或超自然的了。如果我们违犯理智的原则，我们又会觉得宗教是荒谬可笑的。

我们一切的推理都可以归结为向情感让步。

然而幻想与感情虽相似，但相反。从而我们不能分辨这些相反性。一个说我的感情就是幻想，另一个又说他的幻想就是感情，所以准则的约束尤为重要。理智就把它自己提出来，然而它对一切感官都是驯服的，于是就没有了准则。

然而，人们常把想象当作是自己的心，于是只要他们一想到皈依，他们就自以为是皈依了。

感受到上帝的乃是人心而非理智，这就是信仰。

认识上帝距离爱上帝又是何其遥远！

尽我所能

——［法国］居里夫人

每个人对每件事情都具有天赋的才能，
而且无论怎样，
哪怕付出巨大代价都要把这件事完成。

生活对于任何一个男女都非易事，因此我们必须具有坚韧不拔的精神，而最为重要的是我们要有自信心。我们必须相信每个人对每件事情都具有天赋的才能，而且无论怎样，哪怕付出巨大代价都要把这件事完成。当事情结束的时候，你要能够问心无愧地说："我已经尽我所能了。"

在一年的春天里，被迫在家休息养病的我注视着我的女儿们所养的蚕结着茧子，令人兴奋的是望着这些蚕固执地、勤奋地工作着，我感到我和它们非常相似。正如它们结茧一样，我总是耐心地执著于一个目标。我之所以如此或许是因为有某种力量在鞭策着我，正如蚕被鞭策着去结它的茧子一般。

在近五十年来，我致力于科学的研究，致力于对真理的探讨。我有许多美好快乐的记忆。少女时期我在巴黎大学孤独地过着求学的岁月；在那整个时期中，我丈夫和我专心致志，像在梦幻之中一般艰辛地坐在简陋的书房里研究，后来我们就在那儿发现了镭。

在生活中，我所追求的永远是安静的工作和简单的家庭生活。在这种理想的指引下，我一生都在竭力保持宁静的环境，以免受人事的侵扰和盛名的渲染。

正确的方法

——［德国］爱因斯坦

科学方法告诉我们的仅仅是各种事实是怎样相互联系、相互制约的。
而这种想要获得这种客观知识的志向，
则是人们能拥有的一种最高尚的志向。

从事相同工作的人有着不同的出发点，可以是恐怖和强制；可以是追求威信和荣誉的好胜心；也可以是对于对象的诚挚的兴趣和追求真理与理解的愿望，因而也可以是每个健康儿童与生俱来的好奇心。

如果没有一种生气勃勃的精神，一切方法到头来都不过是笨拙的工具。但是如果在我们的心里强烈地活跃着渴望达到这个目标的念头，那么我们就会鼓起勇气主动去寻找达到这个目标，并且把它化为行动的方法。

我对自然的知识比较感兴趣，但在早期的学习生活中我作为一个学生还没有意识到这一点。对物理学来说，通向更深奥的基本知识的道路是同最精密的数学方法联系着的。

科学方法告诉我们的仅仅是各种事实是怎样相互联系、相互制约的。而这种想要获得这种客观知识的志向，则是人们能拥有的一种最高尚的志向。

这种大小问题的辩证关系不仅适用于道德问题，而且也适用于其他各种问题，因为如果不从小问题同大问题相互依存的关系上来了解，就不能适当地评价小问题。

认识能力

——［德国］康　德

认识的能力主要取决于心灵健康与否。
如果心灵软弱或心灵病态者可导致认识能力的缺陷。

认识的能力主要取决于心灵健康与否。如果心灵软弱或心灵病态者可导致认识能力的缺陷。就认识能力而言，灵魂的疾病主要可以概括为两类：一是忧郁症（疑病），二是精神失常（躁狂症）。前一种疾病是思想的一种任意活动，它有自己的规则，但这个规则却与那些和经验法则相符合的规则背道而驰；后一种病人似乎意识到他的思想活动进行得不正常是因为他的理性不具有足够的力量控制自己去调节思路，去终止或推动它。在他心里一会儿是高兴，一会儿是忧伤，脾气的变幻就像他不得不忍受的天气一样。

笨蛋、傻瓜、呆子、愚妄之徒、头脑简单的人和不聪明的人，不仅在程度上而且在心灵紊乱的质上也与精神失常的人不同，因为他们还不至于因自己的缺陷而进入疯人院。在疯人院里，一个人即使在年龄上已达到成熟和强壮，却在最起码的生活事务上不得不由外来的理性料理。狂气带着激情的癫狂，它往往能够自发地、不由自主地迸发出来，而且是在诗兴结合着天才时才产生。这样一方面更加敏捷，而另一方面却成为毫无规则的意象之流，当它与理性汇合时就被称为迷狂。在同一个不可能实现的意向上愁肠百结，例如在丧失爱人时，从痛苦中寻求安慰这是抑郁狂。迷信类似于癫狂，而迷狂则类似于狂想症。后面这种精神病态叫做性格乖僻，温和一点说往往也被称为过度兴奋。

发烧时的胡言乱语，或者由强烈的想象力的交感所触发起来的那种癫痫病的狂暴发作，这些都只是暂时的，还不能被看做是精神错乱。但人们称之为性情乖张的内部感官抑郁乖戾，并非是一种心灵病态，这种人多半处于一种近乎癫狂的高傲自大状态，而且无理要求别人在把自己和他相比较时应该感到自卑，而这恰好与他本来的意图相违背，因为刺激他产生这种意图的是他的自命不凡，这意图在一切可能形式下受到破坏，遭到压制，而他冒犯人的愚蠢只不过招来嘲笑。较轻微的一些性情乖张常常闪现自己所独有的某种怪念头，这种道理本应人所共知，然而，没有一个聪明人赏识它。

潜在力量

——［德国］尼 采

精神只是无限小的物质，善只是恶自身的复杂发展，
自由意志也许不过是命运最大的潜在力量。

我们之所以受到了影响是因为我们自身没有可以进行抵挡的力量，甚至我们还没有认识到。这是一种在无意识地接受外部印象的过程中放弃了自己的独立性的过程，此种感受令人痛心。即习惯势力压抑了自己心灵的能力，并且在不知不觉中向自己心灵里扔下了萌发混乱的种子。

在民族历史里，这一切表现的最为明显。许多民族遭到同类事情的打击，他们同样以各种不同方式受到了影响。

这种错误危害了一切社会理想，它给全人类刻板地套上了某种特殊的国家形式或社会形式。原因是一个人永远不可再是同一个人。一旦有可能通过强大的意志推翻整个世界，我们就会立刻加入独立精神的行列。于是，世界历史对我们来说只不过是一种梦幻般的自我沉迷状态。

自由意志似乎是随心所欲、无拘无束的，它是无限自由、任意游荡的东西——是精神。如果我们不相信世界是个梦幻错误；不相信人类的剧烈疼痛是幻觉；不相信我们自己是我们的幻想玩物，那么，命运的必然性则是抗拒自由意志的无穷力量。没有命运的自由意志，就如同没有实体的精神，没有恶和善，是同样不可想象的，因为，没有了对立面的事物就不会有特征。

命运不止一次地证明："事情是由它本身所决定的。"如果这是唯一真正的原则，那么人就是在暗中起作用的力量的玩物，他不会对自己的错误负责，任何道德都无法约束他，他只是一根链条上必不可少的一个环节。前提条件是他不能看透自己的地位，能够在羁绊自己的锁链里安静地生活，搞乱满足于这个世界及其运行机制。

精神只是无限小的物质，善只是恶自身的复杂发展，自由意志也许不过是命运最大的潜在力量。我们不应无限扩大物质这个词的意义，否则，世界史就是物质的历史了。因为必定还存在着更高的原则，在更高的原则面前，一切差别无不

汇入一个庞大的统一体；在更高的原则面前，一切都以阶梯状发展，一切都流向辽阔无边的大海。在那里促进世界发展的一切因素重新汇聚到一起，融合起来形成一个整体。

勇　气

——［德国］尼　采

一个人对生命本身的认识有多深，
对痛苦的了解就有多深。

由于攻击性的勇气可以充当最佳的杀手，因此在每次攻击中都必须有胜利的乐声。

在动物中人是最勇敢的，所以他能征服其他所有的动物，他在胜利的乐声之中克制了一切痛苦。然而，人类最大的痛苦是来自于自身的痛苦。

勇气同时也为他克服面临深渊的晕眩。人何往而能无深渊呢？他只要随便放眼一望，触目所及皆是深渊！

勇气是最佳的杀手——它能铲除同情，而同情乃是最深的渊谷。一个人对生命本身的认识有多深，对痛苦的了解就有多深。

勇气是最佳的杀手——攻击性的勇气能与死亡抗争，它说：“那曾是生命吗？好吧！让我们重新再来一次吧！”

在这番话当中，胜利的乐声充斥其间，让有耳朵的人去聆听吧！

妙用关键

——［日本］松下幸之助

关键的发现有时是机缘凑巧，天造而成，
有时却是靠自己掌握创造出来的。

在人的一生中存在着许多不可预测的坎坷，人们很难期望能平平稳稳，没有任何挫折困顿地度过，所以，有时不禁也要发出慨叹。然而，在这一连串的遭遇事故中，我们应当想到坎坷发生的关键处。那种拖拖拉拉、懒懒散散面对人生的态度是不明智也是不恰当的。

在漫长延续的人生过程中，只有发现人生一个个关键处，我们的心态才会得以改变。

重要的是假使我们能分辨察觉出一个个关键，我们的思想也会跟着更新改变。

了解关键的重要性，并且切实掌握住这些关键处，会使各式各样的遭遇不仅不再令人惧怕，反而还成为有助于我们更新进步的粮食。而对于未来将面临的各种挑战，我们不如放下负担，以释然的心情欢迎它们的到来。

关键的发现有时是机缘凑巧天造而成，有时却是靠自己掌握创造出来的。无论是在何种情况下我们都应以我们坚定不动摇的信念去看、去思、去行。或许有时行之不易，但无论如何“关键”的确是人生中极为重要的事。

观察和思考

——［日本］池田大作

人类有一种习性，喜欢在现成的框架中生活，
而且这个习性顽强地扎根在人的心灵深处，
一旦你想跳出框架，它就会使出惊人的力量拖住你。

人们经常说要转换观点，不断地转换观点，或者说不断地发现新的着眼点，这是促使人类进步的一个起点。在科学领域也是如此，而且会发生更为明显而重大的观点转换，如近代由天动说变为地动说，到20世纪又产生了爱因斯坦的相对论。

人类有一种习性，喜欢在现成的框架中生活，而且这个习性顽强地扎根在人的心灵深处，一旦你想跳出框架，它就会使出惊人的力量拖住你。可以说无论是个人还是社会的机构，在这一点上都是同样的。

从古至今，日本这个社会总是从日本的立场出发来观察世界。对于个人来说当然要以自己为中心去观察别人，但是，借助他人的眼睛来观察自己也是非常重要的。这和天文学的观点转换有相通之处，以地球为中心就形成天动说，以太阳这一外在天体为中心，就重新认识了地球。因此不能再以日本为中心观察世界，而要借助世界性的客观目光重新审视日本。我觉得现在比任何时候都需要这种观点的转换。

说起平等人们就会想到物质、金钱及社会地位的平等，或想到个人自身的平等，在此需要说明的是平等就是要把所有人都作为客观存在来尊重。这就涉及到改变观念的问题，以这个关于人类尊严的平等观念作为绝对的前提，就能理解所有人应享有能发挥自己特长的条件及权利的平等，而且必须享有和各自特长、能力、功绩相适合的报酬方面的物质平等。与此相反，如果一味强制推行报酬方面的平等，那么，相对人与人的差别来说反而变成了不平等，进而导致漠视人的尊严的恶果。而且在设置和个人差别相适合的报酬差别之时，也必须注意人的尊严。

人类有着相当顽固的执著心。人一旦认准某种价值观就会被它束缚，看起来

人在进行自由的思考，实际上往往是在作茧自缚。因此，只有抛弃这个执著心，新的创造才能产生。

理性万能、科学万能也是执著心的表现之一。不只我一个人认识到，过去也许这个观念还可以使用；现在这一信念已经过时了，而且正在发生彻底的动摇。转换观点的时机已经到来。可以说，所谓进步就是从固定变为动摇，并带来新的思考，随后产生新创造的过程。

同样的天赋

——［古希腊］柏拉图

男子和妇女具有同样的天性，
由于天性的缘故都适于做国家监督，
除了在有些方面一方弱一些和另一方强一些——这就是事实。

啊，朋友，事物属于作为人的女人或者男人；而自然的天赋则按相同的方式在男女当中进行分配。妇女按其天性可以参加一切事务，就像男人可以参加一切事务一样。但是，妇女在一切方面都弱于男子——自然。所以我们想要把一切都委托给男子而不委托给妇女——这却从何而来——这是实际情况。我想正如我们所主张的那样，一位妇女天性是医学方面的，而另一位不是；一位是音乐家而另一位却独不喜欢音乐——其他又怎样呢？还有一位是爱好体育并且好斗的，但另一位却对此不感兴趣——我确实这样想——怎样？不是还有爱好智慧和蔑视智慧的吗？这一位勇敢而另一位怯懦吗——这也发生过——所以也有一位妇女适合于去当国家监督，而另一位不适合。我们不是同样认为有特别适合于当国家监督的天性的男子吗——确实有这样的人，所以男子和妇女具有同样的天性。由于天性的缘故都适于做国家监督，除了在有些方面一方弱一些和另一方强一些——这就是事实。

永不停航的船

——［智利］聂鲁达

我的无形的航海家们拖起我的锚，
让风涨满了我那难扬的帆，
驾着我重新驶进漫无路径的永恒中，
驶进空寂的平原上空那没遮没拦的大气中。

很久以来，一些无形的航海家驾着我在陌生的大海上通过奇妙的大气乘风破浪。我在深邃的空间里永不停息地自由遨游。我的龙骨曾把一大块漂动、闪亮的冰山撞碎，因为它企图借那尘封的躯体挡住航道。后来，我航行在茫茫的云海里，那云海在另一些比地球更加明亮的天体间扩展开来。然后，我在白皑皑的海上，在红彤彤的海上航行，我顿时被大海用它们的色彩和雾霭涂染。有时我还穿过纯净的大气，那浓密明亮的大气浸透了我的帆，使我的帆像太阳那样灿烂夺目。

我在一些被水或风征服的国度里久久停留。有一天，而且总是那么令人意外，我的无形的航海家们拖起我的锚，让风涨满了我那难扬的帆，驾着我重新驶进漫无路径的永恒中，驶进空寂的平原上空那没遮没拦的大气中。

我驶抵了一个国度，便在蓝天下很陌生的澄碧的大海上停泊。我那高耸挺直的桅樯，是太阳、月亮以及给它以考验的多情的风的挚友。从未见过的鸟儿飞来，在桅樯上停留，然后划过天际，一去不再回还。我的锚已经习惯于波涛的绿色的吻，在海底金色的沙子上休息，一面与海底缠绕扭曲的植物嬉戏，一面扶持着从绵长的白昼里游来骑在它身上的白生生的美人鱼。我于是爱上这天空、这大海，爱上了这一切……

可是，我的无形的航海家们又要来到，不知哪一天。他们将拉起我那扎入深水海藻中的锚，我那璀璨的帆又将被风涨满……

于是，我又将在那漫无路径的永恒中，在那永远孤寂的其他星体之间的红彤彤的白皑皑的海洋中驶进。

论工作

——［黎巴嫩］纪伯伦

工作是眼能看见的爱。
倘若你不是欢乐地却是厌恶地工作，那还不如撇下工作，
坐在大殿的门边，去乞那些欢乐地工作的人的周济。

于是一个农夫说：请给我们谈工作。

他回答说：

你工作为的是要与大地和大地的精神一同前进。

因为惰性使你成为一个时代的生客，一个生命大队中的落伍者，这大队是庄严的，高傲而服从的，向着无穷前进。

在你工作的时候，你是一管笛，从你心中吹出时光的微语，变成音乐。

你们谁肯做一根芦管，在万物合唱的时候，你独痴呆无声呢？

你们常听人说，工作是祸殃，劳力是不幸。

我却对你们说，你们工作的时候，你们完成了大地的深远的梦之一部，他指示你那梦是何时开头。

而在你劳力不息的时候，你确在爱着生命。

从工作里爱着生命，就是通彻了生命最深的秘密。

倘然在你的辛苦里，将有身之苦恼和养身之诅咒，写上你的眉间，则我将回答你，只有你眉间的汗，能洗去这些字句。

你们也听见人说，生命是黑暗的，在你疲倦之中，你附和了那疲倦的人所说的话。

我说生命的确是黑暗的，除非是有了激励；

一切的激励都是盲目的，除非是有了知识；

一切的知识都是徒然的，除非是有了工作；

一切的工作都是虚空的，除非是有了爱；
当你仁爱地工作的时候，你便与自己、与人类、与上帝联系为一。

怎样才是仁爱地工作呢？
从你的心中抽丝，织成布帛，仿佛你的爱者要来穿此衣裳。
热情地建造房屋，仿佛你的爱者要住在其中。
温存地播种，喜乐地收获，仿佛你的爱者要来吃这物产。
这就是用你自己灵魂的气息，来充满你所制造的一切。
要知道一切古人，是在你上头看视着。

我常听见你们仿佛在梦中说："那在蜡石上表现出他自己灵魂的形象的人是比耕地的人高贵多了。那捉住霓虹，传神地画在布帛上的人，是比织履的人强多了。"

我却要说：不在梦中，而在正午极清醒的时候，风对大橡树说话的声音，并不比对纤小的草叶所说的更甜柔。

只有那用他的爱心，把风声变成甜柔的歌曲的人才是伟大的。

工作是眼能看见的爱。

倘若你不是欢乐地却是厌恶地工作，那还不如撇下工作，坐在大殿的门边，去乞那些欢乐地工作的人的周济。

倘若你无精打采地烤着面包，你烤成的面包是苦的，只能救半个人的饥饿。

倘若是怨恨地压榨着葡萄酒，你的怨恨，在酒里滴下了毒液。

倘若你像天使一般地唱，却不爱唱，你就把人们能听到白日和黑夜的声音的耳朵都塞住了。

走出的道路

——［印度］泰戈尔

今天，在这朦胧的黄昏中，我再次回首返顾，
我发现这条路就是一本被遗忘的歌集，
歌词就是人们的足迹，而曲子就是那晨歌的乐曲。

一

这是脚走出来的一条路。

它从树林里出来，奔向田野，从田野通向河岸，来到渡口附近的榕树下，然后它从河对岸断裂的台阶拐向村里；尔后经过亚麻地，穿过芒果园中的树荫，绕过荷花池畔，沿着大车道的边缘，不知通向哪个村落。

在这条路上，曾经走过多少人哪！有的人越过我，有的人和我并肩而行，有的人只从远处现出了身影；有的人披着面纱，有的人则容颜袒露；有的人前去汲水，有的人则提着水罐返回村舍。

二

现在白昼已经过去，黑夜降临。

有一天，我曾经觉得，这条路是属于我的，完全属于我的；可是现在我才发现我带来了只能沿着这条路走一次的命令，此外再也没有什么。

越过柠檬树对面的那个池塘，经过有十二座庙宇的河边台阶，经过河滩、粮仓、牛舍——不能再回到那有着熟悉的目光、话语、相貌的住所！“原来是这样啊？”这是一条前进的路，而不是一条后退的路。

今天，在这朦胧的黄昏中，我再次回首返顾，我发现这条路就是一本被遗忘的歌集，歌词就是人们的足迹，而曲子就是那晨歌的乐曲。

有多少人在这条路上走过呀！这条路，在它自己那唯一的尘土画面上，简要地描绘出它们生活中的所有往事；这一幅画面，从太阳升起的方向通向太阳降落

的地方，从一扇金灿灿的大门通向另一扇金灿灿的大门。

三

“噢，脚走出的路哇！请不要把那长久以来发生的许多往事积埋在你的尘埃里。现在我把耳朵贴在你的尘土上，请你对我悄悄述说！”

路，用食指指向那漆黑的夜幕，沉默不语。

“噢，脚走出来的路哇！这么多行人的这么多忧思，这么多希望都在哪里？”

无声的路，还是沉默不语。它只是从日出到日落默然地暗示。

“噢，脚走出来的路哇！那天落在你胸脯上面的落花般的足迹，今天为何无处寻觅？”

路，难道晓得自己的终点吗？凋谢的花和无声的歌已在那里飘落，星光照耀下的永不熄灭的苦难灯节也在那时庆贺。

心灵的气质

在青春时期有一种永生不灭的心境，
它使我们在一切事情上不断改进。
享有青春年华就有如成为永垂不朽的圣人。

——哈兹里特

寄露沙

——［中国］石评梅

世界上是一条绳子系着的，
我是紧缚在母亲绳上的一个小扣，我为母亲的绳子安全，
我没有勇气去斩断而破坏一切的忍心；
因之，我才感到生不愿而死不能的痛苦！

你满挟着同情心的几句话，我看了后哭了！我的泪依然还不曾流完，仍然这样汹涌，这样泛滥；我真不解为了什么这样？是我懦弱的表示吗？我是最后战死的先锋，我总算牺牲了感情让意志去杀人的女魔，我何尝真的如一般女子那么懦弱呢？

造物小儿有意弄人，使我用那极神妙奇异的心之手去杀人，同时又使我迷惘怨愤陷于自杀；朋友！幸我素量宽、大，不然，经此次打击，能免于死，大概也难免于疯吧？陷入如斯命运之人，已不能拯救，而且不必拯救；你又何须为了我的颓丧而叹息呢？

往昔春花如锦的生涯，在我觉着是枯叶飘泊的命运；到如今真的到这种绝境时，我已无语能藉以比拟。才知道人间极苦痛的事是不能写不能道的。朋友！我将告诉你什么？

世界上是一条绳子系着的，我是紧缚在母亲绳上的一个小扣，我为母亲的绳子安全，我没有勇气去斩断而破坏一切的忍心；因之，我才感到生不愿而死不能的痛苦！宇的观念战胜了，我愿葬他埋他之后，我也飘然远去，不论沧海畔，深涧傍，都可以作我埋心葬骨之地。母亲的观念战胜了，又觉着以宇死后我感到的惨痛，而让我年高无依的老母去承受，我心何忍！如斯两相抵触，最后的胜利，朋友！我真不知如何判决了。

此身不死，即此心不死，此心不死，即此情更难死。从此风雨之夕，花前月下，常飘浮着我这凄清的瘦影；自然，我有时也要哽咽地唱出那悲惨哀怨像夜莺一样的曲子；假如君宇有灵，这便是我的那颗心。

人生大概是不能脱离痛苦的，如此缠绵悲惨哀伤的痛苦，是千百人中，千年

间难以遭逢的事。所以我当俯伏着向上帝手中接受了这样特别的礼赠，我无怨言，更无怒容。

现在这种悼亡追悔的心情，是爱我的人最后留给我的纪念。因之，我要赞美珍贵我今日所觉到的一切异感和我将来一切的觉悟。相信这是爱我的人由他最可爱的手递给我的。那末，朋友！你又何须为我而倍增凄伤呢？

红粉骷髅

——［中国］石评梅

我们的人格品行，自持自检，
要像水晶屏风一样的皎澈晶莹！

记得进了个伟大庄严的庙，先看见哼哈二将，后看见观音菩萨；战栗的恐怖到了菩萨面前才消失去，因之觉着爱菩萨怕将军，已可这样决定了。有一天忽然想起来，我到父亲跟前告诉他，他闭着眼睛微笑了说“菩萨”也不必去爱，将军也无须去怕：相信他们都是一堆泥土塑成的像。

知道了美丽的菩萨，狰狞的将军，剥了表皮都是一堆烂泥之后；因之我想到红粉，想到骷髅，想到泥人，想到肉人。

十几年前，思潮上曾不经意的起了这样一个浪花。十几年以后，依稀是在梦境，依稀又似人间，我曾逢到不少的红粉，不少的骷髅。究竟是谁呢？当我介绍给你们时，感到不安，感到惭愧，感到羞涩！

钗光衣影的广庭上，风驰电掣的电车里，凡是宝钻辉眩，绫罗绚烂，披绛纱，戴花冠，温馨醉人，骄贵自矜的都是她们，衣服庄的广告是她们，脂粉店的招牌是她们，镇日娜娜万态，回旋闹市，流盼含笑，徜徉剧场；要不然头蓬松而脸青黄，朝朝暮暮，灵魂绕着麻雀飞翔的都是她们。

在这迷香醉人的梦里，她们知道人是什么？格是什么？醺醉在这物欲的摇篮中，消磨时间，消磨金钱。沙漠中蠕动着的：贫苦是饥寒交迫，富贵是骄奢淫逸；可怜一样都是沦落，一样都是懦弱，一样都是被人轻贱的奴隶，被人戏弄的玩具；不知她们自豪的是什么？骄傲的是什么？

一块土塑成了美的菩萨，丑的将军，怨及匠人的偏心，不如归咎自己的命运。理想的美，并不是在灰黄的皱肉上涂菩萨的脸，如柴的枯骨上披天使的纱；是在创建高洁的人格，发育丰腴的肌肉，内涵外缘都要造人完全的深境，更不是绣花枕头一肚草似的，仅存其表面的装。我们最美丽而可以骄傲的是：充满学识经验的脑筋，秉赋经纬两至的才能，如飞岩溅珠，如蛟龙腾云般的天资，要适用在粉碎桎梏，踏翻囚笼的事业上；同时我们的人格品行，自持自检，要像水晶屏风一样的皎澈晶莹！那时我们不必去坐汽车，在风卷尘沙中，示威风夸美貌；更无须画眉涂脸，邀人下顾；自然像高山般令人景仰。俯伏，而赞叹曰：“是人漂亮哉！”“是人骄傲哉！”

我们也应该想到受了经济压迫的阔太太娇小姐，她们却被金钱迫着，应该做的事务，大半都有代庖，抱着金碗，更不必愁饭莫有的吃，自然无须乎当“女学士”。不打牌看戏逛游艺园，你让她们做什么？因之我想到高尚娱乐组织的必要，社会体育提倡的必要；至少也可员他们在不愿意念书中得点知识；不愿意活动里引诱她们活动；这高尚娱乐的组织如何？且容我想想。

我现在是在梦中，是在醒后，是梦中的呓语，是醒后的说话，是尖酸的讪讽，是忠诚的哽吟，都可不问，相信脸是焦炙！心是搏跃：魂魄恍惚！目光迷离！我正在一面大镜下，掩面伏着。

女子装饰的心理

——［中国］萧　红

装饰主要的用意，大都是一方以取悦于男性，
一方足以表示自己的高贵。

装饰本来不仅限于女子一方面的，古代氏族的社会，男子的装饰不但极讲究，且更较女子而过。古代一切狩猎氏族，他们的装饰较衣服更为华丽，他们甘愿裸体，但对于装饰不肯忽视。所以装饰之于原始人，正如现在衣服之于我们一样重要。现在我们先讲讲原始人的装饰，然后由此推知女子装饰之由来。

原始人的装饰有两种，一种是固定的为黥创文身，穿耳，穿鼻，穿唇等；一种是活动的，就是连系在身体上暂时应用的，如带缨、钮子这类。他们装饰的颜色主要的是红色，他们身上的涂彩多半以赤色条绘饰，因为血是红的，红色表示热烈，具有高度的兴奋力。就是很多的动物，对于赤色也和人类一样容易感觉，有强烈的情绪的连系。其次是黄色，也有相当的美感，也为原始人所采用，再是白色和黑色，但较少采用。他们装饰所选用的颜色，颇受他们的皮肤的颜色所影响，如白色和赤色对于黑色的澳洲人颇为采用，他们所采用的颜色是要与他们皮肤的颜色有截然分别的。

至于原始人对于装饰的观念怎样呢？他们究竟为什么要装饰？又为什么要这样装饰呢？这就谈到了他们装饰的心理问题了。

我们大概会惊异于他们这种重视装饰的心理罢，如黥身是他们身体装饰中最痛苦的，用刀或铁箭在身上刺成各种花纹，有的且刺满全身，他们竟于忍受痛苦而为其人的勇敢毅力的表示。而这种忍受，大都是为了装饰美观，极少含有其他作用。少年男女到了相当年龄，便执行着这种苦刑，而以为荣。以为假如身上没能刺刻着花纹，则将来很难找到爱侣。至于活动的装饰，如各种环缨之类的佩戴物，则一方面表示他们勇敢善战，不懦怯，一方面是引起异性的爱悦，因为他们都以勇敢善斗为荣。身上所佩戴的许多珍贵的装饰物，表示他们的富有，是以勇敢夺得或猎取来的。总之，原始人装饰的用意，一方面是引起异性爱悦，一方面是引起他人的敬畏。事实上，各种装饰是兼具此两种意义的，这实在是生存竞争

中不可少和有效的工具。由这些情形看来，在原始社会中男子的装饰较女子讲究，也是因为原始社会的人民没有确定的婚姻制度，无恒久的配偶，而女子在任何情形中都有结婚的机会，男子要得到伴侣比较困难，故必须用种种手段以满足其欲望。

但在文明社会中，男女关系与此完全相反，男子处处站在优越地位，社会上一切法律权利都握在男子手中，女子全居于被动地位。虽然近年来有男女平等的法律，但在父权制度之下女子仍然是受动的。因此，男子可以行动自由，女子至少要受相当的约制。这样一来，女子为达到其获得伴侣的欲望，因此也要借种种手段以取悦异性了。这种手段便是装饰。

装饰主要的用意，大都是一方以取悦于男性，一方足以表示自己的高贵。脸上敷着白粉、红脂、口红、蔻丹等。刚才说过红色是原始人用作装饰的主要颜色，红白相称特别鲜明，不独引人注目，亦以表示其不亲劳动的身份。故牙齿既然是白的，口唇必须涂红。西洋妇女脸上涂桔黄色的粉，这是表示她们的富有，因为夏天海滨避暑为海风吹拂脸颊成黄色。白色最能显示脸部和身体的轮廓，原始人跳舞往往在夜间昏昏的灯光和月色之下，用白色把身体涂成条纹，使身体轮廓显明，易为人注目。妇女用红白二色饰脸部，也是利用其颜色鲜明，且白色其热烈性，易使人感动。中国少女结婚时多穿红衣红裙，大概不外这个意义。

女子装饰亦随社会习惯而变迁。昔人的观念以柔弱娇小为美，故女子束腰裹脚之风盛行，有“楚王好细腰，宫中多饿死”者的惨事。近来体育发达，国人观念改变，重健康，好运动，女子以体格壮健肤色红黑为美。现在一班新进的女子大都不施脂粉，以太阳光下的红黑色肤色的天然风致为美了。黑色太阳镜之盛行，不外表示其常常外出的习惯而已。

论 青 年

——［中国］朱自清

老年人的衰朽，是过去，
青年人还幼稚，是将来，
占有现在的只是中年人。

冯友兰先生在《新事论·赞中华》篇里第一次指出现在一般人对于青年的估价超过老年之上。这扼要的说明了我们的时代。这是青年时代，而这时代该从五四运动开始。从那时起，青年人才抬起了头，发现了自己，不再仅仅的做祖父母的孙子，父母的儿子，社会的小孩子。他们发现了自己，发现了自己的群，发现了自己和自己的群的力量。他们跟传统斗争，跟社会斗争，不断的在争取自己领导权甚至社会领导权，要名副其实的做新中国的主人。但是，像一切时代一切社会一样，中国的领导权掌握在老年人和中年人的手里，特别是中年人的手里。于是乎来了青年的反抗，在学校里反抗师长，在社会上反抗统治者。他们反抗传统和纪律，用怠工，有时也用挺击。中年统治者记得五四以前青年的沉静，觉着现在青年爱捣乱，惹麻烦，第一步打算压制下去。可是不成。于是乎敷衍下去。敷衍到了难以收拾的地步，来了集体训练，开出新局面，可是还得等着瞧呢。

青年反抗传统，反抗社会，自古已然，只是一向他们低头受压，使不出大力气，见得沉静罢了。家庭里父代和子代闹别扭是常见的，正是压制与反抗的征象。政治上也有老少两代的斗争，汉朝的贾谊到戊戌六君子，例子并不少。中年人总是在统治的地位，老年人势力足以影响他们的地位时，就是老年时代，青年人势力足以影响他们的地位时，就是青年时代。老年和青年的势力互为消长，中年人却总是在位，因此无所谓中年时代。老年人的衰朽，是过去，青年人还幼稚，是将来，占有现在的只是中年人。他们一面得安慰老年人，培植青年人，一面也在讥笑前者，烦厌后者。安慰还是顺的，培植却常是逆的，所以更难。培植是凭中年人的学识经验做标准，大致要养成有为有守爱人爱物的中国人。青年却恨这种切近的典型的标准妨碍他们飞跃的理想。他们不甘心在理想还未疲倦的时候就被压进典型里去，所以总是挣扎着，在憧憬那海阔天空的境界。中年人不能了解青年人为什么总爱旁逸斜出不走正路，说是时代病。其实这倒是成德达材的大路；压迫的，挣扎着，材德的达成就在这两种力的平衡里。这两种力永恒的一步步平衡着，自古已然，不过现在更其表面化罢了。

青年人爱说自己是“天真的”、“纯洁的”，但是看看这时代，老练的青年可真不少。老练却只是工于自谋，到了临大事，决大疑，似乎又见得幼稚了。青年要求进步，要求改革，自然很好，他们有的是奋斗的力量。不过大处着眼难，小处下手易，他们的饱满的精力也许终于只用在自己的物质的改革跟进步上；于是骄奢淫逸，无所不为，有利无义，有我无人。中年里原也不缺少这种人，效率却赶不上青年的大。眼光小还可以有一步路，便是做了自了汉，得过且过的活下去；或者更退一步，遇事消极，马马虎虎对付着，一点不认真。中年人这两种也够多的。可是青年时就染上这些习气，未老先衰，不免更教人毛骨悚然。所幸青年人容易回头，“浪子回头金不换”，不像中年人往往将错就错，一直沉到底里去。

青年人容易脱胎换骨改样子，是真可以自负之处；精力足，岁月长，前路宽，也是真可以自负之处。总之可能多。可能多倚仗就大，所以青年人狂。人说青年时候不狂，什么时候才狂？不错。但是这狂气到时候也得收拾一下，不然会忘其所以的。青年人爱讽刺，冷嘲热骂，一学就成，挥之不去；但是这只足以取快一时，久了也会无聊起来的。青年人骂中年人逃避现实，圆通，不奋斗，妥协，自有他们的道理。不过青年人有时候让现实笼罩住，伸不出头，张不开眼，只模糊地看到面前一段儿路，真是“前不见古人，后不见来者”。这又是小处。若是能够偶然到所谓“世界外之世界”里歇一下脚，也许可以将自己放大些。青年也有时候偏执不回，过去一度以为读书就不能救国就是的。那时蔡孑民先生却指出“读书不忘救国，救国不忘读书”。这不是妥协，而是一种权衡轻重的圆通观。懂得这种圆通，就可以将自己放平些。能够放大自己，放平自己，才有真正的“工作与严肃”，这里就需要奋斗了。

蔡孑民先生不愧人师，青年还是需要人师。用不着满口仁义道德，道貌岸然，也用不着一手摊经，一手握剑，只要认真而亲切的服务就是人师。但是这些人得组织起来，通力合作。讲道理，可是不敷衍，重诱导，可还归到守法上。不靠婆婆妈妈气去乞怜青年人，不靠甜言蜜语去买好青年人，也不靠刀子手枪去示威青年人。只言行一致按着应该做的放胆放手做去。不过基础得打在学校里；学校不妨尽量社会化，青年训练却还是得在学校里，学校好像实验室，可以严格的计划着进行一切；可不是温室，除非让它堕落到那地步。训练该注重集体的，集体训练好，个体也会改样子。人说教师只消传授知识就好，学生做人，该自己磨练去。但是得先有集体训练，教青年有胆量帮助人，制裁人，然后才可以让他们自己磨练去。这种集体训练的大任，得教师担当起来。现行的导师制注重个别指导，琐碎而难实践，不如缓办，让大家集中力量到集体训练上。学校以外倒是先有了集中训练，从集中军训起头，跟着来了各种训练班。前者似乎太单纯了，效果和预期差得多，后者好像还差不多。不过训练班至多只是百尺竿头更进一步，培植根基还得在学校里。在青年时代，学校的使命更重大了，中年教师的责任也更重大了，他们得任劳任怨的领导一群青年人走上那威德达材的大路。

松树的风格

——［中国］陶　铸

要求于人的甚少，
给予人的甚多，
这就是松树的风格。

去年冬天，我从英德到连县去，沿途看到松树郁郁苍苍，生气勃勃，傲然屹立。虽是坐在车子上，一棵棵松树一晃而过，但它们那种不畏风霜的姿态却使人油然而生敬意，久久不忘。当时很想把这种感觉写下来，但又不能写成。前两天在虎门和中山大学中文系的师生们座谈时，又谈到这一点，希望青年同志们能和松树一样，成长为具有松树的风格，也就是具有共产主义风格的人。现在把当时的感觉写出来，与大家共勉。

我对松树怀有敬佩之心不自今日始。自古以来，多少人就歌颂过它，赞美过它，把它作为崇高的品质的象征。

你看它不管是在悬崖的缝隙间也好，不管是在贫瘠的土地上也好，只要有一粒种子——这粒种子也不管是你有意种植的，还是随意丢落的，也不管是风吹来的，还是从飞鸟的嘴里跌落的，总之，只要有一粒种子，它就不择地势，不畏严寒酷热，随处茁壮地生长起来了。它既不需要谁来施肥，也不需要谁来灌溉。狂风吹不倒它，洪水淹不没它，严寒冻不死它，干旱旱不坏它。它只是一味地无忧无虑地生长。松树的生命力可谓强矣！松树要求于人的可谓少矣！这是我每看到松树油然而生敬意的原因之一。

我对松树怀有敬意的更重要的原因却是它那种自我牺牲的精神。你看，松树的干是用途极广的木材，并且是很好的造纸原料；松树的叶子可以提制挥发油；松树的脂液可制松香、松节油，是很重要的工业原料；松树的根和枝又是很好的燃料。更不用说在夏天，它用自己的枝叶挡住炎炎烈日，叫人们在如盖的绿荫下休憩；在黑夜，它可以劈成碎片做成火把，照亮人们前进的路。总之一句话，为了人类，它的确是做到了“粉身碎骨”的地步了。

要求于人的甚少，给予人的甚多，这就是松树的风格。

鲁迅先生说的“我吃的是草，挤出来的是牛奶，血”，也正是松树的风格的写照。

自然，松树的风格中还包含着乐观主义的精神。你看它无论在严寒霜雪中和盛夏烈日中，总是精神奕奕，从来都不知道什么叫做忧郁和畏惧。

我常想：杨柳婀娜多姿，可谓妩媚极了，桃李绚烂多彩，可谓鲜艳极了，但它们只是给人一种外表好看的印象，不能给人以力量。松树却不同，它可能不如杨柳与桃李那么好看，但它却给人以启发，以深思和勇气，尤其是想到它那种崇高的风格的时候，不由人不油然而生敬意。

我每次看到松树，想到它那种崇高的风格的时候，就联想到共产主义风格。

我想：所谓共产主义风格，应该就是要求于人的甚少，而给予人的却甚多的风格；所谓共产主义风格，应该就是为了人民的利益和事业不畏任何牺牲的风格。

每一个具有共产主义风格的人，都应该像松树一样，不管在怎样恶劣的环境下，都能茁壮地生长，顽强地工作，永不被困难吓倒，永不屈服于恶劣环境。每一个具有共产主义风格的人，都应该具有松树那样的崇高品质，人民需要我们做什么，我们就去做什么，只要是为了人民的利益，粉身碎骨，赴汤蹈火，也在所不惜；而且毫无怨言，永远浑身洋溢着革命的乐观主义的精神。

具有这种共产主义风格的人是很多的。在革命艰苦的年代里，在白色恐怖的日子里，多少人不管环境的恶劣和情况的险恶，为了人民的幸福，他们忍受了多少的艰难困苦，做了多少有意义的工作呵！他们贡献出所有的精力，甚至最宝贵的生命。就是在他们临牺牲的一刹那间，他们想的不是自己，而是人民和祖国甚至全世界的将来。然而，他们要求于人的是什么呢？什么也没有。这不由得使我们想起松树的崇高的风格！

目前，在社会主义革命和社会主义建设的日子里，多少人不顾个人的得失，不顾个人的辛劳，夜以继日，废寝忘食，为加速我们的革命和建设而不知疲倦地苦干着。在他们的意念中，一切都是为了把社会主义革命进行到底，为了迅速改变我国“一穷二白”的面貌，为了使人民的生活过得更好。这又不由得使我们想起松树的崇高的风格。

具有这种风格的人是越来越多了。这样的人越多，我们的革命和建设也就会越快。我希望每个人都能像松树一样具有坚强的意志和崇高的品质；我希望每个人都成为具有共产主义风格的人。

白蝴蝶之恋

——［中国］刘白羽

在白蝴蝶危难时我怜悯它，
可是当它真的自由翱翔而去时我又感到如此失落、怅惘，
“唉！人呵人……”

春意甚浓了，但在北方还是五风十雨，春寒料峭，一阵暖人心意的春风刚刚吹过，又来了一片沁人心脾的冷雨。

我在草地上走着，忽然，在鲜嫩的春草上看到一只雪白的蝴蝶。蝴蝶给雨水打落在地面上，沾湿的翅膀轻微地簌簌颤动着，张不开来。它奄奄一息，即将逝去。但它白得像一片小雪花，轻柔纤细，楚楚动人，多么可怜呀！

她从哪儿来？要飞向哪儿去？我痴痴望着它。忽然像有一滴圣洁的水滴落在灵魂深处，我的心灵给一道白闪闪的柔软而又强烈的光照亮了。

我弯下身，小心翼翼地把白蝴蝶捏起来，放在手心里。

这已经冷僵了的小生灵发蔫了，它的细细的足脚动弹了一下，就歪倒在我的手中。

我用口呵着气，送给她一丝温暖，蝴蝶渐渐苏醒过来。它是给刚才那强暴的风雨吓懵了吧？不过，它确实是太纤细了。你看，那白茸茸的像透明的薄纱的翅膀，两根黑色的须向前伸展着，两点黑漆似的眼睛，几只像丝一样细的脚。可是，这纤细的小生灵，它飞翔出来是为了寻觅什么呢？在这阴晴不定的天气里，它表现出寻求者何等非凡的勇气。

它活过来了，我竟感到无限的喜悦。

这时，风过去了，雨也过去了。太阳用明亮的光辉照满宇宙，照满人间，一切都那样晶莹，那样明媚，树叶由嫩绿变成深绿了，草地上开满小米粒那样黄的小花朵，我把蝴蝶放在洒满阳光的一片嫩叶上。我向草地上漫步而去了。但我的灵魂里在呐喊——开始像很遥远、很遥远……我还以为天空中又来了风、来了雨，后来我才知道就在我的心灵深处：你为什么把一个生灵弃置不顾？……于是我折转身又走回去，又走到那株古老婆娑的大树那儿。谁知那只白蝴蝶缓缓地、

缓缓地在树叶上蠕动呢！我不惊动它，只静静地看着。阳光闪发着一种淡红色，在那叶片上颤悸、燃烧，于是带来火、热、光明、生命，雨珠给它晒干了，风沙给它扫净了，那树叶像一片绿玻璃片一样透明、清亮。

我那美丽的白蝴蝶呀！我那勇敢的白蝴蝶呀！它试了几次，终于一跃而起，展翅飞翔，活泼伶俐地在我周围翩翩飞舞了好一阵，又向清明如洗的空中冉冉飞去，像一片小小的雪花，愈飞愈远，消失不见了。

这时，一江春水在我心头轻轻地荡漾了一下。在白蝴蝶危难时我怜悯它，可是当它真的自由翱翔而去时我又感到如此失落、怅惘，“唉！人呵人……”我默默伫望了一阵，转身向青草地走去。

自尊与自信

——［美国］奥里森·马登

要真正产生自尊的感觉，
唯一的办法就是让自己配得上这种对自己的尊重。

苏格兰有一个纺织工人虽然很贫穷，却非常虔诚，他每天都要做祷告。他的祷告中有一项内容非常奇怪，他祈求神让他对自己有一个好的评价。其实，这又有什么奇怪的？难道不应该这样吗？如果我们自己对自己都没有好的评价，怎么期望别人会对我有好的评价呢？正如一句谚语说的好：不自重的人，别人也不会尊重他。如果人们发现我并不怎么尊重自己，那么，他们也有权利拒绝我，把我看成骗子。因为我一方面对别人说，他们应该对我有好感，另一方面自己却对自己没有好感。其实，对自己的尊重和别人对自己的尊重是建立在同一原则基础之上的。

林肯曾经说："你可以在某一段时间欺骗所有的人，也可以在所有的时间里欺骗某一部分人，但你不可能在所有的时间里欺骗所有的人。"然而，无论在什么时候，我们都无法欺骗自己。所以，要真正产生自尊的感觉，唯一的办法就是让自己配得上这种对自己的尊重。

人们有权利按照我们看待自己的眼光来评价我们，我们认为自己有多少价值，就不能期望别人把我们看得比这更重。一旦我们踏入社会，人们就会从我们的脸上、从我们的眼神中去判断，我们到底赋予了自己多高的价值。如果他们发现，我们对自己的评价都不高，他们又有什么理由要给他们自己添麻烦，来费心费力地研究我们的自我评价到底是不是偏低呢？很多人都相信，一个走上社会的人对自己价值的判断，应该比别人的判断要更真实、更准确。

一次，英国首相皮特在任命沃尔夫将军统领驻守加拿大的英军后，刚好有机会领略了一番沃尔夫将军的自我吹嘘。这个年轻的军官挥舞着佩剑，不停地敲着桌面，在屋子里手舞足蹈，吹嘘着他将要建立的功勋。皮特非常厌恶他，忍不住对坦普尔勋爵说："上帝啊，我居然把整个国家、整个政府的命运都托付给这样的人了！"

但这位首相大概想象不到，就是这么一个喜欢自我夸耀的年轻人，会不顾自己重病在身，从病床上起来指挥部队在亚伯拉罕高地赢得了辉煌的胜利。其实，他的自夸是对他未来所能达到的高度的一种预言。

日　光　浴

——［美国］惠特曼

当我在草地上慢慢走着的时候，
太阳射出的光线足以照出随我行动的身影。
周围每一样东西，不知怎么，都变得和我浑然一体了。

1877年8月27日，那是一个星期天，完全没有感到显著的乏力和痛苦。我一瘸一拐地走过这些乡村篱路，慢慢穿过田野。我独自一人在清新的空气中和大自然相对——在这个空旷宽敞、寂无声息、神秘莫测、邈然幽远，然而却又摸之有物、听之有声的大自然中，宁静之气和滋育之物好像真止从大而降，精妙细微地渗到我身体之内。在这十全十美的一天，我自己和景物融而为一了。我在这条清澈的溪流上一瘸一拐地走着的时候，它在一个地方发出那柔和轻悠的汩汩之声，在另一个地方又一落三丈发出那粗糙沙哑的嗡嗡之声，一切都使我心旷神怡。来吧，你们这些愁眉苦脸的人，只要你们愿意，就来享受一下清流溪岸、山林田野一定会赐予的德泽吧。我浸润其中仅仅两个月，而它们就开始使我成为一个新人了：每天都与世隔绝——每天至少有两三个钟头的自由，洗洗澡，不讲话，不看书，一丝不挂，无拘无束，不拘礼节仪容。

尊敬的读者，是不是要我告诉你们，我的健康之所以大大恢复，归功于什么？两年以来我没有用过任何药物，只不过每天都坚持待在露天。去年夏天，我在一条溪流的一边儿，找到了一个小谷，那是一个挖过灰泥的采泥场，现在弃而不用，里面长满了灌木丛、大树、青草，一溜坡地，一丛柳树，还有一道清泉，恰从中间流过，一路上有两三个小小的瀑布。每一个炎热的日子，我都隐居在这里，今夏又照样来此。我在这儿才真正领会到那位老人所说那句话的真正意义。他说，他只有在孤身独处的时候，才觉得不那么孤独。在此以前，我从来没有感到我和大自然之间的这种老习惯，我的铅笔几乎是出于自动，时时记下当时当地的心态、景物、时间、色彩和轮廓。这一个上午是多么值得回忆呀？它是那样宁静、纯朴，那样超尘脱俗，纯出自然。

每天早饭后一个钟头左右，我就前往上面说的那个小谷的幽深去处。在那里，我和一些飞鸟都完全是各得其乐。微微的西南风，正从树冠中吹过。这正是我从头到脚作亚当式空气浴和全身洗刷的恰当地点和恰当时间。因此我把衣服搭在附近的横栏上，头上戴着旧宽边草帽，脚上穿着轻松便鞋，然后我会在两个钟头的工夫里去尽情尽兴地享受一番！首先，我用硬而有弹性的鬃毛刷子把两臂、胸膛和两肋全部刷了一遍，直到它们都发出了猩红的颜色，再在长流不息的溪间清水之中冲洗身体，过上那么几分钟逍遥自在的时光。然后，不时光着脚在旁边黑色的烂泥里走上几步，让两脚作一次滑溜溜的泥浴，又在水晶一般的清澈流水里轻轻地再涮它第二次，第三次，再用带香味的毛巾搓一搓，在太阳底下的青草地上慢慢腾腾、松松散散地来回溜达，偶尔也换个样儿歇一会儿，再用鬃毛刷子刷刷——有的时候，随身带上我那轻便椅子。从这儿挪到那儿，因为我在这儿活动的范围很广，几乎长达500米。我觉得很有把握，不会有生人闯进来，而且即使偶然有生人闯入，我也不会觉得有什么不好意思。

当我在草地上慢慢走着的时候，太阳射出的光线足以照出随我行动的身影。周围每一样东西，不知怎么，都变得和我浑然一体了。大自然是赤裸裸的，我也是赤裸裸的。大自然似乎太疏懒，太多抚慰，太愉悦恬静，让人无法琢磨揣测，然而我却认为我们和大地、阳光、大气、树木等等之间永远不会失去的内在亲睦和谐，这并不只是通过眼睛和悟性就能认清，而且是要通过整个的肉身体验才能认清的。我决不用带子将它遮住。在大自然中，正常、恬静的赤身露体啊！城市里可怜的、病态的、淫秽的人类啊，如果能再一次真正认识你该有多好啊！那么，难道赤身露体真是不道德的吗？从天生固有来说，不是。不道德的是你们的思想，你们的恐惧，你们的世故，你们的体面。我们的这种种衣服，不仅穿起来太麻烦，而且本身就不道德，难怪会让人满肚子不高兴了。诚然，也许他或者她对于在大自然中赤身露体那种自由随意、鼓舞兴奋的狂欢极乐，从来就不以为然，那么他或者她也就从来不会真正懂得，什么是纯洁——也不会真正懂得究竟信义或者艺术或者健康真正是什么。

我把我的部分康复，大都归功于前两个夏季中的许多这样的时刻。也许有些善良的人认为那是一个人消磨时光和思考问题的一种轻浮无聊或者半带疯狂的方式。也许是那样吧。

自我尊敬

——［美国］爱因·兰德

人们需要自我尊敬，
他们需要对自己的能力和价值有充分的信心。

为了追求并获得生命所需的价值，进而成功地与真实世界打交道人们需要自我尊敬，他们需要对自己的能力和价值有充分的信心。

与自我尊敬相对立的是焦虑和犯罪感，并且是心理疾病的症状，它们使人价值丧失、思维分裂和行动麻木不仁。

只有当一个自我尊敬的人选择了他的价值，确立了他的目标，并且有一个长远的规划时，他才会有统一的行动。这就像一座通向未来的桥，生命将在这座由信念支撑的桥上通过，这种信念是一种思维、价值和判断的能力，也是人的价值。

这种信念不是特殊的知识、能力和技巧对真实世界的控制。它不依赖于某种特定的成功或失败。它反映了人与真实世界的基本关系，人们信念的基本能力和价值。它也反映了一种自信，也就是人在本质上或原则上对世界的权利。

自我尊敬是一种形而上学的评价，具有传统道德的人是不可能接受它的。他们的自我牺牲和神秘主义信条都不可能使人达到心理健康或自我尊敬。这些信条是心理论和存在论的自我毁灭。维持自我生命和达到自我尊敬，要求人们完全运用理智，而道德传统却要求人们具有完全信赖于一种教条的信仰，而这种信仰是不具备感官事实和理性证据的。

一个人自己判断的标准只有两条，要么是理性，要么是他的感觉。所谓神秘主义者就是以自己的感觉为认识工具的人，在这种人的心目中感觉与知识的方程式等同。

为了达到所谓信仰的“德性”，自我牺牲的信条驱使人们放弃自我的观察和判断，过着无法使自己的生活感受成为他人知识一部分的非理智的生活，并使自己陷入假想之中。由此，人们必须压抑自己的批判性思维，并把它看成是罪恶的，人们必须限制由此不断产生的任何问题。

所有人类的知识和概念都是一个有等级秩序的结构。人类思维的基础和出发点是人的感官知觉。只有在这个基础上人们才能形成最初的概念，然后通过确认和整理更大范围内的新概念构造知识大厦。

老 人

——［俄国］屠格涅夫

在百感交集的心灵深处，
你往日可以理解的生活会重现在你的眼前，
为你闪耀着光辉，发出自己的芬芳，
依然饱孕着新绿和春天的明媚与力量。

黑暗、沉重的日子来到了……

你自己的疾病，亲人们的苦痛，老年的凄凉和悲哀……你所钟爱过的一切，你曾献身过的一切都一去不复返了，都消失和毁灭了。你走的是一条下坡路。

怎么办呢？悲伤？哀悼？你这样做对你自己，对别人都无所帮助。

在弯曲的正在枯萎的树上，叶子零落、稀疏了，但它还是一样翠绿。

那么，你感到憋闷时请追溯往事，回到自己的记忆中去吧。在那儿，深深地，深深地，在百感交集的心灵深处，你往日可以理解的生活会重现在你的眼前，为你闪耀着光辉，发出自己的芬芳，依然饱孕着新绿和春天的明媚与力量。

但你得小心……可不要朝前看啊，可怜的老人！

火　光

——［俄国］柯罗连科

黑夜火光的特点是驱散黑暗，
闪闪发亮，近在眼前，令人神往。

很久以前的一个漆黑的秋夜，我泛舟在西伯利亚一条阴森森的河道。船到一个转弯处，一星火光在前面黑漆漆的山峰下迅速地一闪。

火光又明又亮，好像就在眼前……

“好啦，谢天谢地！”我高兴地说，“马上就到过夜的地方啦？”

船夫扭头朝身后的火光望了一眼，又不以为然地划起桨来。

“远着呢？”

我不相信他的话，因为火光冲破浓浓的夜色，明明在那儿闪烁。不过船夫是对的，火光的确还远着呢。

这些黑夜的火光的特点是驱散黑暗，闪闪发亮，近在眼前，令人神往。乍一看，再划几下就到了……其实却遥不可及。

我们在漆黑如墨的河上又划了很久。一个个峡谷和悬崖迎面驶来，又向后退去，仿佛消失在茫茫的远方，而火光却依然停在前头，闪闪发亮，令人神往——依然是这么近，又依然是那么远……

现在，无论是这条被悬崖峭壁的阴影笼罩的漆黑的河流，还是那一星明亮的火光都时常在我的脑海中浮现，在这以前和在这以后曾有许多火光似乎近在咫尺，不只使我一人心驰神往。可是生活之河却仍然在那阴森森的两岸之间流淌着，而火光也依旧非常遥远。因此，必须加劲划桨……

然而，火光啊……毕竟……毕竟就在前头……

界限和希望

——［前苏联］邦达列夫

"最后的"——这也是一种界限，
超越了这个界限必然会出现我们所不了解的一个新的开端
——这就是新的大地、新的希望、新的篇章。

长久以来，我一直在寻找一个词，它具有某种忧郁的、离别的、不祥的意义，它完善地表达某种含义、某种状态、动作、欢悦、爱情，以及整个生命。

莫非这个词就是"最后的"？比如，最后的时刻；最后一个晚上；地球上最后一个居民；最后一次爱情；最后的一页。

看到这个词，就会使人感受到干燥和大风呼啸的秋日，使人想到山坡上金黄色的田野；小树林中白杨在秋风摇撼下的喧哗；路边微微抖动的红叶的细语；使人想到远处高岗上独处于旷野和落日寒晖中的那孤单得令人忧伤的破败教堂；暮秋时节，寒鸦在杂草丛生的屋顶上的哀鸣，堤边那寒冷的、淡蓝色的池塘上的阴暗景象……

这个词中蕴含的意义很深，有离别，有幻灭，有悄然远去的脚步，有夜间疼痛的叫喊，有陌生人在深渊中的失踪，有忽然得知自己末日临近、死期难逃的人的孤苦，有孑然独处、面对命运时极度的空虚，所有这些都是当人们产生"最后的"这种感觉时的一种感情，而这种感情与难舍难分的爱情之苦、与未能满足的功名欲望、与妒忌所产生的苦恼以及短暂的人生中一切其他的苦难都不可同日而语。

但与此同时"最后的"——这也是一种界限，超越了这个界限必然会出现我们所不了解的一个新的开端——这就是新的大地、新的希望、新的篇章。

论逆境

——［英国］培　根

一切幸福都充满慰藉与希望，
而一切逆境也都充满忧虑和烦恼，
然而现实却绝非如此。

“一帆风顺固然令人羡慕，但逆水行舟则更令人钦佩。”这是塞涅卡效仿斯多葛派哲学讲出的一句名言。确实如此。如果说奇迹就是超乎寻常，那么它常常显现的则是在对逆境的征服中。塞涅卡还说过一句更深刻的格言：“真正的伟大，即在于以脆弱的凡人之躯而具有神性的不可战胜。”这是宛如诗句的妙语，意味深长。

在古代诗人们的神话中曾有这样的描写：当赫克里斯去解救盗火种给人类的英雄普罗米修斯的时候，他是坐着一个瓦罐漂渡重洋的。这个故事其实象征这样一个情景，人生犹如波涛翻滚的海洋，而每一个基督徒正以血肉之躯的孤舟横渡它。

面对幸运所需要的美德是节制，而面对逆境所需要的美德是坚韧，从道德修养方面讲后者比前者更为难能。所以《圣经》之《旧约》把顺境看作神的赐福，而《新约》则把逆境看作神的恩惠。因为上帝正是在逆境中才会给人以更深的恩惠和更直接的启示。

在《旧约》诗篇中大卫的竖琴美妙乐音中，你所听到的那并非仅是颂歌还伴随有同样多的苦难哀音，而圣灵对约伯所受苦难的记载远比对所罗门财富的刻画要更动人。

一切幸福都充满慰藉与希望，而一切逆境也都充满忧虑和烦恼，然而现实却绝非如此。

以暗淡的背景衬托明丽图案的刺绣才是最美好的，而绝不是以暗淡的花朵镶嵌于明丽的背景上。让我们从这种美景中去汲取启示吧！

正如恶劣的品质会在幸福而无节制中被显露一样，最美好的品质即使在逆境中也会放出灿烂的光辉。

心灵的气质

——［英国］休　谟

品德善良是最幸福的心灵气质。

如果一个人能够深切地了解荣誉和美德的意义，而且情欲适中，他的举止就总能合乎道德规范。即使他不小心违背了这些规范，回头也很容易。反之，如果一个人生来就在心灵结构上别扭乖张，或生性冥顽不化，对美德和人性无动于衷，麻木不仁，对他人没有同情心，也不想得到人家的评价和赞扬，这样的人必定是完全不可救药的，哲学也会对他束手无策的。这种人只会满足于卑贱的色欲，沉溺在恶劣的情欲之中；他不会忏悔和抑制自己的罪恶倾向；他甚至没有意识到自己需要有一个较好的品质，也没有产生这一意识的必要。

对这样的人我不知道怎么同他说话，也不知道是否存着改造他的道理。

品德善良是最幸福的心灵气质。也就是说，它能引导我们行动和工作，使我们在同别人交际时通情达理，在遭受命运打击时有钢铁般的意志，使各种感情趋于适中，使我们自己心安理得，把社会和交际的愉快看得高于感官的愉快。

言至于此，即使最粗心大意的人也肯定明白了，并非心灵的所有气质都同样有利于得到幸福，某种情欲或脾气也许是非常可爱的，而另一种也许是很让人讨厌的。的确，生活状况的全部区别不在于物质而是依赖于心灵。任何一件事，就它本身来说都无所谓哪个更能使人幸福。好和坏，包括自然和道德，都完全是相对于人的感受和情感而言的。那么只要人们能改变自己的感情，没有人会永远不幸。

活着的死亡

——［英国］劳伦斯

如果一个人能够理解活着的死亡，
那么，他就是一个处在创造核心中的人。

世界上有很多活着的人其实都已经死了，生活对他们来说已没有鲜花盛开这类事了。他们像腐生植物一样，生活在旧时死亡的躯体中。他们是寄生虫，生活在旧时衰落的国家里。而另外一些其他人只不过是一些杂质、混杂物罢了。

这些日子里，有不少人靠死的冲动来到这个世界里，结果发现死的冲动并不足以带领他们进入绝对。他们达到了物理生命的成熟期，然后就开始走下坡路。他们没有力量进一步走向黑暗。他们先天不足，出生后也只是随波逐流，根本不可能有第二次死亡。在他们还没有死亡之前，他们就已经筋疲力尽。因为随波逐流的洪水，是腐败、分解的洪水，所以他们的生命内部开始缓慢地腐烂。但他们仍处于这种洪水中，以至于他们变成那些大大的、不会开花的卷心菜。他们获得了叶子的葱郁和脂肪，然后他们内部发生了变化。由于缺乏有效的创造的冲动，他们陷入了严重的肥胖。就像我们的家畜、羊和猪一样，它们为生命而欢快地跳跃，仿佛它们将要达到纯粹的境地。然而，它们最终没有到达那种纯粹的境地。它们变肥了，它们生存的唯一理由就是为使自己变肥、变肥、再变肥。它们只在最初的时刻生存过那么一会儿，然后它们便无所事事，等待我们来吃掉它们。

有不少人，特别是生活在所谓衰败时期的那些人就是如同它们。他们有嘴有胃，有他们自己的可憎的意志。是的，他们同样有多产多育的子宫，并由此带来日益增加的机能不全。但是，他们没有勇气面对真正的死亡，他们缺少创造生命的冲动。他们就像田野里的羊群，用鼻子在地上嗅着，期待着能多吃一点。

就是这些人，他们无法理解生，更别说理解死。但他们却会机械地哀声哭诉生命和正义，这也许是他们挽回形象的唯一方式。在他们眼里，虚无是狡猾的暴政。他们根本不理解什么叫活着的死亡，因为死亡已经将他们包围。如果一个人能够理解活着的死亡，那么，他就是一个处在创造核心中的人。

创造的核心包含死亡，但活着的死亡却是被包围的。让死人去埋葬他们的尸体吧。让活着的死人去照顾死去的人吧。创造又与他们何干?

活死人的正义是一种可恶的虚无，他们犹如草地上的羊群，吃了又吃，只是为了增大这种活着的虚无。这些人是如此之多，他们的力量是如此巨大，他们好像是一群吸血鬼似的，榨尽了我们的生命之血。多亏有了老虎和屠夫，这使我们得以摆脱这些贪婪而具有否定力量的羊群的可怕暴政。

青年的成长

——［英国］罗　素

尽管我们听到的那些天才都是在战胜重重困难之后才获得成功的，但是这并不意味着许多天才不是在青年时期夭折消失的。

一个年轻人在选择自己的工作时，如果发现自己是那种与周围环境不相适应的人，只要有可能就应该努力选择一种能给他们寻找志同道合的伙伴提供机会的工作，哪怕这种选择会给自己的收入带来很大的损失。但可悲的是他们很少意识到这样做是可行的，因为他们对世界的了解非常偏狭，并且极易想象，他们在这里已经习惯了的这种偏见，全世界到处都有。在这方面年轻人应当向老年人多多求教，因为他们有着丰富的阅历。

在如今这个心理分析的时代，任何一个年轻人，他之所以与他的环境不相谐调，是因为某种程度的心理紊乱。我认为这完全是错误的，例如，有个相信达尔文的年轻人，他的父母认为进化论是邪恶的，在这种情况下使他失去父母同情的唯一原因只是知识问题。不错，一个人与环境不相和谐一致是不幸的，但是这种不幸并不一定值得花一切代价去加以避免。尤其是当这一环境充满了愚昧、偏见和残忍时，它的不和谐反而是一种优点。上述情况在某种程度上都会在几乎所有的环境中产生。伽利略和开普勒有过“危险的思想”，我们时代最有才华的人也是如此。以为社会意识应该变得如此强大，如此发展，以至于使得那些叛逆者对由他们的思想所激怒的社会普遍敌视态度表示恐惧是不可取的。这还不如找到一些方法，使这种敌视态度尽可能得到减弱，并在最大程度上失去其影响。

目前，这一问题主要存在于青年人那儿。如果一个人处在合适的职业和环境中，社会的迫害很可能不会降临到他身上。但是在他还年轻的时候，在他的优点还没有经过考验的时候，他往往处于那些无知者的掌握中。这些无知者自以为能够对那些一无所知的事情做出判断，但是，当他们知道一个年轻的小子竟然比自己这些阅历广泛、经验丰富的人懂的还要多时，不禁怒从心起。因此，许多年轻人在摆脱了这些无知者的独断专横之后，往往经过长期的艰苦抗争和精神压抑，这时他们会感到痛苦失望，精神大受挫折。有这样一种颇为轻松的说法“似乎天才注定会成功”，根据这种观点，外界环境对年轻人的能力的迫害仿佛不会造成多大的危害，但是竭尽全力也不能找出接受这种说法的理由。

这正如那种说杀人者必露马脚的观点一样，我们知道的所有杀人者都是已经被发现了的。但是谁知道到底还有多少杀人者没有被人发现？同样，尽管我们听到的那些天才都是在战胜重重困难之后才获得成功的，但是这并不意味着许多天才不是在青年时期夭折消失的。

致亨利·纳西

——［英国］夏洛蒂·勃朗特

靠诚实的劳动挣得的面包比不劳而获的面包更香甜；
而相亲相爱和家庭和睦乃是无价之宝。

一

1839 年 3 月 5 日

在复你的信之前，我本可以对你的信的内容作长时间的考虑，不过，我收到并读了你的信后，便立即作出了决策。你很清楚，我有许多理由感激你的一家，有特殊的理由至少对你的一位姐妹怀有深厚的感情，而且，我也非常敬重你——因此，当我告诉你，我不得不以断然的否定回答你的求婚时，请不要责备我动机不纯。我作出这个决定与其说是遵循我的意愿，勿宁说是遵循我的良心。与你结合我个人并无反感，但我确信我生来不属那种能使你这样的男人幸福的类型。我自幼养成了一个习惯，喜欢观察研究我所遇到的人们的性格，我想我了解你的性格，能够想象出哪种类型的女性适合做你的妻子。她的个性不应太突出，太热烈，太独特，她的脾性应是温顺柔婉的，她应该毋庸置疑地笃信宗教，她的情绪平稳而欢快，而且她应有相当动人的外貌，使你悦目并引以自豪。至于我，你并不了解我。我不是你设想的那样一个严肃、持重、头脑冷静的人；你会觉得我太罗曼蒂克，太怪诞；你会说我太爱挖苦人，专好吹毛求疵。不过我蔑视虚伪，我绝不会为了赢得结婚的荣耀和逃避做老姑娘的耻辱而嫁给一位我自认不能使他幸福的男子。在结束此信之前，让我对你的另一建议——关于在唐宁顿一带开办一所学校——向你深表谢意。你这样关心我，实出自一片好心。但事实是我现在不能着手实行这样一个计划，因我缺乏使其获得成功的资金。我欣喜地得知你已舒适地安居立业并大大增进了健康。我相信上帝会继续对你施以仁慈。我还要说我欣赏你信中表现的明智和毫不阿谀的态度。再见，我将永远乐意作为一个朋友收到你的信。

二

1839 年 10 月 28 日

……你猜对了，关于你暗示过的一件事，我听到了一点风声。这消息使我高兴，特别是因为我敢断定你所关注的对象是一位可敬的女子。你采取这一步骤，想必会被你众多的亲友视为不够慎重。因为这位小姐所拥有的诸多长处，不包括财产这一长处。就我来说我必须承认，我因此更尊敬你，因为你不追求财富，假若对方有坚强的心灵、坚定的原则和温柔的性情来弥补缺少财富这种万能吸引力之不足。给丈夫带来财富的妻子，往往也带来自命不凡的意念，并且力争她自认为属于她的权利，这些都不利于婚后生活的幸福。她很可能想要控制，尽管天性和感情都要求她顺从。在这种情况下，我想日子是不会过得舒心的。

从另一方面来说，也必须考虑到当两个没有钱的人结婚时，就应该具有道德上的勇气和体力上的勤勉来弥补这种欠缺——他们要有蔑视仰人鼻息的精神，忍受贫困的耐心，以及为谋生而辛勤劳动的精力。如果具备这些品质，我想，上帝赐福，这一对以心相许而结合的人就有权期望取得成功，获得一份不算过奢的幸福，尽管他们也许距世俗的深谋远虑的训诂稍远。靠诚实的劳动挣得的面包比不劳而获的面包更香甜；而相亲相爱和家庭和睦乃是无价之宝。

前不久我和埃伦同游，玩得非常痛快。这样的快乐很少来到我的跟前。我不打算告诉你我对海的观感，因为那样我就会陷入我那屡犯的狂热病。不过我可以说，海的辉煌壮丽、变化万千、汹涌澎湃，它那无休无止的涛声，构成了一个使人思念不已的题目，无论于眼、于耳、于心，都永不会厌倦。

英雄崇拜

——［英国］卡莱尔

一个独立、自主、诚信的人，
他一定是一个崇尚真理的人。

一个独立、自主、诚信的人，他一定是一个崇尚真理的人。他只会倾向于和觉得有必要怀疑别人的僵死公式、传闻和谎言，并且非要怀疑不可。这种人是睁开双眼拥抱真理的。他之所以能够拥抱真理，原因是他睁开了眼睛，如果他不得不闭上双眼，他还能爱他那真理的大师吗？只要怀有一颗无限感激和真正忠诚的心灵，他就会爱戴那位从黑暗中给他送来光明的英雄大师。这不就是人人见到都叩拜的真英雄吗？虚伪是我们在这个世界中的共同敌人，它也要匍匐拜倒于他的勇敢之下。正是他为我们征服了世界！这样说来，路德不就是被当做一位真正的教皇或精神圣父而备受尊崇吗？拿破仑不就是在激进共和主义者声势浩大的造反中当上了皇帝吗？

英雄崇拜从没有驱赶过，而且也不可能被驱赶。在这个世界上，忠诚与统治都是永恒的——它们不是基于外表和虚伪之上，而是建立在真实和真诚的基础之上。不是要你们闭上眼睛自动放弃选择的权利，而是要你们睁开眼睛仔仔细细将事物分辨清楚。路德的福音是要废黜取消一切虚伪的教皇和君主，致力于迎接真正的新教皇和新君主，尽管他们起程的时间还很遥远。

因此，我们应该把所有的自由、平等、选举权、独立等等都看做是一种暂时的现象，决非是最终的结果。哪怕这种现象迟迟不退，哪怕给我们带来烦恼和困惑，我们都必须欢迎它，将它看做是对以往种种罪恶的惩罚，看做是即将到来的无可估量的利益的先兆。无论在哪一方面，人们都应该放弃幻影返回到事实，不管代价多大都应坚持做到底。有骗人的教皇和没有自我裁决能力的信徒存在，装模作样的骗子统治了那些傻子，我们又能有何作为？只剩下了痛苦与奸诈。

你不能够用钱将虚伪的人们连在一起，没有测锤和水平尺相辅量出直角，你就不能够建起一座大厦。在以新教为先河的一切暴烈的革命运动中，我看到有一种最神圣的结果正在酝酿：不是要废止英雄崇拜，恰恰相反是要建成一个完整的英雄世界。只要报以真诚就能成为英雄，那么，我们又何乐而不为呢？那将是一个完全真诚的世界，一个有信仰的世界，这样的世界过去有过，现在又将重新来临，不可阻挡地来临。那才是真正的英雄崇拜者，他们全都是真和善的，世界上绝不会再有比得到他们的尊敬更高的荣誉了。

雏　菊

——［法国］雨　果

对善于观察的人，
最渺小的事物往往就是最重大的事物。

前几天我经过文宪路，一座联结两处六层高楼的木栅栏引起我的注意。它投影在路面上，透过拼合得不严紧的木板，阳光在影上划线，吸引人的平行金色条纹，像文艺复兴时期美丽的黑缎上所见的。我走近前去，从板缝向里看。

这座栅栏今天所围住的是两年前，即 1839 年 6 月被焚毁的滑稽歌舞剧院的场地。

午饭后两点，烈日炎炎，路上空无人迹。

一扇灰色的门，大概是单扇门，两边隆起中间塌下，还带着洛可可式的装饰，可能是百年前爱俏的年轻女子的闺门，正安装在栅栏上。我稍稍提起，插栓门就开了。我走了进去。

这可真是一片废墟。满地泥灰，到处是曾经加过粗工的大石块，被遗弃在那里。石块苍白如墓碑散发出阵阵霉气。场里没有人，邻近的房屋墙上留有明显的火焰与浓烟的痕迹。

可是，这块土地，火灾以后已遭受两个春天的连续毁坏，在它的梯形的一隅，在一块正在变绿的巨石下面，延伸着埋葬虫与蜈蚣的地下室。巨石后面的阴暗处，长出了一些小草。

我坐在石上俯视这些小草。

天啊！就在那里长出一棵世界上最美丽的小小的雏菊，一个可爱的小小的飞虫绕着雏菊娇艳地来回飞舞。

这朵草花安静地生长，并遵循大自然的美好的规律，在泥土中，在巴黎中心，在两条街道之间，离王宫广场两步，离骑兵竞技场四步，在行人、店铺、出租马车、公共马车和国王的四轮华丽马车之间，这朵花，这朵临近街道的田野之花激起我无穷无尽的遐想。

十年前，谁能预见日后有一天在那里会长出一朵雏菊呢？

如果说在这原址上，如像旁边的地面上，从没有别的什么，只有许多房屋，就是说房产业主，房客和看门人，以及夜晚临睡前小心翼翼地灭烛的居民，那么，在这里绝对不会长出田野的花。

这朵花凝结了多少事物，多少失败和成功的演出，多少破产的人家，多少意外的事故，多少奇遇，多少突然降临的灾难！对于每晚被吸引到这里来生活的我们这班人，如果两年前眼中出现这朵花，这帮人骇然会把它当作幽灵。命运是作弄人的迷宫，多少神秘的安排，归根结底终于化为这洁光四射的悦目的小小黄太阳！

必须先要有一座剧院和一场火灾，即一个城市的欢乐和一个城市的恐怖，一个是人类最优美的发明，一个是最可怕的天灾，三十年的狂笑和三十小时的滚滚火焰，才生长出这朵雏菊，赢得这飞虫的喜悦！

对善于观察的人，最渺小的事物往往就是最重大的事物。

傻　气

——［法国］乔治·桑

丑陋引起偏见，美貌同样如此。
人们对闪光的外表抱着太多的期待，而对很丑的外表怀有过多的疑虑。
最好有一张既不令人眩目也不令人惊恐的端端正正的面孔。

我体格健全，而且在孩提时代就显出我要长成一个美人，但结果却出人意料。其中也许有我的过错，因为在那风华正茂的年月，我彻夜攻读和写作。我的双亲都生得一表人才，我这个女儿本来不该退化的。我那把容貌看得重于一切的母亲因而对我诸多责备。我从来不注意修饰外表。因为我有洁癖，所以更不愿意涂脂抹粉。

为了保护一双明眸而舍弃工作，当美好的太阳吸引你时你却躲避阳光；由于担心足背变形而不敢穿木鞋；为保护手的细腻、白嫩而终日戴上手套；在一切要求我们不辞劳苦的时候却养尊处优。总之，为了在垂暮之年来到之前不使皮肤晒黑、皱裂，为了保持容颜而把自己禁锢在钟形罩下，这是我永远无法办到的。和我母亲相比，我祖母更是有过之而无不及。她那有关帽子和手套的唠叨成了我儿时莫大的烦恼。虽然我无意反叛，但强制从来不能使我屈从。我的鲜艳是短暂的，而美貌却与我无缘。虽然我五官端正，可是我从未想过赋予我的面孔以最轻微的表情。我几乎在摇篮中就养成了这个我自己也无法解释的习惯，因此我很小就显得“傻里傻气”。我直截了当用这个词，因为在我整个一生中，在孩童时代，在女修院里，在家庭成员之间，他们就是这样认为的，这是事实。

我年轻时与常人没什么两样，有头发、有眼睛、有牙齿，没有任何缺陷，既不丑也不美。依我看，这有一个好处：丑陋引起偏见，美貌同样如此。人们对闪光的外表抱着太多的期待，而对很丑的外表怀有过多的疑虑。最好有一张既不令人眩目也不令人惊恐的端端正正的面孔，所以我同我两性的友人都相处融洽。

维纳斯像

——［法国］梅里美

当我仔细而努力地注视这尊令人赞叹的雕像时，
我非常具有想和她交谈的欲望。
可她毕竟没有生命，所以，我不由得有些心酸。

你见过维纳斯像吗？她的确是美丽得不可思议。她的上半身裸露，古代人塑造的所有伟大天神就是这个样子的：右手放到胸前，掌心向里，拇指、中指和食指伸直，无名指和小指稍稍弯曲。另一只手接近腰部，挽住遮盖着下身的衣衫。这尊雕像的姿势和猜拳者的姿势略同，我不明白为什么人家管这种猜拳者叫热马尼居斯。也许这尊雕像中的女神本来就在玩猜拳游戏吧。

不论如何，没有什么雕像敢与这尊维纳斯的躯体相提并论的。她的轮廓柔和、诱人，无与伦比；她的衣衫时髦、高贵，世界上找不出第二件来。我原来以为是东罗马帝国时代的作品，其实是我看到了雕像最盛时期的一件杰作。最使我惊异的是形体非常细致真实，简直使人以为是按照真人模拟的，但是大自然却又找不出同她一模一样的模特儿。

她的头发向额上集拢，也许当初曾镀过黄金。

同几乎所有的希腊雕像一样，她的头小巧玲珑，微微向前倾。至于她那美丽的面容以及她独特的表情，也许是我所无法描写的，它的类型也同我能想起的任何古代雕像的脸型不同。它的美不是静止和严肃的美，像希腊雕刻家们有意要使所有的线条都带上一种庄重的静止一样。这个雕像恰恰相反，我惊异地发觉雕刻家显然有意地在雕像的脸上刻画出一种凶恶的狡诈。所有线条都稍稍蹩皱，眼睛略斜，嘴角微翘，鼻翼稍稍鼓起。这个美丽得令人难以置信的脸庞，却流露出轻蔑、嘲讽和残暴。说实话，当我仔细而努力地注视这尊令人赞叹的雕像时，我非常具有想和她交谈的欲望。可她毕竟没有生命，所以，我不由得有些心酸。

回　忆

——［法国］罗曼·曼兰

在那往昔的经历中，纵有名邑大川、梦中风光，
纵有恋人倩影，
却怎么也比不上童年漫步时留在幼小的心灵上的感受深切。

在人生长河中，无尽的岁月不断催促着回忆的岛屿浮起。最初是一些隐隐约约的小岛——露出于水面之上的几块零星的岩石。随后，又有新的岛屿开始在阳光下闪耀。茫茫时日，它在伟大而单调的摆动中沉浮回转，令人难以辨认，但渐渐地终于显出一连串时而喜悦时而忧伤的首尾相衔的岁月，虽然会时而中断，但无数往事仍能紧紧连接在一起。

亲切的容貌，宛如谐音悠悠的旋律，都成为甜蜜的回忆，在他的心头不时徘徊，而在那往昔的经历中，纵有名邑大川、梦中风光，纵有恋人倩影，却怎么也比不上童年漫步时留在幼小的心灵上的感受深切，也比不上在冰冷的窗前用小嘴嘘满水汽、透过玻璃所看到的一角庭院那样叫人难忘。

论灵魂不朽

——［法国］帕斯卡

我们全部的行为和思想都要随究竟有没有永恒的福祉
可希望这件事为转移而采取如此之不同的途径，
我们的行为及观念也要通过成为我们最终目标的观点来调节，
否则我们就不可能具有意义和判断而向前迈进。

无论从哪一方面来讲，灵魂不朽对我们的作用都是重要深远的，因此若是对于了解它究竟是怎么回事竟然漠不关心的话，那就必定是冥顽不灵了。我们全部的行为和思想都要随究竟有没有永恒的福祉可希望这件事为转移而采取如此之不同的途径，我们的行为及观念也要通过成为我们最终目标的观点来调节，否则我们就不可能具有意义和判断而向前迈进。

因此，阐明我们的行为所依据的主题就要通过我们的兴趣和义务来完成。而这就正是何以我要在那些没有被说服的人们中间划出一种极大的区别的原因，我要将那些竭尽全力在努力求知的人和那些不学无术、思想麻痹而生活下去的人区别开来。

对于那些怀疑这一观点而为之叹息的人，我对他们的行为感到惋惜，他们把它视为最终的不幸，并且不惜一切以求摆脱它；他们把这场寻求当作是他们最主要的而又最严肃的事业。

然而思想麻痹、不思人生的人，他们仅仅由于不能在他们自己身上发现那种可以说服他们的光明，便不肯再到别的地方去寻求，他们不肯从根本上去考察这种意见是不是人们出于单纯的轻信而加以接受的一种意见，抑或是尽管它们本身幽晦难明，然而却具有非常之坚固的、不可动摇的基础的一种意见。对于他们，我的态度完全不同，思考方式也有所改变。

对于涉及他们的各方面的事情，采取这种粗疏无知的态度，这使我恼怒更甚于使我怜悯。它使我惊异，在我看来它就是恶魔。我这样说的目的并不是出于信仰上的虔诚。反之，我是说我们应该出于一种人世利益的原则与一种自爱的利益而具有这种感情。关于这一点，我们只消看一看最糊涂的人都能看到的东西。

要理解这种观点不需要有特别高明的灵魂。这里根本就不会有什么真正而牢靠的心满意足，我们全部的欢乐都不过是虚幻，我们的苦难是无穷无尽的，而且最后还有那无时无刻不在威胁着我们的死亡，它会准确地、毫不犹豫地将我们置于那种不是永远消灾就是永远不幸的可怕境地。

没有什么比这更真实而又比这更恐怖的事情了。纵使我们能做到像我们所想象的那样英勇，然而在等待着世上最美妙的生命的归宿却是如此。在充分地思考整件事后，我们要说：在这个生命中除了希望着另一个生命而外就再没有任何别的美好，我们只是随着我们之接近于幸福才幸福，而且正如对于那些对永生有着完全保证的人就不会再有不幸一样，对于那些对永生没有任何知识的人也就绝不会有幸福可言，这些不都是勿庸置疑的吗？

我们得到的结论是：持怀疑观点是错误的，可是当我们处于这种怀疑状态的时候，至少进行寻求却是一桩不可缺少的义务，所以那种既有怀疑而又不去寻求的人，就十足地既是非常不幸而又是非常不义的了。假如他对他的观点确信无疑，公然以此自命，并且甚至引以为荣，假如成为他的快乐和他的虚荣的主题的就是这种状态本身，那么我对这种肆无忌惮的生物无话可说。

我们怎么可能怀有这种感情呢？除了无从解脱的悲惨而外就不能期待别的，这里面又能有什么快乐可言呢？眼看自己处于无法钻透的蒙昧之中，又有什么虚荣可言呢？如下的这种推理是怎么可能发生在一个有理智的人的身上的呢？

“我不知道是谁把我安置到世界上来的，也不知道世界是什么，我自己又是什么？我对一切事物都几乎一无所知。我不知道我的身体是什么，我的感官是什么，我的灵魂是什么，以及甚至于我自己的那一部分是什么——那一部分在思想着我所说的话，它对一切、也对它自身进行思考，而它对自身之不了解几乎等同于对其他事物。我看到整个宇宙的恐怖的空间包围了我，我发现自己被附着在那个广漠无垠的领域的一角，而我又不知道我被安置在这一地点的理由，也不知道何以使我得以生存的这一小点时间要把我固定在这一点上，而不是在先我而往的全部永恒与继我而来的全部永恒中的另一点上。我看见的只是各个方面的无穷，它把我包围得像个原子，又像昙花一现那样稍纵即逝。我所明了的全部，就是我很快就会死亡，然而我所谓最无知的又正是这种我所无法逃避的死亡本身。

“正像我不知道我从何而来，我同样也不知道我该去向何处，我仅仅知道在离开这个世界时，我就要永远地归于乌有，或是落到一位愤怒的上帝的手里，我并不知道这两种状况哪一种应该是我永恒的成分。这就是我的情形，脆弱和不确定的状态。由这一切，我得出结论：我应该不再梦想去探求将会降临我头上的事情而度过我一生全部的日子。也许我会在我的怀疑中找到迷失的方向，但是我不肯费那种气力，也不肯迈出一步去寻求它，然后，在满怀鄙视地看待那些究心于此的人们的同时，我愿意既不要预见也没有恐惧地去碰碰这样一件大事，并让自己在对自己未来情况的永恒性无从确定的情形之下，愤慨地被引向死亡。”

谁愿与这样讲话的人接近呢？谁会从人群中间挑出他来，好向他倾谈自己的事情呢？谁会在自己的苦痛之中求助于他呢？而且最后，我们又能指望他的一生有什么用处呢？

时　　髦

——［法国］蒙泰朗

没有什么是比思想更具有个人特点的了，
也没有任何两种思想是相同的，犹如没有两个指纹是相同的一样。

对于法国人，许多名人都有各自不同的看法。如诗人拜伦曾对一个法国人这样说：“你们法国人，干什么事都是赶时髦。你们自以为喜欢我的诗，可是25年后，你们就会觉得这样的诗令人难以容忍。”后来这样的事果然发生了。卢梭曾描述法国人说：“这个善于模仿的民族中大概有许多稀奇古怪的事。这些事简直让人不可思议，因为谁也不敢去做。随大流是当地表示谨慎稳重时的至理名言。这个能做，那个不能做，这是最高的决定。……所有的人都在同样情况下，同时在那里做同样的事情。一切都是有节奏的，就像军队在战斗中的动作一样。你可以说这是钉在同一块木板上，或是被同一根线牵动的木偶人。”夏多布里昂也曾惊异于法国人，他说：“在法国，令人感到莫名其妙的是，如果有人听见别人对他的邻居高喊当心传染病，他就会大叫可要了我的命啦！”

以上的这些行为，人们还以为自己是思考过的，并且是以新的方式思考的。更有甚者，人们还以为自己已付诸行动。奇怪的是，我们法国人似乎很容易忘记自己的话语，也许昨天还高谈阔论的东西，今天就不闻不问了。说起某种生活方式，不论是美妇倩女还是文人学者，动辄斩钉截铁地宣称它已经“过时”，不屑一顾。孰不知正是这种生活方式养育了他，让他得到了现有的一切。至于青年人，在他们一生的这个关键时期，都有一种特殊的病态：凡是在他们之前已经发明创造过的东西，他们都要拿过来重新发明创造一番。

精神和道德的风尚通常都是经过各方面共同酝酿创造出来的，就像妇女的时装一样，完全是由时装行业在确定的日期制造出来的。另外，制造精神和道德风尚的地方还很多，如宫廷、集团、报纸、甚至政府等等。民众随着一拥而入：他们的千年梦想就是与他人共同“思考”。可是，没有什么是比思想更具有个人特点的了，也没有任何两种思想是相同的，犹如没有两个指纹是相同的一样。民众的疯狂只是一时的，要不了多久他们就会主动退出来。

致缪塞

——［法国］乔治·桑

爱情是一个庙，
凡恋爱的人建筑这个庙作为一个多少值得他崇拜的对象。
而庙中美丽的东西，并不十分是神，而是神坛。

我的朋友，愿上帝制止你现在的精神和心理状态。爱情是一个庙，凡恋爱的人建筑这个庙作为一个多少值得他崇拜的对象。而庙中美丽的东西，并不十分是神，而是神坛。你为什么要怕重新来试行这一着呢？无论神像是久已竖起，或即刻会跌成粉碎，然你总算已经建了一个美丽的庙。你的心灵将住在庙中，内中并且将充满敬神的香烟，而一个像你的心灵一样的心灵必定创造伟大的工作。神也许有变迁，但当你自身存在的时候，这个庙是会存在的。它是一个庄严的避难所，你可以在敬神的香烟中把你的心锻炼得结结实实，这颗心是十分丰富而有力，当神丧失了根基的时候，此心即可重新更换一个神。你以为一种恋爱或两种恋爱足以使一种强健的心灵精疲力竭么？我也早已相信这一点，但我现在才知道情形恰恰相反。这是一种火，它总是要努力燃烧起来，并且通明透亮的。这也许是一个人整个的生命中一种可怕的、庄严的、和忍耐的工作。这是一顶有刺的花冠，当一个人的头发开始苍白的时候，这花冠便扬苞吐蕊，现出玫瑰花来了。上帝也许是要把我们的痛苦与勤劳和我们的道德力比较一下，有一个时候是我们休息的日子，是我们对于过去的劳苦自鸣得意的日子。失望的眼泪快乐的歌咏，哪一个是这两个心灵生活的时期中最美丽的呢？也许是第一个吧。我是进到第二个时期，然我觉得和梦幻一样；可是第一个时期是上帝所爱的是上帝所庇护的，因为那些经过此时期的人是需要上帝帮助的。这个时期的结果是最活泼的感觉和最热烈的诗歌。这是一条羊肠鸟道的山路，充满了危险与困难。然这条路是向着巍巍的高处走的，它总是俯瞰无气力的人们所息栖的单调而低下的世界。

荣誉与快乐

——［德国］黑格尔

因为荣誉总被认为是本身自足的善，
是一切行为所趋赴的最后目的，
所以人心陷溺于荣誉的追求也就显得特别强烈。

因为荣誉总被认为是本身自足的善，是一切行为所趋赴的最后目的，所以人心陷溺于荣誉的追求也就显得特别强烈。而我们获得荣誉与财富，不像获得感官快乐那样立刻就有相伴而来的悔恨和苦恼。与之相反，荣誉、财富只会加强我们想要增加荣誉、财富的欲望。但是当一个人的希望破灭感到沮丧时，极大的苦恼便开始困饶身心。

如果荣誉还妄想掩饰迷乱的大灾大难时的心情，那么就一定能真实地感受到这种不可避免的命运所引起的苦痛，如果他当时立即用哀号来发泄他的恐怖、苦痛和绝望，使自己感到舒畅一点，那么，他就会是一个庸俗的人。

一个坚强高尚的心灵也能忍受哀怨和苦痛，即使在深刻地意识到自己的苦痛之时，保持住自由，也还能在隔得很远的东西上用心思，用这些遥远的东西来把自己的命运表现于意象。

树　木

——［德国］黑　塞

树木是圣物。

谁能同它们交谈，谁能倾听它们的语言，谁就获悉真理。

它们不宣讲学说，它们不注意细枝末节，只宣讲生命的原始法则。

树木对我来说，曾经一直是言词最恳切感人的传教士。当它们结成部落和家庭，形成森林和树丛而生活时，我尊敬它们。当它们只身独立时，我更尊敬它们。它们好似孤独者。它们不像由于某种弱点而遁世的隐士，而像伟大而落落寡合的人们，如贝多芬和尼采。世界在它们的树梢上喧嚣，它们的根深扎在无限之中；唯独它们不会在其中消失，而是以它们全部的生命力去追求成为独一无二：实现它们自己的、寓于它们之中的法则，充实它们自己的形象，并表现自己。再没有比一棵美的、粗大的树更神圣、更堪称楷模的了。当一棵树被锯倒并把它的赤裸裸的致死的伤口暴露在阳光下时，你就可以在它的墓碑上，在它的树桩的浅色圆截面上读到它的完整的历史。在年轮和各种畸形上，忠实地记录了所有的争斗，所有的苦痛，所有的疾病，所有的幸福与繁荣，瘦削的年头，茂盛的岁月，经受过的打击，被挺过去的风暴。每一个农家少年都知道，最坚硬、最贵重的木材年轮最密，在高山上，在不断遭遇险情的条件下，会生长出最坚不可摧、最粗壮有力、最堪称楷模的树干。

树木是圣物。谁能同它们交谈，谁能倾听它们的语言，谁就获悉真理。它们不宣讲学说，它们不注意细枝末节，只宣讲生命的原始法则。

一棵树说：在我身上隐藏着一个核心，一个火花，一个念头，我是来自永恒生命的生命。永恒的母亲只生我一次，这是一次性的尝试，我的形态和我的肌肤上的脉络是一次性的，我的树梢上叶子的最微小的动静，我的树干上最微小的疤痕，都是一次性的。我的职责是赋予永恒以显著的一次性的形态，并从这形态中显示永恒。

一棵树说：我的力量是信任。我对我的父亲们一无所知，我对每年从我身上产生的成千上万的孩子们也一无所知。我一生就只为这传种的秘密，我再无别的操心事。我相信上帝在我心中。我相信我的使命是神圣的。出于这种信任我活着。

当我们不幸的时候，不再能好生忍受这生活的时候，一棵树会同我们说：平静，平静，瞧着我！生活不容易，生活不艰苦。这是孩子的想法。让你心中的上帝说话，它们就会缄默。你害怕，因为你走的路引你离开了母亲和家乡。但是，每一步、每一日，都引你重新向母亲走去。家乡不是在这里或者那里。家乡在你心中，或者说无处是家乡。

当我倾听在晚风中沙沙作响的树木时，对流浪的眷念撕着我的心。你如果静静地、久久地倾听，对流浪的眷念也会显示出它的核心和含义。它不是从表面上看去那样，是一种要逃离痛苦的愿望。它是对家乡的思念，对母亲、对新的生活的譬喻的思念。它领你回家。每条道路都是回家的路，每一步都是诞生，每一步都是死亡，每一座坟墓都是母亲。

当我们对具有自己这种孩子的想法感到恐惧时，晚间的树就这样沙沙作响。树木有长久的想法，呼吸深长的、宁静的想法，正如它们有着比我们更长的生命。只要我们不去听它们说话，它们就比我们更有智慧。但是，如果我们一旦学会倾听树木讲话，那末，恰恰是我们的想法的短促、敏捷和孩子似的匆忙，赢得了无可比拟的欢欣。谁学会了倾听树木讲话，谁就不再想成为一棵树。除了他自身以外，他别无所求。他自身就是家乡，就是幸福。

男儿自强不息

——［日本］松下幸之助

生活中自有无数的道路和无限的目标可供选择，对人类来说，
最重要的莫过于凡事不畏艰难，
抱定事在人为的决心，以热情和诚意全力以赴。

在不久以前人类到月球探险还只是人类的梦想而已，但在科学家们的努力下这个昔日理想终于变成了事实。因此说，人类的智慧可以说是无穷尽的，也是永远不会衰竭的宝贵资源。

由此我们可以设想未来，即使今日看来最完善的事到了明天或者又会有新的方法和新道路可行。如果只是以得过且过的态度进行工作或生活，实在是令人忧心。

当事业稍有成就或者得到好处的时候，人们通常会耽于安逸，安于现状，故步自封，不想再求新向上，降低求知的热情。这正如逆水行舟，不进则退，终要被时代潮流所遗弃。因此我们要时常由内心生出警惕，激发求新的欲念，唤起求知进取的精神，这才是面对时代潮流应有的态度。

生活中自有无数的道路和无限的目标可供选择，对人类来说，最重要的莫过于凡事不畏艰难，抱定事在人为的决心，以热情和诚意全力以赴。说也奇怪，假使你能热心地专注于工作，就会不断有创造性的观念和做法产生。

永不停止

——［日本］池田大作

当你陷入不如意的境遇时，
要切记忍耐就等于勇敢。

失败就失败，不妨以青年直率的气度承认这一点，这样做才够漂亮。不承认自己的错误，而归咎于他人，那就太卑鄙了，你绝对不要这样做，只要冷静地分析这次失败的原因，失败就能变为成功之母。

当你陷入不如意的境遇之时，要切记忍耐就等于勇敢。天气有阴晴变幻，人生的海面上也有波涛起伏，有时还会碰到灾难，会陷入困苦，感到前途黯淡无光。这个时候，人们往往以为这种状况将永远持续下去了。但是，没有持续一年的雨天，前面必定有晴天在等待着。

陷入困苦境地的人，越是年轻越会感到焦虑，此时进行徒劳地挣扎，往往会越陷越深，使身心受到更大的伤害。如果再怎么努力也不能摆脱困苦，这时就要堂堂正正地忍耐，这一点请你们切记。人一旦受焦躁情绪的支配，就会乱发脾气，导致自我毁灭。因此人们要绝对避免焦躁，要耐心等待，困苦时光一定会过去的。

古今的勇士都深知真正的忍耐确实需要勇气，这是一种人生智慧。我希望你们是勇士，在该忍耐时善于忍耐。在毫无办法的困苦时期，只是可怕的错觉，事后回想起来，就会觉得这不过是暂时的一点挫折。

春　天

——［日本］川端康成

我梦中看到了一座美丽的山，布满了森林、繁花和嫩叶。
我梦中想道：这是故乡的山啊！
人世间哪里都找不到这样美丽的故乡。

每年春之将至，我必定做梦。

山间，原野，各种草木都在萌生，各种花卉都在竞放。树群的萌芽井然有序，嫩叶的色彩和形状因树而异。不消说，嫩叶的颜色不限于绿色，例如沿东海道春游，就可以看见远州路罗汉松的新芽和关原一带的柿树的嫩叶不限于绿……仅以红叶和枫树的嫩叶来说就已是千变万化的。还有许多我不知名的、小得几乎不显眼的野花。

我的确一度想写写自己亲眼仔细观察到的春天，写春天来到山野的草木丛中，于是我就观察山间林木的万枝千朵的花。然而，在我到处细心观察而未下笔的时候，春天的嫩叶和花却匆匆地起了变化，我便想来年再写吧。我每年照例要做这样的梦，也许我是个日本作家的缘故吧。而且我梦中看到了一座美丽的山，布满了森林、繁花和嫩叶。我梦中想道：这是故乡的山啊！人世间哪里都找不到这样美丽的故乡。

大 河

——［日本］德富芦花

子在川上曰："逝者如斯夫，不舍昼夜。"
人们面对河川的感情，确乎尽为这两句话所道破。
诗人千百言，终不及夫子这句口头语。

子在川上曰："逝者如斯夫，不舍昼夜。"

人们面对河川的感情，确乎尽为这两句话所道破。诗人千百言，终不及夫子这句口头语。

海确乎宽大，静寂时如慈母的胸怀；一旦震怒，令人想起上帝的怒气。然而，"大江日夜流"的气势及意味，在海里却是见不着的。

不妨站在一条大河的岸边，看一看那泱泱的河水，无声无息，静静地，无限流淌的情景吧。"逝者如斯夫"，想想那从亿万年之前一直到亿万年之后，源源不绝、永远奔流的河水吧。啊，白帆眼见着驶来了……从面前过去了……走远了……望不见了。所谓的罗马大帝国不是这样流过的吗？啊，竹叶漂来了，倏忽一闪，早已望不见了。亚历山大、拿破仑尽皆如此。他们今何在哉？奔腾流淌着的唯有这河水。

我想，站在大河之畔要比站在大海之滨更能感受到"永远"二字的涵义。

桥

——［奥地利］卡夫卡

只要不坠落，一旦跨卧为桥，
便无法停止做一座桥。

我化成了一座桥，一座横卧在一条深涧上的桥。我的足趾搭住一边，我的手指紧紧抓住另一边，我把自己牢牢地嵌进碎土里。我的衣摆在一旁飘动着。下面深深的地方流着冰冷的溪流。这里终年不见一个旅客，任何地图上都找不到这座桥的踪迹。所以，我躺下并且等候着过客，除此之外，我又能做什么？只要不坠落，一旦跨卧为桥，便无法停止做一座桥。

有一天黄昏时分，我说不清具体是哪一天，我在漫长的等待之中已变得麻木，总之那是夏日将近黄昏的时候，溪流的怒号渐渐变得更低沉，我听到了人类的脚步声向我靠近，对着我来？挺起你的腰，桥，放下你的容颜，展开你的微笑，准备让这位过客信任你。如果他步履蹒跚，便要使它沉稳，但如果他举步踌躇，便要让他瞧瞧你是什么东西做的，同时像一位山神一样很快地把他送上对岸。

终于我见到了他，他用手杖的铁尖轻轻地敲着我，然后挑起我的外衣下摆，接着又把它们好好地覆在我身上。我感觉他冰凉的手杖铁尖已探进我的头发中，而且任它留在里面，久久不抽出来，当他毫无顾忌地审视他的四周时，显然已把我忘掉了，我只是随着他陷入沉思中，于高山之顶，于溪谷之上。但就在此时，他扭转头正视着我，毅然踏上了我的脊背。我痛苦欲裂，我颤抖，我丝毫不知道发生了什么事。他是谁？一个小孩？一个梦？一个旅人？一个自杀者？一个诱惑者？一个毁灭者？在好奇心理的驱使下，我极力扭转身想看看他。一座转身的桥——当我尚未完全把身体扭转过来时，我已开始下坠。啊？我坠落了，一瞬间，我被那些坚硬的岩石撕裂，戳穿了，这些岩石神态安详地凝视着我。

忍耐就是一切

——［奥地利］里尔克

你要使你的判断理性化，
因为，它必须与一切的进步一样发自内心深处。
发展不会被排挤，更急不得。

只靠批评是无法使艺术上的作品达到艺术境界的，它是孤独的，而爱能抓住它并留住它，而且也只有爱才能公平地对它。

你在任何时候对于议论、批评及介绍都必须确立自己，确定自己的感情。这样，即使你有错误，你内心生活的自然生长也会随着时间慢慢地将你导入其他的知识中。

你要使你的判断理性化，因为，它必须与一切的进步一样发自内心深处。发展不会被排挤，更急不得。

维持到满月，并由此而生，那就是一切。

在发展的过程中，不分时间和年月。十年并不等于什么。所谓的艺术家不用计算也不用数，他就像树木一样成熟。当树木沐浴在春风中悠然耸立时，根本不用去担心接下来的夏天会不会如期到来。如约而至的夏天只到忍耐力强的人身边。就像永远横卧在眼前，但它只到不担心且安静和缓的人身边去。

我每天都学习这件事，在痛苦中学习这件事，所以痛苦是我要感谢的对象。

同　情

——［印度］泰戈尔

如果我只是一只小狗而不是你的小孩，
亲爱的妈妈，我想吃你盘子里的食物时，
你会对我说声“不”吗？

如果我只是一只小狗而不是你的小孩，亲爱的妈妈，我想吃你盘子里的食物时，你会对我说声“不”吗？

你会赶开我，对我说“走开，你这顽皮的小狗”吗？

如果这样，妈妈，我只有走了！你呼唤我时，我就决不到你那里去，决不让你再来喂我吃东西了。

如果我只是一只绿色小鹦鹉而不是你的小孩，亲爱的妈妈，你会用链子把我缚住，生怕我飞走吗？

你会对我指指点点地说“你这不知感恩的鸟！日日夜夜咬着链子”吗？

如果这样，妈妈，我只有走了！我就一定逃到森林里去，我就决不让你再把我抱在怀里了。

往事一页

——［奥地利］卡夫卡

我是一个鞋匠，
亲身经历过祖国被北方游牧人占领的岁月，
这使人们意识到保卫祖国是一项神圣而崇高的工作，
不容忽视。

保卫我们的祖国是一项神圣而高尚的工作，从前我们竟把这项工作忽略了。迄今为止，我们谁都对它漠不关心，每个人都埋头打理自己眼前的那一小堆工作。我想下面的事情会使人们有所改变。

我是一个鞋匠，铺子开在离皇宫不远的地方。一天清晨，我刚推开店门，就发现通向广场的所有路口全让武装人员占据了。这些武装人员非隶属我国，而是一伙来自北方的游牧人。他们的侵入着实让我们大吃一惊。反正我们不能就只干瞪眼，我们需要阻止他们。

房子对他们来讲没什么实际意义，露宿是他们最擅长的。他们成天忙着，要么磨刀，要么削箭，要么练习骑马，我们的广场，那么美丽的地方全被这群粗人给毁掉了。有几回，我们也从店里跑出去，试图把最令人恶心的粪便、垃圾清扫掉。可是，我渐渐明白，我的弱小起不了什么作用，只会给清扫人员加重负担。

你无法与那帮粗人尝试交谈。他们不懂我们的语言，本身又几乎没有自己的语言。他们的交谈与牲畜几近相同。反之，对于我们的生活方式和生活设施，他们也不理解，也不以为然。你对他们打手势，他们根本不理睬，那帮人不会对你有丝毫的感情，也懒得花时间去弄明白你。他们经常地扮鬼脸，随后又是翻白眼，又是吐唾沫，这种令人恶心的举止仅仅是出于一种人类的本能，至少我现在是确信无疑了。他们要什么就拿，但你却不能说他们采用了武力。因为我们都不敢反抗，因此也无所谓武力。

我存起来的一些好货色也让他们给拿走了，但为此我却没什么可抱怨的，要知道别人的遭遇并不比我好，还有更糟的。他们每次刚进货就被一抢而空，全让游牧人吞进了肚子。他们的马也吃肉，与马一起分享食物是很正常的。肉店老板非常伤心，却又不敢停止供应肉。我们理解他的心情，便募集一些钱支持他。要知道，不供应肉便是一种反抗，那结果会招来杀身之祸，而且就算供应肉，结果也好不到哪里去。天晓得该怎么办。

虽然，结果不见得好到哪里去，但至少肉店老板尝试着改变这种状况，于是第二天早晨干脆牵了头活牛来。我一辈子也无法忘记那时的情景。大约有一小时之久，我一直在店后面的地板上趴着，把所有的衣服、被子、垫褥统统堆在身上，很沉，但勉强阻止那公牛的惨叫声钻进耳朵里。原来，游牧人从四面八方向它冲去，用牙齿从它温暖的身体上一块一块撕肉吃。好久，我才推门走上已经平静下来的街道。只见游牧人全困倦地躺在公牛尸骸周围睡着了，表情让人觉得那么休闲。

我看见敬爱的皇帝陛下正躲在窗户后面，目睹这一切的发生。平常，他可从不到宫内广场的房间来，而总是生活在最里面的花园中。然而这一次——至少我是如此感觉——他应该要做些什么了吧！

“这样的日子怎么样才算到头呢?”我们大家你问我，我问你，“我们要承受这样的负担和磨难到什么时候呢？皇帝做了一件不负责任的事情。宫门始终闭着：从前的侍卫队现在只能像狗一样地躲了起来。拯救祖国的事全部放在了我们这些手无寸铁的老百姓肩上，这样的重任我们可担当不起哩，需全国人民一起努力，并不是靠哪一部分人可以做到的。”

失 眠

——［前苏联］卡聂夫斯基

妻子告诉我数数对失眠很有效，
于是我便一边数数一边发泄工作中的烦恼，
天亮时，我终于有了睡意。

由于情况特殊，我很早便上床了。但我发现失眠与几点上床并没有太大的关系。妻子对我说："用数数的方式会好很多。希望会有效！我每晚都数一百万。""好吧！"我想也许应该听妻子的话。

一……二……三……三次被学校领导训斥。为什么不准时到校？为什么总是与其他老师发生矛盾？为什么不交计划？为什么只会埋怨我，而不关心一下这个问题的原因在哪里，如果这些你都处理好了，你就不会提出这么蠢的问题了！就好像我的失眠和他没有一点关系一样！……八……九……十……我在学校起码有十年的教龄了，可是却叫莫萨金去当小组长。你想想看，我成天忙得不可开交，却还要替副博士答辩。也许我也像科学院院士那样地睡不着吧。可这并不会引起别人注意！

……十七……十八……十九……十九个人都得了奖金。除我之外，每一个人都有一份。而且他们还那么若无其事的。我亲爱的同事，你们一定会睡得又香又甜。

……三十……三十一…………三十二……一共就三十二个平方。但是巴巴扬涅兹却有四十八个平方、三个房间。为什么我要比他的房子小，我完全可以拥有更大的房子。

……一百一十八……一百一十九……一百二十……这只是算出来的数目罢了，三扣两扣也就所剩无几了。全组又是我最少。皮楚金娜才只不过是个应届留校学生而已，可是已经拿了一百四十卢布，而且全用来买化妆品了。一个小姑娘哪里用得了那么多钱。但是我每个月光安眠药就得花十卢布。……六千……七千……八千……八千白血球，连医生都为这个数字惊叹。我已经到达这个极限了，可是却让纳哥涅奇内去休假。我的专业知识还少了不成！那老糊涂连个休息的机会也不舍得给我。这不，思维迟钝了，眼也花了，脑子里也嗡嗡地乱响。哟！你瞧，天已经亮了，我确实困了，妻子的方法有了效力了。又要睡过头，又要迟到0，校长又得来那套老生常谈了……去他妈的吧！谁会在意那老家伙。

“我要睡了，下次再谈吧！”

版权声明

我方策划出版的《中外名家精品荟萃》图书中，部分作品无法与权利人取得联系，为了尊重作者的著作权，特委托北京版权代理有限责任公司向权利人转付稿酬。请您与北京版权代理有限责任公司联系并领取稿酬。联系方式如下：

吴先生

北京版权代理有限责任公司

北京海淀区知春路 23 号量子银座 1403 室

邮编：100191

电话：（010）82357058/57/56　　　传真：（010）82357055

网址：www. bookpod. cn